白香词谱

〔清〕舒梦兰◎编著

赵垫均◎解译

全鉴

中国纺织出版社有限公司

国家一级出版社
全国百佳图书出版单位

内 容 提 要

《白香词谱》由清代嘉庆年间诗人舒梦兰编著，辑录了由唐至清的 100 篇词作，按词谱的体例，详细标注平仄韵读，便于学习者按谱填词。同时该书又是一本简要的词选，所选录的词作都是艺术性较高的名作，是一本较佳的词学入门读物。本书解译者结合多年来的读词体验、填词实践及理论探讨，尝试分析各阕词原本搭配的曲调，借以指出其所适合的情感与文字，希望能为读者在学习填词时提供一些指引。

图书在版编目（CIP）数据

白香词谱全鉴 / （清）舒梦兰编著；赵埜均解译
. --北京：中国纺织出版社有限公司，2023.1
ISBN 978–7–5180–9760–9

Ⅰ. ①白… Ⅱ. ①舒… ②赵… Ⅲ. ①词谱—中国—古代 Ⅳ. ① I207.23

中国版本图书馆 CIP 数据核字（2022）第 143791 号

责任编辑：段子君 责任校对：高 涵 责任印制：储志伟

中国纺织出版社有限公司出版发行
地址：北京市朝阳区百子湾东里 A407 号楼 邮政编码：100124
销售电话：010—67004422 传真：010—87155801
http://www.c-textilep.com
中国纺织出版社天猫旗舰店
官方微博 http://weibo.com/2119887771
北京华联印刷有限公司印刷 各地新华书店经销
2023 年 1 月第 1 版第 1 次印刷
开本：710×1000 1/16 印张：20
字数：254 千字 定价：48.00 元

前言

舒梦兰（1757—1837），字白香，号天香居士，因父亲职务关系，早年居住于乌鲁木齐，至 1775 年入官学国子监读书，但屡试不第，于是绝意仕途，只能游幕四方，在 1800 年挂冠归里，返回南昌，筑"天香馆"，与当地文人多有交往。《靖安县志》评之曰："白香先生，一代才士，亦一代逸人也。能文章而不求科目，负才略而自甘退藏，求之二者，乡前辈靖节先生之流亚也。然为肥遁而不为系遁，为通隐而不为石隐，醉醒皆宜，身名俱泰，则生逢圣世，其遭遇实为过之，故从容七十余年，而怡然涣然，其心迹一无所累也。"

综观舒梦兰一生，著作甚丰，除却诗文外，有《花仙小志》《婪舲余稿》等词集，以及《香岩词约》《古南余话》《白香词谱》等词学著作。清代词学较有影响力的是以陈维崧（1625—1682）为首主张存史存经的阳羡词派，以朱彝尊（1629—1709）为首主张清空雅正的浙西词派，以及以张惠言（1761—1802）为首主张比兴寄托的常州词派。舒梦兰很明显承袭了浙西词派的传统，反对明代以来萎靡卑弱的香艳词风，而把词学与诗学的骚雅相互联结。在这样的情况下，舒梦兰认为词的文学旨趣无异于《诗经》《离骚》，即使闺阁咏物亦皆是作者用以托物言志的媒

1

介。因此，从《白香词谱》的选择可以看出，一般词史特别强调的晏氏父子竟然无一首入选，颇负声名的柳永、周邦彦在书中亦只是聊备一格而已。

《白香词谱》的成书年代现已不可考，但大体应在 1792 年至 1798 年之间，据舒梦兰自序，其作此书系因为"杨守斋《作词五要》首重择腔。是选百调，皆世所惯用。一调或数名，亦择其雅切赠答者分注目下，以备即事寓志也。乐律本性情中物，自来图谱见名作小有不同，辄分数体，罔所适从。《词律》又过于略文崇法，要之前哲既各揣当时好尚，独创新声，似亦可以就诸家异同，折中为谱"。即是说，当时所谓的填词入门书都太过庞杂、不利入门，舒梦兰想要编订一本真正的入门书供初学者使用。因此，舒梦兰编订的《白香词谱》，即是以字数多少为顺序排列词牌以便检阅。

然而，若只将《白香词谱》视作工具书，则将有不可解者二：（一）书中所选录的，固有李煜、秦观等著名词人，但亦有如萨都剌、刘基等名不见经传的元、明文人；（二）如"暗香""疏影"等词牌为姜夔所创，若以工具书而论，自应以姜词作为例证，但舒梦兰却选了张炎、朱彝尊的作品。以上两点，说明了舒梦兰所图不仅仅是检索用的工具书，更是希望能利用这部书推广其词学主张，同时构建一部符合其主张的词的历史。因此，本书选择采用的底本是 1936 年韩楚原、胡山源的重编本《白香词谱》，不依字数而依年代及作者先后进行排列。

关于本书的使用，书中所用符号，"⊙"表示可平可仄，"○"表示应用平声字，"●"表示应用仄声字，"△"表示押平声韵，"▲"表示押仄声韵。由于平仄已附录于原词之下，故"作法"一栏不再如同过去几个版本的《白香词谱》那般只说些什么"首句四字，上三字平，下一字仄，起韵"

等基础性的技术要求，而是根据笔者多年来的读词体验、填词实践及理论探讨，以龙沐勋《倚声学》的理论出发，在原曲已佚的情况下，尝试分析各阕词原本搭配的曲调，借以指出其所适合的情感与文字，期能为读者在习作时提供一些指引。另在书后附上《词林正韵》，以便读者创作时参考。当然，本人才疏学浅，错漏自然难免，还望高明有以教我。

解译者

2021 年 9 月

目录

一、菩萨蛮

闺情

平林①漠漠②烟如织。寒山一带伤心③碧。
⊙○⊙●　○○▲。⊙○○●●　▲。

暝色④入高楼。有人楼上愁。
⊙●　⊙○△。⊙○○●△。

玉阶⑤空伫立⑥。宿鸟⑦归飞急。
⊙○　○●▲　。⊙●　⊙○▲。

何处是归程⑧。长亭更短亭⑨。
⊙●●○△　。⊙○○●△。

【题解】

《杜阳杂编》："大中初，女蛮国贡双龙犀，明霞锦，其国人危髻金冠，璎络被体，故谓之菩萨蛮。当时倡优，遂歌《菩萨蛮曲》，文士亦往往效其词。"盛唐时期，词刚刚兴起。此词词风之玲珑圆熟，音律之和谐圆满，艺术成就之高，堪为后世楷模。宋人黄升说："《菩萨蛮》《忆秦娥》二词，为百代词曲之祖。"

【作者】

李白（701—762），字太白，号青莲居士，唐朝诗人。有"诗仙""诗侠""酒仙""谪仙人"等称呼，活跃于盛唐，为杰出的浪漫主义诗人。与杜甫合称"李杜"。李白诗歌取材广阔，想象丰富，豪迈奔放，为唐诗冠冕。后世诗人如宋代的苏轼、陆游、辛弃疾，明代的高启，清代的龚自珍等均深受李白诗歌的影响。

【注释】

①平林：平原上的林木。

②漠漠：寂静无声，广阔茂盛。

③伤心：极甚，万分。

④暝色：暮色，夜色。

⑤玉阶：玉石砌成或装饰的台阶，亦为台阶的美称。

⑥伫立：久立。

⑦宿鸟：归巢栖息的鸟。

⑧归程：返回的路程。

⑨长亭更短亭：旧时城外大道旁，五里设短亭，十里设长亭，为行人休憩或送行饯别之所。此处化用庾信《哀江南赋》："十里五里，长亭短亭。"

【译文】

平原上广袤的树林笼罩着暮霭，轻飘迷蒙，如烟如纱，秋天的山峦看上去还是一片翠绿苍碧，暮色已经映入高楼，有人站在楼上烦闷不已。

她站在汉白玉砌成的台阶上久久凝眸，一群群回巢的鸟儿飞得又高又快。什么地方是你回来的路程，一个个长亭连接着一个个短亭。

【作法】

本调四十四字，为词调中之最古者，以五七言组成。两句一韵，全篇转韵四次，两平两仄。首二句为七言仄句，第三、四句为仄起之五言句，换用平韵。下阕首二句为仄韵之五言句，后二句则同上阕第三、四句。综上可知，如果将这阕词比作电影，那么它将有四个画面，每个画面陈述一段剧情，四段正好完成"起、承、转、合"等内容。承担"起"功能的第一、二句，两句平仄结构相同，体现在音律上便是两个完全相同的乐句，展现在文字上则是两组密切相关的意象，层层递进，铺开全剧的背景。"承"的第三、四句平仄相对，构成一问一答、一呼一应，带出全剧的主题。下阕首二句的"转"，带来视角上较大的转变，营造情感的高潮。末两句为"合"，写出全剧的结局，初学词者同时也请注意与"承"二句的对应关系，以相关的对应带出时间流逝后场景或心态上的对比，方可谓是环环相扣。

【例词】

（宋）晏几道："哀筝一弄湘江曲，声声写尽湘波绿。纤指十三弦，细将幽恨传。　当筵秋水慢，玉柱斜飞雁。弹到断肠时，春山眉黛低。"

（宋）谢逸："暄风迟日春光闹，蒲桃水碧摇轻棹。两岸草烟低，青山啼子规。　归来愁未寝，黛浅眉痕沁。花影转廊腰，红添酒面潮。"

（宋）朱敦儒："秋风乍起梧桐落，蛩吟唧唧添萧索。敧枕背灯眠，月和残梦圆。　起来钩翠箔，何处寒砧作。独倚小阑干，逼人风露寒。"

二、忆秦娥

思秋

箫声咽。秦娥①梦断秦楼月。

〇⊙▲。〇〇⊙●〇〇▲。

秦楼月。年年柳色②，灞陵③伤别④。

〇〇▲。⊙〇⊙●，●〇〇▲。

乐游原⑤上清秋节⑥，咸阳古道音尘⑦绝。

⊙○⊙●○○▲，⊙○⊙●○○▲。

音尘绝。西风残照⑧，汉家陵阙⑨。

○○▲。⊙○○●，●○○▲。

【题解】

此词又名"桂殿秋"，出自《苕溪渔隐丛话·桂花曲》："仙女侍，董双成，桂殿夜凉吹玉笙。"此调与《菩萨蛮》在词中为最古，郑樵《通志》云："二词为百代词曲之祖"。此外，又有其他别名，如"玉交枝""碧云深""双荷叶""秦楼月"等。

【作者】

李白，见本书第1页。

【注释】

①秦娥：《列仙传》卷上："萧史者，秦穆公时人也，善吹箫，能致孔雀、白鹤于庭。穆公有女字弄玉，好之。公遂以女妻焉，日教弄玉作凤鸣，居数年，吹似凤声，凤凰来止其屋。公为作凤台。夫妇止其上，不下数年，一旦皆随凤凰飞去。故秦人为作凤女祠于雍，宫中时有箫声而已。"

②柳色：柳叶繁茂的翠色。多用以烘托春日的情思。

③灞陵：古地名。本作霸陵。故址在今陕西省西安市东。

④伤别：因离别而悲伤。

⑤乐游原：古苑名。故址在今陕西省西安市南郊。本为秦时的宜春苑，汉宣帝时改建乐游苑。唐时，为长安士女游赏的胜地。

⑥清秋节：指农历九月九日重阳节。

⑦音尘：音信，消息。

⑧残照：落日余晖。

⑨陵阙：指皇帝的陵墓。阙，陵墓前的牌楼。

【译文】

玉箫的声音悲凉呜咽，秦娥从梦中醒来时秦家的楼上正挂着一轮明月，每一年青青的柳色，都留着灞陵桥上的凄怆离别。

冷落凄凉的秋日佳节，遥望乐游原上，通往咸阳的古道上音信早已断绝，西风轻拂着夕阳的光照，眼前只是汉朝留下的陵墓和宫阙。

【作法】

本调四十六字，上片五句四韵，在音律上是较为急促的音调，展现出激越不能平的情感。其中第二、三句为辘轳体，具有强调的作用，写作时应注意将全文的主要意象或主旨浓缩为三字置于此处，可收画龙点睛之效。另外，结句首字应用去声，这与原始曲调有关。现在虽已不存原曲，但仿作时建议仍用去声，格调始高。下片结构与上片类似，唯首句字数多四字，声调因而较为平缓，暂时缓解了上片的急促，同时也为下一次高潮来临做铺垫。

【例词】

（宋）曾觌："风萧瑟。邯郸古道伤行客。伤行客。繁华一瞬，不堪思忆。　丛台歌舞无消息。金尊玉管空陈迹。空陈迹。连天衰草，暮云凝碧。"

（宋）黄机："秋萧索。梧桐落尽西风恶。西风恶。数声新雁，数声残角。　离愁不管人飘泊。年年孤负黄花约。黄花约。几重庭院，几重帘幕。"

（宋）刘克庄："梅谢了。塞垣冻解鸿归早。鸿归早。凭伊问讯，大梁遗老。　浙河西面边声悄。淮河北去炊烟少。炊烟少。宣和宫殿，冷烟衰草。"

三、调笑令

宫词

团扇①，团扇，美人并②来遮面。玉颜③憔悴三年，谁复商量管弦④。
○▲，○▲，●⊙⊙ ○○▲。⊙○○●○△，⊙●○○●△。

弦管，弦管，春草昭阳⑤路断。
○▲，○▲，⊙●⊙○ ⊙▲。

【题解】

《乐府诗集》载，中唐时《三台调笑》等六词，即所谓"中唐六调"，本是六言乐府，后来演变为长短句。本词牌又名"宫中调笑""转应曲""三台令"，是酒席间所唱的游戏歌曲，从"转应"之名可看出是酒席间诗人与歌伎间一唱一和的歌词。

【作者】

王建（767—830），字仲初，颍川（今河南许昌）人，唐朝进士、诗人。在长安时，与张籍、韩愈、白居易、刘禹锡、杨巨源等均有往来，与张籍并称"张王"。大和三年（829年），出为陕州司马，世称"王司马"。晚年卜居咸阳原上。有《王司马集》。

【注释】

①团扇：圆形的扇子，古代歌女在演唱时常用以遮面。

②并：作"伴"字解。

③玉颜：形容美丽的容貌。多指美女。

④管弦：管乐器与弦乐器。亦泛指乐器。

⑤昭阳：汉宫殿名。后泛指后妃所住的宫殿。

【译文】

团扇，团扇，宫中的美人病了用它来遮挡颜面，抱病三年，容颜憔悴，还有谁愿意一起探讨管弦？弦管，弦管，春草已经把通往昭阳的路阻断了。

【作法】

本调共三十二字，起为二字叠句，平仄一定。第三、四句皆为平起六言句，一押仄韵，一押平韵。第五句则为仄起平韵之六言句。第六、七句又为二字叠句，第八句以仄起仄韵六言句收尾。本词牌虽然韵脚由仄换平、由平换仄，但要皆在同一韵部之中转换，故在音律上形成的效果并不是场景的切换，而是如"题解"所述，本词是酒席间的游戏唱和歌曲，韵脚平仄的转换不过是歌唱者的转换而已。虽然如此，但第六、七句二字叠句需颠倒地使用第五句末二字，考虑到平仄和押韵，对于字词的选择，需有一定的文字功底方能驾驭得当，万不可为符合格律而硬造新词。

【例词】

（唐）韦应物："河汉。河汉。晓挂秋城漫漫。愁人起望相思。江南塞北别离。离别，离别，河汉虽同路绝。"

（宋）苏轼："渔父。渔父。江上微风细雨。青蓑黄箬裳衣。红酒白鱼暮归。归暮。归暮。长笛一声何处。"

（清）宁调元："人影。人影。一个清清冷冷。夜阑难觅知音。相与商量古今。今古。今古。独自商量正苦。"

四、长相思

别情

汴水①流，泗水②流，流到瓜州③古渡头，吴山④点点愁。

●⊙△，●⊙△，⊙●●○○ ⊙●△，⊙○ ⊙●△。

思悠悠⑤，恨悠悠，恨到归时方始休，月明人倚楼。

●○△，●○△，⊙●○○○●△，●○○●△。

【题解】

古人常以"长相思"三字入诗，可知这三个字当是当时极为泛用的民间成语。既是习语，人人琅琅上口，于是形成民谣，复为文人采风整理为乐府，而后文人再仿作之，于是成为一个专门的词牌。又称"双红豆""山渐青""忆多娇""吴山青"。

【作者】

白居易（772—846），字乐天，晚号香山居士、醉吟先生。祖籍山西太原，生于华州下邽（今陕西省渭南市），是中唐最具代表性的诗人之一。作品平易近人，乃至于有"老妪能解"的说法。白居易早年积极从事政治改革，关怀民生，倡导新乐府运动，主张诗歌创作不能离开现实，须取材于现实事件，反映时代的状况，是继杜甫之后实际派文学的重要领袖人物之一。他晚年虽仍不改关怀民生之心，却因政治上的不得志，而多时放意诗酒，作《醉吟先生传》以自况。白居易与元稹齐名，是文学革新运动的伙伴，其风格称为长庆体，又称元和体。白居易的作品，在作者在世时就已广为流传于社会各地各阶层，乃至外国，如朝鲜半岛、日本等地，产生很大的影响。

【注释】

①汴水：也称汴河，古代河流名称，为通济渠的一部分，主要部分位于今天的河南省开封地区境内。

②泗水：泗水是位于中国山东省的一条河流，发源于山东省泗水县东蒙山南麓。泗水在古代曾汇集反水、睢水、潼水、沂水等诸多河流，泗水自鲁桥以下又南循运河至南阳镇，穿南阳湖而南，经昭阳湖西、沛县东、又南至徐州市东北循淤黄河东南、宿迁市及泗阳县，在泗口（又名清口，今淮安市淮阴区码头镇附近）注入淮河，是淮河的一大支流，故"淮泗"往往通称。

③瓜州：位于今江苏省扬州市邗江区，位于长江北岸、古运河入江口，是历代联系大江南北的咽喉要冲，著名的千年古渡。

④吴山：吴地的山。常泛指江南的山。

⑤悠悠：连绵不尽貌。

【译文】

汴水河流呀！泗水河流啊！都流到更古老的长江渡口。遥望去，江南的群山仿佛凝聚着无限哀愁。

思念是这么悠长啊！遗憾是这么悠长啊！思念和遗憾恐怕只有到你归来的时候才会结束吧。此时明月当空，我只能独自倚楼远望。

【作法】

本调三十六字，为现存最短的双调词牌。各片起始二句均用叠韵，此为定格，不可更改。句法与平仄，前后阕完全相同。两组完全一样的乐句，形成重复的旋律，冲淡了激越的感情，我们可以将其称为民歌式的音乐。中国传统民谣，自《诗经》始，特点是温柔敦厚，无论歌者心里是何情绪，唱出来的都是"中和"之声，因此始能哀而不伤，或乐而不淫。填词者在填此词牌时，当注意节制感情，以平缓的语调娓娓道来，不应口号高呼，方是此调的正格。

【例词】

（五代）李煜："一重山，两重山。山远天高烟水寒，相思枫叶丹。菊花开，菊花残。塞雁高飞人未还，一帘风月闲。"

（宋）欧阳修："蘋满溪，柳绕堤。相送行人溪水西，回时陇月低。 烟霏霏，风凄凄。重倚朱门听马嘶，寒鸥相对飞。"

（宋）康与之："南高峰，北高峰，一片湖光烟霭中。春来愁杀侬。郎意浓，妾意浓。油壁车轻郎马骢，相逢九里松。"

五、更漏子

本意

柳丝长，春雨细，花外漏声①迢递②。
●○○，○●▲，⊙●⊙○⊙▲。
惊塞雁③，起城乌④，画屏金鹧鸪⑤。
○●●，●○△，●○⊙●△。

香雾薄，透重幕，惆怅谢家池⑥阁。
○⊙▲，⊙○▲，⊙●⊙○⊙ ▲。
红烛背，绣帘垂，梦君君不知。
○●●，●○△，●○○●△。

【题解】

"更漏子"，又称"秋思词"。词牌虽然可以与词的内容完全无关，但我们可以从词牌名推测其创立之时所歌咏的是什么样的内容。唐人称夜间时候为更漏，故此一词牌最初当与夜间发生的事件有关。此调创于晚唐，温庭筠是此词牌的爱用者，因此有人猜测此一词牌即为温庭筠所创。

【作者】

温庭筠（801？—866），原名岐，字飞卿，太原祁（今山西祁县）人，曾任国子监助教，后被贬方城，世称温助教、温方城。晚唐著名诗人、花间派词人。精通音律，词风浓绮艳丽。当时与李商隐、段成式文笔齐名，号称"三十六体"。温庭筠的词表达细腻，造语清新，善于描绘具体鲜明的形象，细密婉约，情意悠远，主要描写女性的生活与心理，文字华艳，工于雕琢，词藻富香泽浓烈的脂粉气和富贵气。名作有《梦江南》。《北梦琐言》言他"才思艳丽，工于小赋，每入试，押官韵作赋，凡八叉手而八韵成"，时人称"温八叉"。温庭筠诗风上承唐朝诗歌传统，下启五代文人填词风气之先。后世词人如冯延巳、周邦彦、吴文英等多受他影响。

【注释】

①漏声：铜壶滴漏之声。

②迢递：绵邈长远貌。

③塞雁：塞上之雁。

④城乌：城头上的乌鸦。

⑤金鹧鸪：指画屏上所画的金色鹧鸪。

⑥谢家池：南朝宋诗人谢灵运家的池塘。后亦泛指诗人家中的池塘。

【译文】

柳丝细长，春雨细密，花丛外的铜壶滴漏声远远传来。边塞鸿雁惊鸣，城头乌鸦乱飞，画屏上的金色鹧鸪依然。

花的香雾迫近，透过重重帘幕，满怀惆怅地住在池塘边的楼阁上。熄灭了红蜡烛，垂下了绣帘幕，即使梦到你，你也不知道啊。

【作法】

本调四十六字，分上下两片，每片又分别由两组不同韵部的句子组成。各组句子中都有两个三言句，上下片的三言句平仄互异，这么做是为了在音律上起到增加变化的作用，其下所接的长句则平仄结构相同，则起到了平缓整阕词情绪的作用。第一、三组用仄韵，第二、四组用平韵，皆系不同韵部，转换之快，体现了曲调的节奏是较为轻快的；同时韵脚平仄相间而以平声作结，亦构成了和缓的音节。在这样的情况下，填词时不宜使用过于浓重的笔触，造成词曲之间的失衡。

【例词】

（唐）韦庄："钟鼓寒，楼阁暝，月照古桐金井。深院闭，小庭空，落花香露红。　烟柳重，春雾薄，灯背水窗高阁。闲倚户，暗沾衣，待郎郎不归。"

（五代）毛文锡："春夜阑，春恨切，花外子规啼月。人不见，梦难凭，红纱一点灯。　偏怨别，是芳节，庭下丁香千结。宵雾散，晓霞晖，梁间双燕飞。"

（宋）张先："锦筵红，罗幕翠。侍宴美人姝丽。十五六，解怜才。劝人深酒杯。　黛眉长，檀口小。耳畔向人轻道。柳阴曲，是儿家。门前红杏花。"

六、摊破浣溪沙

秋恨

菡萏①香销翠叶残，西风愁起绿波②间。
⊙● ○○●●△，⊙○⊙○●● △。

还与韶光③共憔悴，不堪看。
⊙●⊙○ ○●●，●○△。

细雨梦回鸡塞④远，小楼吹彻玉笙⑤寒。
⊙●●○○●●，⊙○⊙○●● △。

多少泪珠何限⑥恨，倚阑干。
⊙●●○○●●，●○△。

【题解】

《南唐书》："王善化善讴歌，声韵悠扬，清振林木，系乐府为歌板色。元宗尝作《浣溪沙词》二阕，手写赐感化。"可知此调为南唐中主李璟所创。"摊破"为音律上的一种变奏形式。后人以本首"细雨""小楼"一联脍炙人口，故又称"南唐浣溪沙"，或又作"浣沙溪"，"沙"字亦可写作"纱"。另有别名"山花子"。

【作者】

李璟（916—961），字伯玉，南唐烈祖李昪（biàn）的长子。五代十国时期南唐第二位君主，因此也被称为中主、嗣主。李璟即位后，改变李昪保守的政策，开始大规模对外用兵，消灭马楚及闽国，扩展了七个州的领土。但李璟一心想着建功立业，过度好大喜功的他不守父皇遗命，与后周发生两次战争，消耗南唐大量库存军费，南唐战败，也使国力显露颓败之势。957年，后周派兵侵入南唐，占领了南唐淮南江北的大片土地，并长驱直入到长江一带，迫近金陵，李璟只好向后周世宗柴荣称臣，去帝号，自称唐国主，年号由原本的交泰改为后周的显德。

【注释】

①菡萏（hàn dàn）：即荷花、莲花，又名芙蓉、芙蕖。

②绿波：绿色水波。

③韶光：美好的时光，常指春光。

④鸡塞：即鸡鸣埭，在南京。南京为南唐旧都，为避北方强邻，李璟不得不迁都南昌，此处以此借指故都风物。

⑤玉笙：饰玉的笙。亦用为笙之美称。

⑥何限：无限，无边。

【译文】

荷花已落，香气消弭，荷叶凋零，已然深秋了，西风吹动绿波，不觉愁绪满怀，韶光易逝，岁月难留，与岁月一同老去的人又怎忍心去看呢？

细雨缠绵，仿佛回到故都的鸡鸣埭，玉笙呜咽在小楼中回荡，（他）倚在栏干上多少幽怨多少憾，不觉泪流满面。

【作法】

《浣溪沙》的平仄结构颇似七言律诗的组合，差别在于颔联与尾联各缺一句而已，这自是因为近体诗是词的来源之一的历史痕迹。但在写作时的规则不尽相同。质言之，填《浣溪沙》时的要点为：下片第一、二句要对句，意思上也要注意不要有重复，最好在意境上也能有对比，例如一来一去，一外一内，一新一旧等。下片为整阕词最重要的部分，上片可用较疏淡的口吻轻轻带过，要表达出的情感放在下片，借对句和最后的收尾表达出心中想说的话。另外，上片虽然可用较轻的描写，但是要注意须三句紧密互扣。至于"摊破"者，填词用语，指因乐曲节拍的变动引起句法、协韵的变化，突破原来词调谱式，故称摊破。但无论如何变化，本体都是《浣溪沙》，所多出的两个三言句，其实亦只是对应位置上所表达的意象的再次强调而已，故写作时应注意末尾七言句到三言句的紧密联系。

【例词】

（五代）毛文锡："春水轻波浸绿苔，枇杷洲上紫檀开。晴日眠沙鸂鶒稳，暖相偎。　罗袜生尘游女过，有人逢着弄珠回。兰麝飘香初解佩，忘归来。"

（宋）毛滂："日照门前千万峰。晴飙先扫冻云空。谁作素涛翻玉手，

小团龙。　定国精明过少壮，次公烦碎本雍容。听讼阴中苔自绿，舞衣红。"

（宋）李清照："病起萧萧两鬓华，卧看残月上窗纱。豆蔻连梢煎熟水，莫分茶。　枕上诗书闲处好，门前风景雨来佳，终日向人多酝藉，木犀花。"

七、忆江南

怀旧

多少恨，昨夜梦魂中。

○⊙●，⊙●●○△。

还似旧时游上苑^①，车如流水马如龙^②。

⊙●⊙○○●●，⊙○⊙○●●○△。

花月^③正春风。

⊙●　●○△。

【题解】

本调原名《望江南》。《乐府杂录》："《望江南》，始自朱崖、李太尉镇浙日，为亡妓谢秋娘所撰。"故又名"谢秋娘"。白居易曾经使用过此词牌，中有"江南好""江南忆"等语，故又有此别名，"忆江南"即由此演变而来。此外，又有"春去也""梦江南""归塞北""梦江口""江南弄"等别名，自是在流传过程中因其内容而衍生的别称，足见此调当时流行之程度。

【作者】

李煜（937—978），又称李后主，为南唐的末代君主，徐州人。原名从嘉，字重光，号钟山隐士、钟锋隐者、白莲居士、莲峰居士等。在南唐灭亡后被北宋俘虏，却成为了中国历史上首屈一指的词人，王国维评其词在文学史上的地位曰："词至李后主而眼界始大，感慨遂深，遂变伶工之词而为士大夫之词。"

【注释】

①上苑：皇家的园林。

②车如流水马如龙：形容车马众多，景象繁华。

③花月：花和月。泛指美好的景色、美好的时光。

【译文】

说不尽的恨啊，在昨夜梦中浮现。仿佛往日游玩上苑时的情景，车马众多，景象繁华，正是春风和煦花好月圆的好时节。

【作法】

本调共二十七字，分五句、三韵，不分上下片，是最早的词牌之一。开篇三字在音律上为全词唯一不成对的句子，故而特别醒目，承担总括全词情绪的作用，写作时宜注意炼字。次句及结句平仄结构相同，推测在吟唱时亦为相同的曲调，是对首句所揭示的情绪的补充抒发，第三、四两句为律诗的平仄结构，同时亦规定必须对仗，在全词中担当的是对"事"的描写，故而这两句落笔须落到实处，完整地写出是什么故事、景色引起了开篇三言句的那种情绪，如此方能做到情景交融、虚实结合的境界，也才不会引来无病呻吟的批评。

【例词】

（唐）皇甫松："兰烬落，屏上暗红蕉。闲梦江南梅熟日，夜船吹笛雨潇潇。人语驿边桥。"

（唐）白居易："江南好，风景旧曾谙。日出江花红胜火，春来江水绿如蓝。能不忆江南。"

（唐）温庭筠："千万恨，恨极在天涯。山月不知心里事，水风空落眼前花。摇曳碧云斜。"

八、捣练子

秋闺

深院静，小庭空，断续①寒砧②断续风。

○●●，●○△，⊙○● ○○ ⊙●△。

无奈夜长人不寐，数声和月到帘栊③。

⊙●○○●● ，●○⊙●●○△ 。

【题解】

《词苑丛谈》："李重光《深院静》小令一阕，升庵曰：'词名捣练子，即咏捣练也；复有云鬟乱一篇，其词亦同。'尝见一旧本，则俱系鹧鸪天，二词之前，各有半阕……"可知本调原系《鹧鸪天》中的一部分，因李后主独用片段咏捣练事，所以分出，后来渐渐形成专调，即以"捣练子"为名。又因为词中有"深院"及"月"字样，故又名"深院月"。

【作者】

李煜，见本书第15页。

【注释】

①断续：时而中断，时而接续。

②寒砧：亦作"寒碪"。指寒秋的捣衣声。砧，捣衣石。诗词中常用以描写秋景的冷落萧条。

③帘栊：亦作"帘笼"。窗帘和窗棂。也泛指门窗的帘子。或可代指闺阁。

【译文】

幽深的大院静悄悄的，小小的庭园空荡荡的，远处捣衣声随着阵阵寒风时断时续地送入幽居者的耳中。

长夜漫漫，愁不能寐，那砧声和月色透过窗帘。

【作法】

本调二十七字，分五句、四韵。除去首句，基本为七言绝句的形式，故其基本篇章结构与七言绝句类似，上片"起""承"，大致是对情景的平铺直叙，至下片首句为"转"方融入作者的主观胸臆，故而七言绝句的写作"转"句尤为重要，本调亦然，写作时应注意转折处能否不落俗套地翻出新的意境。一旦"转"句成功，则"合"句也不至于太差。但本调毕竟不是七言绝句，所以应当注意的还有首次两个三言句。由于词最早是用来唱的，筵席上人们断然不会太专心慢慢品味歌曲，故而如何在一开始就抓住人们的注意力便成为对作者功力的最大考验，故习惯上会尽量增加这两个三言句的信息密度，使之成为一组对仗的句子，用六个字描绘出立体的场景，以铺开之后三句的时空背景，这是写作本调与七言绝句最大的不同，也是考验作者功力的所在。

【例词】

（唐）《敦煌曲子词》："云疑盖，月已升。朦胧不眠已三更。　面上褐绫红分散，号咷大哭呼三星。"

（宋）贺铸："收锦字，下鸳机。净拂床砧夜捣衣。　马上少年今健否，过瓜时见雁南归。"

（宋）黄庭坚："梅凋粉，柳摇金。微雨轻风敛陌尘。 厚约深盟何处诉，除非重见那人人。"

九、相见欢

秋闺

无言独上西楼。月如钩。寂寞梧桐、深院锁清秋①。
⊙○○●○△。●○△。⊙●●○、○●●○△。

剪不断。理还乱。是离愁②。别是一般③滋味④在心头。
●⊙▲。○○▲。●○△。 ⊙●⊙○ ○● ●○△。

【题解】

本调起源于唐代，李后主归宋之后，在填此词时，因感怀身世，故自署为"忆真妃"；又以李煜词中有"上西楼""秋月"等句，故又有"上西楼""西楼子""秋夜月"等别名，其后又衍生出"乌夜啼""月上瓜洲"等名称。

【作者】

李煜，见本书第15页。

【注释】

①清秋：明净爽朗的秋天。

②离愁：离别的愁思。

③一般：一番，一种。

④滋味：引申指苦乐感受。

【译文】

一个人默默走上西楼，月亮如帘钩一般挂在天空，孤单的梧桐树寂寞地立在院中，幽深的庭院笼罩在清冷凄凉的院子里。

那剪也剪不断，理也理不清的是离别的愁绪，是一种萦绕在心头的苦。

【作法】

本调共三十六字，分上下片，上片三句三韵，下片四句四韵。首个六言句平仄结构基本仍是近体诗的结构，平仄之间的变化不甚急促，展现在音声上是较为和缓的，体现在文字上则应是平铺直叙的。但次个三言句直接使用首句末三字的平仄结构，在音律上呈反复状，在文字上则应展现为对首句的直接补充。上片结句九字，但因此时在结构上尚未到达乐曲本身安排的情绪高潮，所以一般作者常会加上顿号，使朗诵时不是九个字一气读完，使节奏稍微缓慢一点，这种音声体现在文字上，就是使本句成为前二句的延续，即是说继续描述前面已经提到的景致，设定好诗人情感的舞台，以为下片的爆发作铺垫。下片以连续两个主要以仄声构成的仄韵拗句开篇，说明了之前压抑的情绪到此忽然喷发，因此这两句尤须精炼，如此方可有效地将视角由客观景物转向作者主观的情思，同时引出全文的主题。接下来的一个三言句，即是全词的主题，而最结句则一气九字连读，务将胸臆完全抒发为止。另外，当注意的是，上片结句虽然加了一个顿号成为四—五结构，但下边所附的例词里都是加了逗号的六—三结构，一是因为词所搭配的乐曲随着时间的演变而改变，二是因为其他作者对于音律有不同的理解，所以自己对断句方式甚至平仄进行了改动。在原词谱今日已佚失的情况下，当代的写作者在写作时应先广泛阅读，选择与自己所要表达感情最为接近的一种变体，再来卜笔。

【例词】

（五代）冯延巳："晓窗梦到昭华，向琼家。欹枕残妆一朵，卧枝花。情极处，却无语，玉钗斜。翠阁银屏回首已天涯。"

（宋）朱敦儒："金陵城上西楼，倚清秋。万里夕阳垂地，大江流。中原乱，簪缨散，几时收？试倩悲风吹泪过扬州。"

（清）李国香："昼长正自堪眠，雨廉纤。半是开花时候，落花天。春如梦，闲愁重，总堪怜。无奈去年今日到今年。"

十、浪淘沙

怀旧

帘外雨潺潺①，春意阑珊②。罗衾③不耐五更寒。

⊙●●○△，　⊙●○△。⊙○○⊙●○△。

梦里不知身是客，一晌④贪欢。

⊙●⊙○○●●，⊙●　○△。

独自莫凭栏，无限江山。别时容易见时难。

⊙●●○△，⊙●○△。⊙○○⊙●○△。

流水落花春去也，天上人间。

⊙●○○○●●，⊙●○△

【题解】

本调出于乐府，《乐府诗集》收入近代曲中，原为二十八字，即七言绝句一首。至李煜时，根据旧调另制新声，乃变作双调，每段仅存七言二句。又有"曲入冥""过龙门""卖花声"等别名。

【作者】

李煜，见本书第15页。

【注释】

①潺潺：水流貌。

②阑珊：衰落。

③罗衾：绸被。

④一晌：犹言片刻。

【译文】

门帘外雨声潺潺，春已将暮，罗织的锦被依然耐不住五更的寒冷，只有在梦里才不知道自己是羁旅之客，得片刻欢娱。

一个人的时候莫要倚栏眺望，广阔江山，分别时那么容易再见却难，春天就像流水载着落花一去不返，今昔对比，一个天上一个人间，徒增伤感。

【作法】

本调十句共五十四字，上下每片各五句四韵，结构完全对称，这种完全对称的结构常见于早期的词牌，体现在音乐上就是歌者以相同的曲调唱两次不同的歌词。既然曲调重复，那么文字上常常是对比的，如所引李煜、张先的词上片描述客观环境，下片则是主观哀叹；又如欧阳修的例词，上片言当时、下片言当下，通过对比的方式，衬托出诗人想要抒发的情感。而就细节言之，各片首三句，前二句仄起，第三句平起，皆押平韵，虽然略为逼仄，但因为仍有平起平韵句，故口气上仍是较为节制的。真正的情感高潮在第四、五句，第四句与第三句失黏，展现出一种突兀的效果；再者，此两句皆以仄起，平仄上再度失黏，更是加强了逼仄、不平的感觉。然而，此番高潮不应到狂歌痛哭的烈度，毕竟它以平韵收束，说明音节到最后是趋于哀婉低沉的，因此在情绪上更接

近低声流泪，甚至欲哭无泪。至于哪一种表现方式更为悲伤，则有赖读者对情感的体会了。

【例词】

（宋）张先："肠断送韶华。为惜杨花。雪球摇曳逐风斜。容易着人容易去，飞过谁家。　聚散苦咨嗟。无计留他。行人洒泪滴流霞。今日画堂歌舞地，明日天涯。"

（宋）欧阳修："把酒祝东风，且共从容。垂杨紫陌洛城东。总是当时携手处，游遍芳丛。　聚散苦匆匆，此恨无穷。今年花胜去年红。可惜明年花更好，知与谁同？"

（宋）裴湘："万国仰神京。礼乐纵横。葱葱佳气锁龙城。日御明堂天子圣，朝会簪缨。　九陌六街平。万物充盈。青楼弦管酒如渑。别有隋堤烟柳暮，千古含情。"

十一、虞美人

感旧

春花秋月①何时了，往事②知多少。

⊙○○● ○○▲，⊙● ○○▲。

小楼昨夜又东风，故国③不堪回首④月明⑤中。

⊙○○⊙●●○△，⊙● ●○○⊙● ●○ △。

雕栏⑥玉砌⑦应犹在，只是朱颜⑧改。

⊙○ ⊙● ○○▲，⊙●○○ ▲。

问君能有几多愁？恰似一江春水向东流。

⊙○○⊙●●○△？⊙●●○●●○△。

【题解】

《碧溪漫志》："《脞说》称《虞美人》起于项籍《虞兮》之歌，予谓后世以此命名可也，曲起于当时，非也。"又《梦溪笔谈》云："高邮桑宣舒，性知音，旧闻虞美人草，逢人作《虞美人曲》，枝叶皆动，他曲不然，试之如所传。"可知本调得名自项羽虞姬的故事，而其内容则是后人所创，与项王无关。

【作者】

李煜，见本书第 15 页。

【注释】

①春花秋月：春天的花，秋天的月。指春秋佳景或泛指美好的时光，又指岁序更迭。

②往事：过去的事情。

③故国：已经灭亡的国家，前代王朝。

④不堪回首：谓不忍心回忆过去。

⑤月明：指月亮、月光。

⑥雕栏：有雕饰的栏杆或栏杆的美称。

⑦玉砌：用玉石砌的台阶，亦用为台阶的美称。

⑧朱颜：红润美好的容颜。指青春年少。

【译文】

春天的花和秋天的月这样美丽的景色年复一年地循环、究竟什么时候才能终了呢？我之所以有这样的哀叹，是因为我的经历，而对于我的经历，你们又知道多少呢？昨天晚上我居住的小楼又刮了一夜的东风，这令我想到东边的故国，就在那明月初升的方位，现下已经不忍心再回想这些事了。

故国宫殿雕满花纹的围栏及汉白玉砌就的台阶应该都还在吧，只是它们的主人已经换成别人了。你问我对此感到多少愁怨，就像那春日雨季滚滚东流的长江一般怎么流也流不尽。

【作法】

本调八句共五十六字，各片皆是四句四韵，全阕转韵三次，故而每个韵部都是一次场景的转换。各片首次两句口气较平，文字上应以写出客观事实为主，但又因为以仄韵收尾，故这两句又不能太平铺直叙，应做到情在景中，方能符合格律。失粘的第三句是情感上的转折，可以开始直抒胸臆，也可以先选取较为强烈的画面作为结句的铺垫。结句九字一气呵成，声调急促，之前埋下的伏笔在这里爆开，留给读者最深刻的印象——唯有做到这些，方能说是较好地完成这个词牌的写作要求。以上是一片中的两个段落，另一片亦是一样的作法。而与《浪淘沙》一样，本词因为上下片完全对称，故最常见的写法是上片写昔日之景，下片言今日之情，以对比的方式烘托出诗人的情感。

【例词】

（五代）毛文锡："鸳鸯对浴银塘暖，水面蒲梢短。垂杨低拂曲尘波，蛛丝结网露珠多，滴圆荷。　遥思桃叶吴江碧，便是天河隔。锦鳞红鬣影沉沉，相思空有梦相寻，意难任。"

（宋）苏轼："湖山信是东南美。一望弥千里。使君能得几回来。便使尊前醉倒且徘徊。　沙河塘里灯初上。水调谁家唱。夜阑风静欲归时。惟有一江明月碧琉璃。"

（宋）蒋捷："少年听雨歌楼上。红烛昏罗帐。壮年听雨客舟中。江阔云低断雁叫西风。　而今听雨僧庐下。鬓已星星也。悲欢离合总无情。一任阶前点滴到天明。"

十二、一斛珠

香口

晚妆初过。沉檀①轻注些儿②个③。

⊙○⊙▲。。⊙○　⊙●○○▲。

向人微露丁香④颗。一曲清歌⑤，暂引樱桃⑥破。

⊙⊙●○○ ▲。⊙●○○，⊙●○○ ▲。

罗袖裛⑦残殷色⑧可。杯深旋被香醪⑨浇⑩。

⊙●⊙ ○○● ▲。⊙○○○●○ ▲。

绣床⑪斜凭娇无那⑫。烂嚼红绒⑬，笑向檀郎⑭唾。

⊙○ ⊙●○○ ▲。⊙●○○，⊙●○○ ▲。

【题解】

曹邺《梅妃传》："梅妃为太真逼迁上阳，明皇于花萼楼念之，会夷使贡珠，命封一斛赐妃，妃谢以诗云：'柳叶双眉久不描，残妆和泪污红绡。长门尽日无梳洗，何必珍珠慰寂寥。'上览诗怅然，令乐府以新声度之，号'一斛珠'。"此即本调的来源。后又有别名"醉落魄"。

【作者】

冯延巳（903—960），原名冯延嗣，一作冯延己，字正中，是五代时词人，南唐时官至宰相，是南唐中主李璟的老师。死后谥号忠肃，有《阳春集》传世。冯延巳词风清丽，善写离情别绪，有很高的艺术成就，集五代花间词之大成，对李煜影响很大。冯延巳、李煜被认为直接影响了北宋以来的词风。

【注释】

①沉檀：用沉香木和檀木做的两种著名的熏香料。

②些儿：少许，一点儿。

③个：同"介"，古俗语助词。

④丁香：又名鸡舌香，丁子香。借喻女人的舌头。

⑤清歌：不用乐器伴奏的歌唱。

⑥樱桃：喻指女子小而红润的嘴。

⑦裛（yì）：缠绕，包裹。

⑧殷色：红色。

⑨香醪（láo）：美酒。

⑩浼（wò）：污染，弄脏。

⑪绣床：装饰华丽的床。多指女子睡床。

⑫无那：无奈，无可奈何。

⑬红绒：刺绣用的红色丝缕。

⑭檀郎：古时著名美男子潘安小字檀奴，故妇人称思慕的对象为檀郎。

【译文】

刚画上夜晚的妆容，轻轻地将薰香料倒进香炉之中。向着观众微微露出舌头。不带伴奏地清唱了一首歌，樱桃似的小嘴一开一阖。

舞动后的长袖已经缠绕成一团了，还变成红色，这是因为被酒杯泼洒出来的美酒弄脏了。她斜斜地靠在自己的床上，流露出无可奈何的娇态，嚼着红色的锦被，欢笑着吐到情郎的身上。

【作法】

本调分两片，共十句八韵五十七字。两片看似不对称，但仔细分析，差别只在下片的首句多了三个字，其余平仄结构完全一样，因此我们可以说这阕词在结构上仍然应是上下片对比式的结构。而在句法上，首句破题，点明全词意旨，次句与第三句平仄结构相同，在音乐上是一样的乐句重复两次，因此文字上描写的应是同类的东西，不应有太大的跳跃，而末两句若扣去结句的韵脚，则又是两个重复、相同的四言句，因此这两组四言句同样也应描写同类的东西，本阕词就是借由这样的反复句式来保证意象能得到充分的体现。在这样的排比过后，结句的韵脚就尤其重要了，它必须与前面的四个字在文字逻辑上能够连用，但又要承担起对全片进行总结的作用，在写作时尤当多下工夫。另外，与上片首次两句逻辑关系可以不那么紧密不同，下片起首三句是一组，首句开启一组意象，次句在补充该意象时更进一步带出其他的情景，第三句再以与次句直接相关的内容作为补充。此外，本词的平仄结构是近体诗式的，并无拗句或失粘，故整体表现出来的情感是和谐的，即使有意要用此词牌表达心中不平的感情，在写作时也应有所节制，尽可能地婉约、平和。

【例词】

（宋）晏几道："天教命薄。青楼占得声名恶。对酒当歌寻思着。月户星窗，多少旧期约。　相逢细语初心错。两行红泪尊前落。霞觞且共深深酌。恼乱春宵，翠被都闲却。"

（宋）秦观："碧云寥廓。倚阑怅望情离索。悲秋自怯罗衣薄。晓镜空悬，懒把青丝掠。　江山满眼今非昨。纷纷木叶风中落。别巢燕子辞帘幕。有意东君，故把红丝缚。"

（宋）周紫芝："江天云薄。江头雪似杨花落。寒灯不管人离索。照得人来，真个睡不着。　归期已负梅花约。又还春动空飘泊。晓寒谁看伊梳掠。雪满西楼，人在阑干角。"

十三、谒金门

春闺

风乍起，吹皱一池春水。
○⊙▲，⊙●⊙○○▲。
闲引鸳鸯芳径①里，手挼②红杏蕊。
⊙●○○○● ▲，⊙○ ○●▲。

斗鸭③阑干独倚，碧玉搔头④斜坠。
⊙● ⊙○⊙▲，⊙●⊙○○▲。
终日望君君不至，举头闻鹊喜⑤。
⊙●○○○●▲，⊙○○●▲。

【题解】

汉武帝使学士待诏金马门，备顾问，亦省称金门，用喻天子宫门，后与"玉堂"并称，沿为掇取金紫、列位公卿之词。本调为唐词，取义为儒生朝谒天子，原名"儒士谒金门"，后又有"垂杨碧""花自落"等异名。

【作者】

冯延巳，参见本书第26页。

【注释】

①芳径：花径。

②挼（nuó）：按，揉。

③斗鸭：使鸭相斗的博戏。相传起于汉初，是古时豪家之娱乐。

④搔头：簪的别名。

⑤鹊喜：鹊的鸣叫声。旧传以鹊鸣声兆喜，故称。

【译文】

忽然来了一阵风，将春天平静的水面吹出了涟漪。我悠闲地穿着鸳鸯履在花间小路漫步，并且摘下了一朵红色的杏花。

家人们玩着斗鸭的游戏，我独自倚靠着栏干，头上的发饰已经松了、摇摇欲坠。我站在这里一日又一日地等你，你却始终没有到来。这时我抬头，听到了喜鹊的鸣声，应该是喜事终于要到来了吧。

【作法】

本调分上下两片，共八句八韵四十五字。本词的特

色是所有句子的前三句平仄结构基本一样，即使是七言句也只是在首次两个六言句的收尾处多加一个仄声字，而结句五言句也只是掐去七言句的首二字而已。这体现在音声上是不断的重复，加上它一句一仄韵，故而这种重复并不是催眠曲式的魔音传脑，更像是一个情绪激动的人在喋喋不休，是以在写作上也应把握这种感觉。

【例词】

（宋）晏殊："秋露坠。滴尽楚兰红泪。往事旧欢何限意。思量如梦寐。人貌老于前岁。风月宛然无异。座有嘉宾尊有桂。莫辞终夕醉。"

（宋）黄庭坚："山又水。行尽吴头楚尾。兄弟灯前家万里。相看如梦寐。　君似成蹊桃李。入我草堂松桂。莫厌岁寒无气味。余生今已矣。"

十四、踏莎行

春暮

春色①将阑②，莺声渐老，红英③落尽青梅小。
⊙●　○○，　⊙○●▲，⊙○　⊙●○▲。

画堂④人静雨蒙蒙，屏山⑤半掩余香袅。
⊙○　○●○○，⊙○　○●○▲。

密约⑥沉沉⑦，离情杳杳⑧，菱花⑨尘满慵将照。
⊙●　○○，　⊙○●▲，　⊙○　⊙●○○　▲。

倚楼无语欲销魂⑩，长空⑪黯淡⑫连芳草。
⊙○⊙●●○○，　⊙○　⊙●　○○▲。

【题解】

本调又名"柳长春"。《湘山野录》云："莱公因早春宴客，自撰乐府词，俾工歌之。"莱公即寇准之号，可知其为本调之创始人。而其名称则来自韩翃的诗句"踏莎行草过春溪"。此处的"行"，是行步之意，并非乐府歌行之行，需要注意。

【作者】

寇准（961—1023），字平仲，华州下邽（今陕西渭南）人，北宋名相。与白居易、张仁愿并称"渭南三贤"。景德元年（1004）拜相，后遭到丁谓等人构陷，贬雷州司户参军。天圣元年（1023），病逝于雷州。宋仁宗时追复太子太傅，赠中书令、莱国公，谥忠愍。人称寇忠愍、寇莱公。善诗能文，七绝蕴藉深婉，风神秀逸，有晚唐风调，而无宋人习气，南宋胡仔评之为"诗思凄怆，盖富于情者"。今传《寇忠愍诗集》三卷。

【注释】

①春色：春天的景色。

②阑：尽。

③红英：红花。

④画堂：古代宫中有彩绘的殿堂。泛指华丽的堂舍。

⑤屏山：古时以屏施帐，故屏山多指屏帐。

⑥密约：秘密的约言。

⑦沉沉：形容音信杳无。

⑧杳杳：幽远貌。

⑨菱花：《飞燕外传》："婕妤上七尺菱花镜一奁。"后泛指镜。

⑩销魂：谓灵魂离开肉体。形容极其哀愁。

⑪长空：指天空。天空辽阔无垠，故称。

⑫黯淡：阴沉，昏暗。比喻没有希望，不美好。

【译文】

春日的风景已经将要尽了，黄莺的叫声也日渐无力。树上的红花都落尽了，青色的梅子已经开始结果。烟雨蒙蒙的天气里，画堂中有一个人安静地待着，她的屏风遮住了她，但有香气从中飘出。

和情郎秘密的约定而今不知道被抛到何处了，那人离开后的音信已经几无听闻，于是她也没有心情照镜理妆，镜子也被灰尘覆盖了。靠着墙壁，一言不发，只是独自伤心，远处的天色已经暗了下来，翠绿的草地依然连接到天边。

【作法】

本调分上下二片，共十句六韵五十八字，上下片平仄结构完全相同。就各句而言，各片前三句基本是近体诗的结构（首次两个四言句可以理解为在"肚皮"处多加一个平声字并加一个休止符的七言句），因此音声上是较为平和的，即使是表达较为激切的情绪，也应像是事过境迁之后以平淡的口吻说着他人的故事一般的感觉。但这样的感觉在结句中发生了变化，结句并未依近体诗的规则采用仄起，而是与第三句一样平起，这就像是原本以为一切都已经过去了，但说着说着痛楚又回来了的感觉，但因为此前平淡的气氛已经筑成，故结句在文字上不宜有太大的起伏，一切的情感只能通过声音传达。当然，由于配词的音乐已佚失，现代汉语的语音也与宋代不同，故这样的"声音"，或许只有懂南方方言的读者才能够通过方音自行想象了。

【例词】

（宋）晏殊："碧海无波，瑶台有路。思量便合双飞去。当时轻别意中人，山长水远知何处。　绮席凝尘，香闺掩雾。红笺小字凭谁附。高楼目尽欲黄昏，梧桐叶上萧萧雨。"

（宋）欧阳修："候馆梅残，溪桥柳细，草熏风暖摇征辔。离愁渐远渐无穷，迢迢不断如春水。　寸寸柔肠，盈盈粉泪，楼高莫近危栏倚。平芜尽处是春山，行人更在春山外。"

（宋）秦观："雾失楼台，月迷津渡，桃源望断无寻处。可堪孤馆闭春寒，杜鹃声里斜阳暮。　驿寄梅花，鱼传尺素，砌成此恨无重数。郴江幸自绕郴山，为谁流下潇湘去？"

十五、贺圣朝

留别

满斟绿醑①留君住，莫匆匆归去。

⊙○○●　○○▲，●●○○▲。

三分春色二分愁，更一分风雨。

⊙○○●●○○，●●○○▲。

花开花谢，都来②几许。且高歌③休诉。

⊙○○●，⊙○　⊙▲。●●○　○▲。

不知来岁牡丹时，再相逢何处。

⊙○○●●○○，●⊙○○▲。

【题解】

以"圣朝"称呼朝廷，是唐代常见的表达方式，故本调应源于唐代，为教坊曲。又由于"圣明"二字往往并用，或是宋代以"熙朝"代替"圣朝"，故本调又有"贺明朝""贺熙朝"等别名。

【作者】

叶清臣（1000—1049），字道卿，号本元。宋代长洲（今苏州）人。

【注释】

①绿醑（xǔ）：绿色美酒。

②都来：总共，共有。

③高歌：高声歌吟。

【译文】

我为杯中倒满了美酒，希望能把你留下，至少你别那么匆匆地离去。只剩下三分的春色中，有二分是愁怨，剩下的一分则也被风雨打落尽了。

究竟有多少花朵开了又谢？我们只管唱歌吧，别管这事了。毕竟明年牡丹花开的时候，我们能否能够在某个地方重逢。

【作法】

本调共九句六韵四十九字，上下片基本是对称结构，虽然句数不甚相同，但下片首二个四言句与上片首句相似，可视为不过是一种句型变化而已。这种结构的作法在前几阕词中已经多次介绍，此处不再重复。本词的特殊之处，在于四个五言句，并不是习见的"三—二"结构，而是"一—四"结构，即是一个领字加上四个补语的结构。此一领字，规定是仄声，而一般常用去声，以加强音声上的力度。而在实践上，由于本阕词有高达四个领字，在词中亦属罕见，故而有的作者会在第三段中使用上声字为领字，除形成转折外，亦使听觉上不至于太过单调。另外，第三段，也是下片首三句，因为节奏的变化，容易引起听者的注意，故而应是全词的情感高潮，这也是谋篇时当筹及的。

【例词】

（宋）韩元吉："斜阳只向花梢驻。似愁君西去。清歌也便做阳关，更朝来风雨。　佳人莫道，一杯须近，总眉峰偷聚。明年归诏上鸾台，记别离难处。"

（明）屈大均："休憎春色如浓酒。纵醉人难久。愁心搅乱任莺声，更丝丝垂柳。　歌长歌短，总催白发，但瑶琴在手。飞花片片解相依，到天涯犹有。"

十六、御街行

离怀

纷纷坠叶飘香砌①，夜寂静、寒声②碎。
⊙○⊙●○○▲，●●●、○○▲。
真珠帘卷玉楼③空，天淡银河垂地。
⊙○○●○○，⊙●○○○▲。
年年今夜，月华④如练⑤，长是⑥人千里。
⊙○⊙●，○○⊙●，⊙●○○▲。

愁肠已断无由醉，酒未到、先成泪。
⊙○⊙●○○▲，●●●、○○▲。
残灯⑦明灭⑧枕头欹⑨，谙⑩尽孤眠滋味。
⊙○○●○○，⊙●○○○▲。
都来⑪此事，眉间心上，无计相回避。
⊙○　●●，⊙○○●，⊙●●○▲。

【题解】

"御街"之名，始于宋代。《东京梦华录》有云："御街，自宣德楼一直南去，约阔二百余步……"其后极言街边之热闹美丽，故本调最初所歌咏的应是汴京城的御街，是宋代较为流行的曲调之一。

【作者】

范仲淹（989—1052），字希文，谥文正，好弹琴，尤其《履霜》一曲，人称范履霜，苏州吴县（今江苏省苏州市）人，北宋政治家、文学家、军事家、教育家。范仲淹文学素养很高，写有不少著名作品，包括《严先生说祠堂记》及《岳阳楼记》等，后者中的"先天下之忧而忧，后天下之乐而乐"更为千古名句。

【注释】

①香砌：门前堆满落花的台阶。

②寒声：凄凉的声音。如风声、雨声、鸟鸣声等。

③玉楼：传说中天帝或仙人的居所。代指华丽的楼。

④月华：月光，月色。

⑤练：长条状的布。

⑥长是：时常，老是。

⑦残灯：将熄的灯。

⑧明灭：谓忽明忽暗。

⑨欹（yī）：倾斜不正。

⑩谙：识。

⑪都来：算来。

【译文】

一片片的落叶落在了逞城的石阶上。寂静的夜晚，尽是细碎的凄凉风雨声。珍珠制的帘幕已经高高卷起，里面的人早已人去楼空，只剩下满天的星斗和银河映照着大地。每一年这样的夜晚，这样月光清亮的夜晚，我们总是相隔在千里之外。

我哀愁得肝肠都已经断了却怎么喝也喝不醉，因为一杯杯的苦酒都幻化成了泪水。即将燃尽的油灯闪烁着，我斜倚着枕头，早已习惯了孤独入睡的滋味。想一想，这样的故事，无论是眉间或是心上，都已经无可避免地被它占满了。

【作法】

本调十四句八韵，共七十八字，是较早出现的长调，但仍保留早期词的特性，即是上下两片完全对称。而在句式上，本调以三、五、七言的奇句和四、六言的偶句掺杂而成，以"奇偶相生"的结构使曲调充满变化，但除了中间一个七言句以平声收尾外，其余全是仄声收尾，体现了情感上的激切。更细致地说，各片皆以仄韵七言句开篇，随即接上两个仄脚三言句，从一开始就是情感强烈的样貌，但其中有第四句平脚七言句稍微抒缓语气，让歌者有换气的空间，也留下了让作者平复心绪的段落，以整理好的心情迎接之后的连续仄脚偶句，带起第二波高潮，最末以五字仄韵句凝练、总节整段的故事。下片结构亦同。据此可知，本词牌适合的是苍莽辽阔的英雄情怀，即使用来抒写爱情，也绝不是闺阁中的柔情软语。

【例词】

（宋）晏几道："年光正似花梢露。弹指春还暮。翠眉仙子望归来，倚遍玉城珠树。岂知别后，好风良月，往事无寻处。　狂情错向红尘住。忘了瑶台路。碧桃花蕊已应开，欲伴彩云飞去。回思十载，朱颜青鬓，枉被浮名误。"

（宋）张先："天非花艳轻非雾。来夜半、天明去。来如春梦不多时，去似朝云何处。远鸡栖燕，落星沉月，纭纭城头鼓。　参差渐辨西池树。珠阁斜开户。绿苔深径少人行，苔上屐痕无数。余香遗粉，剩衾闲枕，天把多情付。"

（宋）辛弃疾："山城甲子冥冥雨。门外青泥路。杜鹃只是等闲啼，莫被他催归去。垂杨不语，行人去后，也会风前絮。　情知梦里寻鹓鹭。玉殿追班处。怕君不饮太愁生，不是苦留君住。白头自笑，年年送客，自唤春江渡。"

十七、渔家傲

秋思

塞下①秋来风景异。衡阳②雁去无留意。

●● ⊙○○●▲。 ○○ ●○○▲。

四面边声③连角起。千嶂④里。长烟⑤落日孤城闭。

⊙●⊙○ ○●▲。 ○⊙ ▲。 ⊙○ ○●○▲。

浊酒一杯家万里。燕然未勒⑥归无计。

●●⊙○○●▲。 ⊙○○⊙●○▲。

羌管⑦悠悠霜满地。人不寐。将军白发征夫⑧泪。

⊙●○○○●▲。 ○⊙▲。 ⊙○○●○○ ▲。

【题解】

《乐府纪闻》："张志和自称烟波钓徒，愿为浮家泛宅，往来苕霅间，作《渔歌子》，此为本调名称之由来。本调为范仲淹所创，据《东轩笔录》："范文正守边日，作《渔家傲》乐歌数曲，皆以'塞下秋来'为首句，颇述边镇之劳苦。"虽此调最初虽是边塞之歌，后来则渐渐变得泛用了。

【作者】

范仲淹，参见本书第36页。

【注释】

①塞下：边塞附近。亦泛指北方边境地区。

②衡阳：湖南衡阳南衡山七十二峰之首曰回雁峰，相传雁飞至此不过，遇春而回。

③边声：指边境上羌管、胡笳、画角等音乐声音。

④障：或作嶂（zhàng），形如屏风的山。

⑤长烟：指弥漫在空中的雾气。

⑥燕然未勒：班固《勒燕然山铭》："惟永元元年，秋七月，有汉元舅车骑将军窦宪，治兵于朔方。逾涿邪，跨安侯，乘燕然，蹑冒顿之区落，焚老上之龙庭。封山刊石，昭铭盛德"云云。意指平荡北胡。

⑦羌管：即羌笛。

⑧征夫：从役之人，出征的士兵。

【译文】

边塞的秋天到了，风景大异于中原。此时大雁南飞，毫无留下的意思。四面传来了军号的声音，一波一波不绝于耳。在边境连天的山岭上，夕阳笼罩在山岚之中，边境的小城也关上了城门。

喝了一杯浊酒，想起了万里外的家乡。但还没有荡平敌人，怎么样都是回不了家的。缓慢而悠长的羌管声又响起了，只见满地都是银色的霜华。人人无论如何也无法入眠，因为将军的头发都已经白了，远征的士兵也纷纷泪下。

【作法】

本调十句六十二字，上下片完全相同，扣除一个三言句外，完全为七言仄韵绝句的形式。但是，句中平仄安排虽然平衡，但仄韵的韵脚显示出音节是拗怒的。与上一阕《御街行》不同的是，本词中没有平脚句舒缓语气，句句押韵，使得整体节奏更加紧张迫促，故而苍莽有之，开阔则无，所表达的情怀更为凄壮。

【例词】

（宋）晏殊："画鼓声中昏又晓。时光只解催人老。求得浅欢风日好。齐揭调。神仙一曲渔家傲。　绿水悠悠天杳杳。浮生岂得长年少。莫惜醉来开口笑。须信道。人间万事何时了。"

（宋）张先："巴子城头青草暮，巴山重叠相逢处。燕子占巢花脱树。杯且举，瞿塘水阔舟难渡。　天外吴门清霅路，君家正在吴门住。赠我柳枝情几许。春满缕，为君将入江南去。"

（宋）王安石："平岸小桥千嶂抱，揉蓝一水萦花草。茅屋数间窗窈窕。尘不到，时时自有春风扫。　午枕觉来闻语鸟，欹眠似听朝鸡早。忽忆故人今总老。贪梦好，茫然忘了邯郸道。"

十八、苏幕遮

怀旧

碧云①天，黄叶地。秋色②连波③、波上寒烟翠④。

●○　○，○●▲。⊙●　○○、⊙●○○▲。

山映斜阳⑤天接水。芳草无情、更在斜阳外。

⊙●○○○●▲。⊙●○○、⊙●○○▲。

黯⑥乡魂⑦，追⑧旅思⑨。夜夜除非⑩、好梦留人睡。

●○○，　○●▲。⊙●○○、⊙●○○▲。

明月楼高休独倚。酒入愁肠⑪、化作相思泪。

⊙●○○○●▲。⊙●　○○、⊙●○○▲。

【题解】

《新唐书》云"北方坊邑，相率为浑脱队，骏马胡服，名曰'苏莫遮'"，可见本调原本为胡乐，唐代传入中国。至北宋周邦彦时，依此调填词，有"鬓云松，眉叶敛"句，故又名"鬓云松令"。

【作者】

范仲淹，参见本书第36页。

【注释】

①碧云：空中的云。喻远方或天边。

②秋色：秋日的景色、气象。

③连波：连绵起伏的波浪。

④寒烟：寒冷的烟雾。

⑤斜阳：傍晚西斜的太阳。

⑥黯：形容心情忧郁。

⑦乡魂：思乡的心。

⑧追：追随，可引申为纠缠。

⑨旅思：羁旅之思。

⑩除非：犹只有。表示唯一的条件。

⑪愁肠：忧思郁结的心肠。

【译文】

　　碧蓝的天空，黄叶堆积的地面，水面的波浪上染满了秋天的颜色，还有寒冷的烟雾飘荡在上面。夕阳映照在山上以及天边的水上，而无情的芳草则连绵到了斜阳之外。

　　思乡的心忧郁着，羁旅之思纠缠着，所期盼的只是每个夜晚能够将人留在梦乡中的好梦而已。明月当空的时候千万别自己一个人登上高楼。此时所饮的酒，都化作相思的泪水。

【作法】

　　本调十句八韵共六十二字，各片起首的三言句平仄互异，反映了其音声一开始是平缓的，其下接"四—五"结构的长句理论上有忽然拉高情绪的作用，但因其仄起、与三言句相粘，故情绪的第一次拉高并不是真正的高潮，只是为各片末尾的高潮做一预演而已。各片第四句的七言句因其仄起，与前句失粘，与后句失对，展现出不和谐的音节——这也是全词中唯一不和谐的乐句——标志着情绪转折的到来，终于引出结句的情感高潮。各片结句与第三句都是九言句，平仄结构也相同，显示其音乐上是反复的，其展露的情感理论上应是近似，但由于有了前述七言句的舖垫，同样的音乐在结句中展现出来的对比远较前一九言句强烈，因此结句成为全词的情绪高潮。但也正因为这样的结构，这样的高潮并不是凭空出现的，是七言句带出的，因此该句的转折该怎么转才能较好地引出结句的情景，是写作时需要多加考虑的。

【例词】

（宋）梅尧臣："露堤平，烟墅杳。乱碧萋萋，雨后江天晓。独有庾郎年最少。窣地春袍，嫩色宜相照。　接长亭，迷远道。堪怨王孙，不记归期早。落尽梨花春又了。满地残阳，翠色和烟老。"

（宋）周邦彦："燎沉香，消溽暑。鸟雀呼晴，侵晓窥檐语。叶上初阳干宿雨，水面清圆，一一风荷举。　故乡遥，何日去？家住吴门，久作长安旅。五月渔郎相忆否？小楫轻舟，梦入芙蓉浦。"

（清）宋琬："竹西亭，歌吹地。廿四桥头，曾系青丝骑。座上秋娘兼季次。侠客名姝，夜夜春风醉。　孝廉船，丞相第。弦管凄凉，苔老朱门闭。燕子新从王谢例。太息回车，无限羊昙泪。"

十九、锦缠道

春游

燕子呢喃①，景色乍长春昼。睹园林②、万花如绣。
●●○○，⊙●●○○▲。●○○、⊙○○▲。

海棠经雨胭脂透。柳展宫眉③，翠拂行人首。
⊙○⊙●○○▲。⊙●○○，⊙●○○▲。

向郊原④踏青⑤，恣歌携手。醉醺醺、尚寻芳酒。
●○○●○，⊙●○▲。●○○、⊙○○▲。

问牧童、遥指孤村道，杏花深处，那里人家有⑥。
●○○、⊙●○○○，●○○●，⊙●●○▲。

【题解】

《旧唐书·郭子仪传》："大历二年二月，子仪入朝，宰相元载……共出钱三十万，宴于子仪第，恩出罗锦二百匹为子仪缠头之费"，杜甫诗云："笑时花近眼，舞罢锦缠头"，是唐代人人称美的故事，故本调调名，应创始于中唐前后。

【作者】

宋祁（998—1061），字子京，安陆（今属湖北）人，徙居开封雍丘（今河南杞县），北宋文学家、史学家。与其兄宋庠诗文齐名，时呼"小宋""大宋"，合称"二宋"。因其词《玉楼春》中有"红杏枝头春意闹"之句，人称红杏尚书。他为人喜奢侈，多游宴。其词多抒写个人生活情怀，未摆脱晚唐五代艳丽旧习，元代的方回把他归入西昆派。但构思新颖，语言流丽，描写生动，一些佳句流传甚广。

【注释】

①呢喃：小声絮语。亦指燕鸣声。

②园林：种植花木，兼有亭阁设施，以供人游赏休息的场所。

③宫眉：本义谓妇女依宫中流行样式描画的眉毛，此处用以形容柳叶的形状。

④郊原：原野。

⑤踏青：清明节前后郊野游览的习俗。

⑥"牧童"等三句：化用杜牧《清明》诗："清明时节雨纷纷，路上行人欲断魂。借问酒家何处有，牧童遥指杏花村。"

【译文】

燕子温柔地低语，春天里日照时间变长了。我看到了园林里开满了锦绣般的各种鲜花。雨后的海棠显得更加娇艳。柳叶也伸展开来，抚摸着行人的头。

到郊外踏青，一起携手歌唱，喝得有点醉了，还在寻找着有没有酒。于是指着远处的村落，问牧童道：在杏花深处的那里，哪一户人家有酒卖呢？

【作法】

本调共十二句七韵六十六字，是本书介绍的词牌中，第一首上下片完全不对称者，因此需要多作说明。上片开篇两句，于第十字押韵，而其偶数字分别为仄、平、仄、平、仄（韵），两两相对，说明它的音节较为平静和缓。开篇处的阳春白雪，到了"三—四"句式的第三句中，因其中腹夹带大量平声字而转化为低沉——当然，若是希望能给画面带来一些活力，可以与所引宋祁的例词一样将第四字改为仄声——营造出一种波澜不惊的氛围。这样的氛围在上片第四至六句中持续着，仿佛岁月静好、一切都不会改变。这样安稳恬淡的气氛一进入下片就发生转变，下片首句是有领句的"一—四"结构，领字一般用去声表示力度，体现在文字上就是诗人因为主观或客观原因改变了原本安逸的状态，而开始去做一些什么事。但这又不是一种雷厉风行的变化，更像是一种纯粹心态上的变化，即诗人可能心念一转情绪有所波动，但身体还未从上片慵懒的状态中动起来一般，这种身心的对比，暗示着一种对于即将发生的改变无能为力的状态，故而心念虽转，但声调仍持

续低沉，于是有末三句十七字方始一韵的喃喃低语。读者或许还记得，前面说过，所谓的词在唐、宋时期是用唱的，或许正是因为这样的乐句结构，使得它所搭配的乐曲在曲调上比较难以推广，从而作者甚少。也因此，本文所收的例词都是明清以后的——因为此时词已经脱离乐曲的附庸而成为一种独立的文类了。

【例词】

（明）吴子孝："堂映湖山，解粽共酬佳节。对蒲风、金杯休歇。銮坡每岁恩波阔。忆赐宫衣，轻迭香罗雪。　到如今回头，五云仙阙。故园中、只闻啼鴂。诵离骚、自叹孤忠惟，扬州铸镜，能照人心别。"

（清）黄之隽："海样韶光，直得一身漂去。任浮沉、万红深处。露华渲染浓如许。叶叶衫罗，总被香黏住。　听吹来玉箫，似人私语。殢柔肠、醉云眠雨。向闲亭、一枕谁为侣。夜深月上，梦与花魂遇。"

二十、离亭燕

怀古

一带江山如画，风物①向秋潇洒②。

⊙●⊙○○▲，⊙●⊙○○▲。

水浸碧天何处断，霁色③冷光④相射。

⊙●⊙○○●●，●●⊙○　○▲。

蓼屿⑤荻花⑥洲，掩映⑦竹篱茅舍。

⊙●　●○○，●○⊙○○▲。

云际客帆⑧高挂，烟外酒旗⑨低亚⑩。

⊙●⊙○　○▲，⊙○●○○○▲。

多少六朝兴废事，尽入渔樵⑪闲话⑫。

⊙●○○●●，●●○○　○▲。

怅望倚层楼，寒日无言西下。

⊙●●○○，⊙●⊙○○▲。

【题解】

本调最早系唐代乐曲，描述《全唐诗话》中所载的一则故事："黄颇，宜春人，与卢肇同乡，颇富而肇贫。同日遵路赴举，邵牧宴颇离亭，肇驻寒十里以俟。""燕"同"宴"。

【作者】

张昇（992—1077），字杲卿，北宋政治人物、词人，陕西韩城人。大中祥符八年（1015）进士，历任御史中丞，枢密副使，参知政事兼枢密使等职，以彰信军节度使，同中书门下平章事判许州。最后以太子太师荣衔退休。卒谥康节。张昇长于写词，善于将写景与抒情结合。

【注释】

①风物：风光景物。

②潇洒：悠闲自在。

③霁色：晴朗的天色。

④冷光：指江面反射的天光。

⑤蓼屿：蓼花盛开的岛屿。蓼花，一年生或多年生草本植物，节常膨大，托叶鞘状，抱茎，花小，白色或浅红色，穗状花序或头状花序。

⑥荻花：多年生草本植物，生在水边，叶子长形，似芦苇，秋天开紫花。常见于湖泊、江河及其水渠、路旁。

⑦掩映：隐隐地显现出。

⑧客帆：客船上的帆。借指客船。

⑨酒旗：即酒帘。酒店的标帜。

⑩低亚：亚与压通，即低压。

⑪渔樵：渔人和樵夫。指隐居。

⑫闲话：闲谈。

【译文】

这一带的水好像画一般，秋天里这些景物显得特别悠闲自在。水面直接天边，究竟水与天的分别在哪里呢？晴朗的天弓巴和江面反射的天光已经浑然一体了。在蓼花盛开的岛屿、荻花盛开的沙洲上，依稀见到竹篱和茅屋。

云朵边高高飘扬着客船的帆，烟波外酒肆的店招低低地悬着。六朝以来多少成败兴亡，都成了隐逸者闲话家常的材料。我惆怅地在高楼上远望，只见太阳默默地西下。

【作法】

本调十二句八韵七十二字，上下片结构对称。特异之处在于除第五句外，全系仄起仄结之句子，在音声上显得较为激越而不能平；其中以平声收尾的第五句亦是仄起，在大量的仄句中，此句因此显得势单力孤，未能收到缓和情绪的功效，故而可以说本调较为适宜表达较为雄壮而带着哀叹、沉郁的主题，文字上也应尽量以厚重为主，不适合描写太过灵动的内容。

【例词】

（宋）黄庭坚："十载樽前谈笑。天禄故人年少。可是陆沉英俊地，看即锁窗批诏。此处忽相逢，潦倒秃翁同调。 西顾郎官湖渺。事看庾楼人小。短艇绝江空怅望，寄得诗来高妙。梦去倚君傍，蝴蝶归来清晓。"

（清）顾贞观："烟水晚来空阔。望处白鸥飞没。折戟沉沙磨不尽，中有小乔香骨。谁唤起凌波，欲语亭亭似活。 钓罢绿蓑慵脱。叶底画桡轻拨。粗服乱头相对处，绝称淡妆浓抹。俗累此全遗，翻恐为伊消渴。"

（清）易顺鼎："过了降旗无数。留着酒旗如故。儿女英雄哀怨事，都付吴船白苎。天堑险何曾，多少渔翁飞渡。 山是愁痕吹聚。水是泪痕流做。青史成堆堆不了，堆作几堆黄土。如此好江南，让与斜阳来住。"

二一、诉衷情

眉意

清晨帘幕卷轻霜，呵手①试梅妆②。

⊙○⊙●●○△，⊙●●○△。

都缘自有离恨③，故画作、远山④长。

⊙○⊙●○○，⊙●●、●○△。

思往事，惜流光⑤，易成伤。

○●●，●○△，●○△。

未歌先敛，欲笑还颦⑥，最断人肠。

●○○●，●●○○，⊙●●△。

【题解】

本调为温庭筠所创，义取《离骚》："众不可户说兮，孰云察余之中情。"首句不押韵的变体称为《一丝风》，又因毛文锡词有"桃花流水漾纵横"，故又名《桃花水》。本调变体甚多，少者三十七字，多者四十六字，尤须注意。

【作者】

欧阳修（1007—1072），字永叔，号醉翁、六一居士，谥号文忠。籍贯吉州庐陵（今江西省吉安市），生于绵州（今四川绵阳），北宋时期文学家、史学家、政治家。历仕仁宗、英宗、神宗三朝，官至翰林学士、枢密副使、参知政事，曾积极参与范仲淹所领导的庆历新政政治改革。文学方面，是唐代韩愈、柳宗元所倡导之古文运动的继承者及推动者，为古文发展作出了巨大贡献。其散文风格平易自然，韵味深美，诗歌风格平易清新，为宋诗奠下基础。在词的方面，欧阳修是承上启下的过渡人物，上承冯延巳的深挚，下启苏轼的疏俊、秦观的深婉，词风婉转而抑扬顿挫，风度雍容华贵，其中有些词吸收民歌腔调与辞汇，也有新意。

【注释】

①呵手：向手嘘气使暖。

②梅妆：古时女子妆式，描梅花状于额上为饰。相传始于南朝宋寿阳公主。

③离恨：因别离而产生的愁苦。

④远山：远处的山峰。亦用于形容女子秀丽之眉。

⑤流光：指如流水般逝去的时光。

⑥颦：皱眉。

【译文】

清晨卷起了帘幕，上面带着淡淡的轻霜。我呵着双手，开始为自己涂上梅花妆。但因为想起与情郎离别所生的愁怨，所以不小心把眉毛画得太长了。

想起了过去的往事，为逝去的时光而惋惜，容易令人伤心。还没唱起歌就已经收声，本来想笑却皱起眉头，这样的情况最令人感到肠断了。

【作法】

本调十句六韵四十五字，上片四句三韵二十四字，下片六句三韵二十一字，结构完全不类，体现在节奏上便是上片稍缓下片较急。从平仄来看，上片首次两句相对且收平韵，是极为和缓的开头，第三句失粘，意味着情绪开始波动，再以"三—三"结构的平句作结，显示了节奏虽已加快，但旋律尚未昂起的特点。因此，体现在文字上，上片以平铺直叙、搭建场景为宜，但在结处当先埋下情绪性的伏笔，以便与下片衔接。又，若分别以 A、B 代指上片结处的两个三字句的格律形式，则上下片之交是这样的格律形式：A、B。A，B，B，在词学上称为"流水格"，正如河流一样由缓趋急，随着句子的推进，情绪一层一层叠加，由低吟至于呐喊，然后进入结处。结处三句，前二个四言句当对仗，末句则需以四字总结前两个四言句，在音乐停止之时，收束住原本狂呼的情绪；但又由于结句与前句平仄结构完全相同，故在音声上会形成余音绕梁之感，营造一种虽然述说停止了，但故事还在继续的氛围。另外，《白香词谱》选的是本词的一种变体，历来倚此变体填词者较少，故例词中只收黄庭坚一例，另收两例较为常见的其他体例，以供读者参考。

【例词】

（宋）黄庭坚："旋揎玉指着红靴。宛宛斗弯讹。天然自有殊态，供愁黛、不须多。　分远岫，压横波。妙难过。自歌枕处，独倚阑时，不奈輼何。"

（宋）柳永："一声画角日西曛。催促掩朱门。不堪更倚危栏，肠断已消魂。　年渐晚，雁空频。问无因。思心欲碎，愁泪难收，又是黄昏。"

（宋）晏殊："东风杨柳欲青青。烟淡雨初晴。恼他香阁浓睡，撩乱有啼莺。　眉叶细，舞腰轻。宿妆成。一春芳意，三月和风，牵系人情。"

二二、阮郎归

踏青

南园①春半②踏青③时。风和闻马嘶。

⊙○○⊙●●○△。⊙○○●△。

青梅如豆柳如眉，日长蝴蝶飞。

⊙○○⊙●●○△，●○○●△。

花露重，草烟低，人家④帘幕垂。

○●●，●○○，⊙○ ○●△。

秋千慵困⑤解罗衣，画梁⑥双燕归。

⊙○⊙● ●○△，●○ ○●△。

【题解】

《填词名解》："《阮郎归》，用《续齐谐记》阮肇事。"所谓阮肇事，据《续齐谐记》云："永平中，刘晨、阮肇入天台山采药，见二女，颜容绝妙，便唤刘、阮姓名，因邀至家，设胡麻饭与食之。"刘晨、阮肇的故事在唐代时见于诗歌，故此调应创立于隋唐之间。

【作者】

欧阳修，参见本书第48页。

【注释】

①南园：泛指园圃。

②春半：谓春季已过半。

③踏青：清明节前后郊野游览的习俗。

④人家：民家，民宅。

⑤慵困：懒散困倦。

⑥画梁：有彩绘装饰的屋梁。

【译文】

春天已经过了一半，在园子里踏青的时候，感受到徐徐和风，风中有出游的马匹嘶叫的声音。此时初结的青梅像豆子一样大，柳叶像眉毛一样细，日照时间变长了，蝴蝶四处飞舞。

花朵上的露水变得多了，夜晚的雾气也将草压得更低，家家户户都垂下了帘幕。在秋千上玩耍得累了，脱下了外衣，此时屋梁上的燕子也回来了。

【作法】

本调四十七字，首句起韵，全词除过片外，皆由平仄相同的七言五言句构成，形成一种不断重复的声律，且每句的第二字都是平声，显示在情感上是较为低沉的。其中第二句、第七句都是"平平平仄平"的结构，更加显得情绪的低沉，在意境上应注意营造一种寂静幽深的感觉。但本词每句都押韵，声情较为急促，可见这样的低沉并不是一片死寂，更像是一种极力压抑却又不吐不快的低语。这阕词透过这股张力，若隐若现地展现作者欲说还休、又不吐不快的关怀。

【例词】

（五代）李煜："东风吹水日衔山，春来长是闲。落花狼藉酒阑珊，笙歌醉梦间。　春睡觉，晚妆残，无人整翠鬟。留连光景惜朱颜，黄昏独倚阑。"

（宋）欧阳修："去年今日落花时。依前又见伊。淡匀双脸浅匀眉。青衫透玉肌。　才会面，便相思。相思无尽期。这回相见好相知。相知已是迟。"

（宋）晏几道："旧香残粉似当初，人情恨不如。一春犹有数行书，秋来书更疏。　衾凤冷，枕鸳孤，愁肠待酒舒。梦魂纵有也成虚，那堪和梦无。"

二三、南歌子

闺情

凤髻①金泥②带，龙纹玉掌梳。

⊙● ○○● ，○○●●△ 。

去来③窗下笑相扶，爱道画眉④深浅入时⑤无。

⊙○ ⊙●●○△ ，⊙○⊙○ ⊙●●○ △ 。

弄笔⑥偎人久，描花⑦试手⑧初。

⊙● ○○● ，○○ ●●△ 。

等闲⑨妨了绣功夫，笑问鸳鸯两字怎生⑩书。

⊙○ ⊙●●○△ ，⊙●○○○●○ △ 。

【题解】

张衡《南都赋》云："坐南歌兮起郑舞"，隋唐以来，曲多称"子"，木调调名即起源于此。又，《填词名解》谓："《南歌子》题，采淳于棼事，一名'南柯子'。"所谓淳于棼事，见唐人李公佐的《南柯记》，成语"南柯一梦"即由此而来。除"南柯子"外，本调尚有"望秦川""风蝶令"等别名。

【作者】

欧阳修，参见本书第48页。

【注释】

①凤髻：古代的一种发型。

②金泥：用以饰物的金屑。

③去来：往来，往返。

④画眉：以黛描饰眉毛。

⑤入时：合乎时尚，投合世俗喜好。

⑥弄笔：谓执笔写字、为文、作画。

⑦描花：依照花样描摹。

⑧试手：试身手。

⑨等闲：轻易，随便。

⑩怎生：怎样，如何。

【译文】

头上戴着点缀着金屑的发带，拿着雕有龙纹的玉做的梳子。在窗下来来回回地打打闹闹搂搂抱抱，总是问着画眉的样式是否符合潮流。

提起了笔却又依偎在怀里了一大会，才开始试着照着图样描写。不一会绣花的工作就这么被放到一边了，还在问着"鸳鸯"这两个字到底该怎么写。

【作法】

本调五十二字，上下片结构相同，每句字数虽然不尽相同，但平仄基本相对，在音律上显示出一种完满和谐的感觉，适合用来描写明亮、平静的主题。上下片皆以两个五言对句和一个七言、一个九言单句组成，由舒缓渐趋急促，而结句九字虽是二、七结构，"二"的部分在于引出后面的"七"，务使读来一气呵成。而由于收

尾句的字数多于一般至多七言的语言习惯，从而显得悠长不尽之感，形成了余音袅袅、三日绕梁的声韵特点。

【例词】

（五代）毛熙震："远山愁黛碧，横波慢脸明，腻香红玉茜罗轻。深院晚堂人静理银筝。　鬓动行云影，裙遮点屐声，娇羞爱问曲中名。杨柳杏花时节几多情。"

（宋）苏轼："雨暗初疑夜，风回便报晴。淡云斜照着山明。细草软沙溪路马蹄轻。　卯酒醒还困，仙村梦不成。蓝桥何处觅云英。只有多情流水伴人行。"

（宋）秦观："玉漏迢迢尽，银潢淡淡横。梦回宿酒未全醒。已被邻鸡催起怕天明。　臂上妆犹在，襟间泪尚盈。水边灯火渐人行。天外一钩残月带三星。"

二四、临江仙

妓席

柳外轻雷池上雨，雨声滴碎荷声。
⊙●⊙○○●●，⊙○○⊙●○△。

小楼西角断虹①明。
⊙○⊙●●○　△。

阑干私倚处，遥见月华②生。
⊙○●●，⊙●●○　△。

燕子飞来窥画栋③，玉钩④垂下帘旌。
⊙●⊙○○●●，⊙○　⊙●○△。

凉波⑤不动簟⑥纹平。

⊙○ ⊙●● ○△。

水晶⑦双枕畔，犹有堕钗横。

⊙○ ○●●，⊙●●○△。

【题解】

本词牌最早是歌咏水仙的音乐，后来渐渐失去本义，成为一般性的词调，亦出现了各种变体，少者五十四字，多者九十三字，但后世以欧阳修题为"妓席"的这首六十字的体例为正宗。

【作者】

欧阳修，参见本书第48页。

【注释】

①断虹：一段彩虹，残虹。

②月华：月亮周围的五彩光环。由月亮光线通过云层内小水滴或细小冰晶，经衍射所致。

③画栋：有彩绘装饰的栋梁。

④玉钩：玉制的挂钩。喻新月。

⑤凉波：月光。

⑥簟：竹席。

⑦水晶：无色透明的结晶石英，是一种贵重矿石。

【译文】

柳荫外传来阵阵雷声，池上飘起了霏霏细雨，雨点打在荷花上，发出了细碎的声音。小楼西边挂着一道彩虹，我倚在阑干边，等待月亮升起。

燕子飞来探视美丽的梁柱，于是我拉起玉钩、垂下了帘幕。躺在铺平的凉席上，在那对水晶枕的旁边，有一枝金钗掉了下来。

【作法】

本调共十句六韵六十字，上下片结构对称，平仄结构基本粘对，且韵脚并不过密，展现在音声上是较为和缓的节奏，以及较为平静的曲调，适合咏物，或描写较为柔和的感情。其中较应注意的是各片的第三句，它与第二句相粘，但下面却没有接对句，而是在收完平韵后再与第四句相粘，故而可以推断它一方面节奏较为缓慢，另一方面在乐句结束后有短暂的停顿以供歌者换气。从这样的特点出发，体现在文字上，若借用电影的语言，即前三句是一个镜头，末两句换成另一个镜头，两者虽有关系，但不应一镜到底，否则中间会有难以填补的空白。原本两句一镜是较为恰当的节奏，但此处形成三句一镜，则第三句应如《浣溪纱》一般在前二句的基础上翻出一些新意，给与读者惊喜，方不显得累赘。这都是写作上应注意的要点。

【例词】

（宋）秦观："千里潇湘接蓝浦，兰桡昔日曾经。月高风定露华清。微波澄不动，冷浸一天星。　独倚危樯情悄悄。遥闻妃瑟泠泠，新声含尽古今情。曲终人不见，江上数峰青。"

（宋）朱敦儒："堪笑一场颠倒梦，元来恰似浮云。尘劳何事最相亲。今朝忙到夜，过腊又逢春。　流水滔滔无住处，飞光忽忽西沉。世间谁是百年人。个中须着眼，认取自家身。"

（明）杨慎："滚滚长江东逝水，浪花淘尽英雄。是非成败转头空。青山依旧在，几度夕阳红。　白发渔樵江渚上，惯看秋月春风。一壶浊酒喜相逢。古今多少事，都付笑谈中。"

二五、西江月

佳人

宝髻①松松挽②就③，铅华④淡淡⑤妆成。

⊙●⊙○○●，⊙○○●●○△。

红烟翠雾罩轻盈⑥。飞絮⑦游丝⑧无定。

⊙○○●●○△。　⊙●●○⊙▲。

相见争如⑨不见，有情还似⑩无情。

⊙●⊙○ ⊙●，⊙○⊙○●○△。

笙歌⑪散后酒微醒。深院月明人静。

⊙○ ⊙●●○△。⊙●⊙○⊙▲。

【题解】

《西江月》是较早的词牌之一，清季敦煌发现唐琵琶谱，犹存此调，但虚谱无词。其本为李白《苏台览古》："只今惟有西江月，曾照吴王宫里人。"又名《步虚词》《江月令》。

【作者】

司马光（1019—1086），字君实，号迂叟，通称司马相公，陕州夏县涑水乡（今山西省夏县）人，北宋文学家、史学家。历仕仁宗、英宗、神宗、哲宗四朝，主持编纂了中国历史上第一部编年体通史《资治通鉴》。

【注释】

①宝髻：古代妇女发髻的一种。

②挽：同"绾"，把长条形的东西盘绕起来打成结。

③就：完成。

④铅华：妇女化妆用的铅粉。

⑤淡淡：形容颜色浅淡。

⑥轻盈：形容女子姿态纤柔，行动轻快。

⑦飞絮：飘飞的柳絮。

⑧游丝：指蜘蛛等布吐的飘荡在空中的丝。

⑨争如：不如。

⑩还似：何如。用反问的语气表示不如。

⑪笙歌：泛指奏乐唱歌。

【译文】

随意地将头发盘绕起来打成结，再抹上淡淡的红妆。在红花绿叶形成的轻盈烟雾中，飞满了杨花和蛛丝。

相见还不如不见，有情却又像是无情。酒筵结束之后稍微有些清醒的时候，只见深院里明月当空、人声全无。

【作法】

本词八句六韵五十字，上下两片对称，平仄结构也完全粘对，体现的是一种平和的语气，这与此调最早可能是道家的宗教音乐有关。后来此调失去了宗教色彩，成为一般演唱的曲目，因为其音调，故搭配的文字仍应注意选用适合描述安静、空灵场面的文字，方不会过于突兀。虽然本调从平仄上乍看是近体诗结构，但有两点较为特别的：（一）首句不押韵，但第三句押韵，这里所体现的是语气逐渐加强，准备进入情感的主题句，即结句；（二）结句押同一韵部的仄声韵，除了透过音声上的些微差异加强气氛之外，亦有为静态画面添增动感的效用。在选用文字上，务必尽量选用可与此种结构搭配者。

【例词】

（宋）苏轼："玉骨那愁瘴雾，冰姿自有仙风。海仙时遣探芳丛。倒挂绿毛么凤。　素面常嫌粉涴，洗妆不褪唇红。高情已

逐晓云空。不与梨花同梦。"

（宋）贺铸："携手看花深径，扶肩待月斜廊。临分少伫已伥伥。此段不堪回想。 欲寄书如天远，难销夜似年长。小窗风雨碎人肠。更在孤舟枕上。"

（宋）辛弃疾："明月别枝惊鹊，清风半夜鸣蝉。稻花香里说丰年，听取蛙声一片。 七八个星天外，两三点雨山前。旧时茅店社林边，路转溪头忽见。"

二六、桂枝香

金陵怀古

登临①纵目②。正故国③晚秋④，天气初肃。

○○ ●▲ 。 ●●● ⊙○ ， ⊙○○▲ 。

千里澄江⑤似练⑥，翠峰⑦如簇⑧。

⊙●○○ ⊙● ， ●○ ○▲ 。

征帆去棹残阳里，背西风、酒旗⑨斜矗⑩。

⊙○○●○○● ， ●○○ 、 ⊙○ ○▲ 。

彩舟云淡，星河鹭起，画图难足。

●○○● ， ⊙○○● ， ●○○▲ 。

念往昔豪华⑪竞逐⑫。叹门外楼头⑬，悲恨相续⑭。

●⊙○○○ ●▲ 。 ● ●⊙ ●○○ ， ⊙○○▲ 。

千古凭高⑮对此，漫嗟荣辱⑯。

⊙●○○ ⊙● ， ●○○▲ 。

六朝旧事随流水，但寒烟⑰、衰草⑱凝绿。

⊙○⊙●○○● ， ●○○ 、 ⊙○ ○▲ 。

至今商女⑲，时时犹唱，后庭⑳遗曲。

●○○●，⊙○⊙●，●○ ○▲。

【题解】

唐人裴思谦诗云"银釭斜背解鸣珰，小语低声贺玉郎。从此不知兰麝贵，夜来新惹桂枝香。"本调之名当始于此。又，北宋时张宗瑞在填此调时有"疏帘淡月，照人无寐"之语，因此又名"疏帘淡月"。

【作者】

王安石（1021—1086），字介甫，号半山，临川盐阜岭（今江西省抚州市临川区）人，北宋著名政治家、文学家、思想家，实官至司空、尚书左仆射、观文殿大学士、镇南军节度使，封荆国公。身后追赠为太傅，谥曰文。王安石文思敏捷，被后世称为唐宋八大家之一。欧阳修曾作诗"翰林风月三千首，吏部文章二百年。老去自怜心尚在，后来谁与子争先"称赞王安石。王安石的词在体制上继承了五代宋初的风气，以小令为主，也包含了《桂枝香》《雨霖铃》《千秋岁引》等中长调。另外，王安石大量制作集句体词，虽当时为苏东坡、黄山谷批评，但二者亦有效颦之作，对词体的变革有一定的影响。

【注释】

①登临：登山临水。

②纵目：放眼远望。

③故国：旧都，古城。

④晚秋：秋季的末期。指农历九月。

⑤澄江：清澈的江水。

⑥练：长形布条。

⑦翠峰：绿色的山峰。

⑧簇（cù）：聚集成堆或成团的物体。

⑨酒旗：即酒帘。酒店的标帜。

⑩矗（chù）：竖立。

⑪豪华：繁荣美盛。

⑫竞逐：竞争追逐。

⑬门外楼头：南朝陈后主耽于声乐酒色，尤宠贵妃张丽华，怠于政事，在皇城内建了许多楼阁供自己与后妃居住。后隋将韩擒虎率兵直入朱雀门，逮捕陈后主与张贵妃等人，国亡。事见《南史》《隋书》。后世因而使用"门外楼头"指君主荒淫，国破家亡。

⑭相续：相继，前仍连接。

⑮凭高：登临高处。

⑯荣辱：光荣与耻辱。犹褒贬。

⑰寒烟：寒冷的烟雾。

⑱衰草：枯草。

⑲商女：歌女。

⑳后庭：《玉树后庭花》曲名的省称。《南史》："陈后主每引宾客对张贵妃等游宴，使诸贵人及学士，与狎客共赋新诗相赠答；采其尤丽者为曲调，其曲有《玉树后庭花》。"

【译文】

登高远望，正是旧都晚秋的天气，渐感肃杀。千里长江像一条澄明的彩带，山峰一堆堆地涌了出来。归帆在夕阳中驶过，背着西风，酒旗斜斜地飞舞。彩船滑过水天之际，像穿插在云中，而银河也从白鹭洲上渐渐出现，即使用图画也难以描写此时的景致。

想当年，贵族们竞斗奢华，城外正在战斗，陈后主却仍在楼中饮酒作乐，真令人感到十分悲愤。千年后登高对此，感慨着一切的荣辱。六朝的史迹像流水般一去不回，只剩苍烟弥漫于枯草之中。而今日的歌伎们，仍然时常唱着《玉树后庭花》的遗曲。

【作法】

本调二十一句十一韵共一百零一字。首句四字韵句，为全调之序曲，务使音声响亮，勾勒出宏大的时空架构，此后的一切文字皆在此序曲的笼罩之下。次句以领字起始，下接数个连续仄声字，更加强了音声的力度，说明本调所搭配的是雄壮威武的乐曲，适合用在怀古、行军等场合，故而填词时也应搭配具有宏大时空格局之文字。这股气势在之后一气贯下，毫无停顿喘息的空间，意味着诗人无意收敛自己的情感，而是不断狂歌高呼，务求一吐为快，因此在文字上切忌欲说还休之感。另外，调中大量"仄平平仄"结构散见在各种不同的句式之中，形成反复强调同种情绪的结构，文字上应有层层递进、一浪高过一浪的效果，方能搭配这样的调式。至下片首句较上片多出三字，虽然节奏因而稍缓，但因为多出的是三个连续仄声字，故这种缓并不是舒缓，而是在奋力跃起前的蹲低，是一种贮存力量的动作，因此使用的文字务必要充满张力，既与上片呼应，又能带出下片的场景。其后基本同上片。全词自始至终，力度未尝稍减，故而为豪放派词人所爱用。其关键在于除了各片次句外，概以仄声收尾，构成拗怒音节，适宜于表现豪放一类的思想感情。而在韵脚的选择上，又可分上去声韵及入声韵两种，前者适宜表达沉雄豪壮的情感，仿佛老骥伏枥、志在千里，后者则适宜表达慷慨激昂，有如少年英雄、快意恩仇之感。

【例词】

（宋）张辑："梧桐雨细。

渐滴作秋声，被风惊碎。润逼衣篝，线袅蕙炉沉水。悠悠岁月天涯醉。一分秋、一分憔悴。紫箫吟断，素笺恨切，夜寒鸿起。　又何苦、凄凉客里。负草堂春绿，竹溪空翠。落叶西风，吹老几番尘世。从前谙尽江湖味。听商歌、归兴千里。露侵宿酒，疏帘淡月，照人无寐。"

（宋）陈亮："天高气肃。正月色分明，秋容新沐。桂子初收，三十六宫都足。不辞散落人间去，怕群花、自嫌凡俗。向他秋晚，唤回春意，几曾幽独。是天上、余香剩馥。怪一树香风，十里相续。坐对花旁，但见色浮金粟。芙蓉只解添愁思，况东篱、凄凉黄菊。入时太浅，背时太远，爱寻高躅。"

（清）吴梅："凭高岸帻，爱面郭小楼，红树林隙。妆点晴峦似画，二分秋色。高人去后阑干冷，笑斜阳往来如客。野花盈路，芳园半亩，恨无留迹。　但破屋西风四壁，问烟月扬州，何异江国。湖海豪情，认取旧家绡墨。白头愿共云山老，甚荒城笳鼓还急。暮寒天远，支筇归步，寺僧应识。"

二七、天仙子

送春

水调①数声持酒听。午醉醒来愁未醒。

⊙●⊙○○●▲。⊙●⊙○○●▲。

送春春去几时回，临晚镜。伤流景②。往事后期③空记省④。

⊙○○●●○○　○⊙▲。⊙⊙▲。⊙●⊙○　○●▲。

沙上并禽⑤池上暝。云破月来花弄影⑥。

⊙●⊙○　○●▲。⊙●⊙○○●▲。

重重⑦帘幕密遮灯，风不定。人初静。明日落红⑧应满径。

⊙○ ⊙●●○○，○⊙▲。○⊙▲。⊙●○○　○●▲。

【题解】

《乐府杂录》云："《天仙子》，本名'万斯年'。李德裕进，属龟兹部舞曲，因皇甫松词有'懊恼天仙应有以'之句，取以为名。"皇甫松的《天仙子》系三十四字单调，宋人再加一叠，为六十八字双调，即本处所录者。

【作者】

张先（990—1078），字子野，湖州乌程（今浙江湖州吴兴）人，因张先曾在安陆郡（今湖北省安陆市）任职多年，人亦称张安陆，北宋婉约派词人。张先于北宋词坛开风气之先，与柳永齐名，在词由小令向慢词的过渡中是一个不能忽视的功臣。

【注释】

①水调：曲调名。

②流景：谓如流的光阴。

③后期：指后会之期。

④记省：回忆。

⑤并禽：成对的禽鸟。多指鸳鸯。

⑥弄影：谓物动使影子也随着摇晃或移动。

⑦重重：层层。

⑧落红：落花。

【译文】

端着酒杯听着《水调》曲子，午间的酒意虽然已经解了，但烦恼仍未减少。送走了的春天什么时候才会再回来呢？傍晚时照着镜子，感慨流光的飞逝，徒然记取当年的往事。

池水渐暗，沙洲上并排着一双水鸟。月亮穿云而出，花枝也摇曳着自己的影子。层层的帘幕将灯光紧紧地遮住，风却仍不止息，此时人刚刚静止，明日落花应又堆满小径了。

【作法】

本调六十八字，全仄韵，平仄结构上前两个七言句完全相同，在声律上本应较为逼仄，但因字数较长，故而显示的是一种低声的沉吟，而非发狂似的呼喊。（此外，本阕词中张先又使用了"偷声"的技巧，使情绪显得更加平稳。）第三句平起平收，稍微舒缓了前二句的阴郁，却随即接上两个仄声韵的三言句，一下将情绪拉了起来，成为情感抒发的高潮，并为结句的收束进行铺垫。下片结构相同。总之，填写这阕词时需注意张弛有度，如此方能写出张先那样跌宕起伏的感觉。此外，细心的读者可以发现，本应押仄韵的各片首句，其韵字"听""冥"皆是平声字，这种现象称为叶（xié）韵，指为了符合词曲的格式而改变字的读音。但这种改变并不是凭空发明，而是在该字本身是多音字的情况下方能如此操作。有些词家会故意利用这一点规则，改变原词牌的声情，如本阕词首句的"听"字，实际上在读时也是读作平声，如此则将原本激越的情绪变得缓和平稳，稀释了伤春的悲哀，仿佛是平平淡淡地说着其他人的故事一般。这种现象在词学上称作"偷声"，算是高阶技巧，对音律有自信的读者可以尝试——但如果是要用来参加诗词比赛的话，恐怕初审就直接被判定不合格律、淘汰了。

【例词】

（宋）冯时行："风幸多情开得好。忍却吹教零落了。弄花衣上有余香，春已老。枝头少。况又酒醒鹕鸲晓。　一片初飞情已悄。可更如今纷不扫。年随流水去无踪，恨不了。愁不了。楼外远山眉样小。"

（明）陈霆："江上青山山下路。茅屋人家临水住。雨余一片夕阳明，汀草处。鸥来聚。一叶渔舟横野渡。　烟雾纷纷生古树。树底寒流桥欲堕。行人千里未能归，还自苦。愁无数。枫落吴江秋正暮。"

（明）杨慎："浪飐桃花风滚

絮。春色可能留得住。四眸相顾两埋冤，金齿路。金马路。总是销魂离别处。

红雀蜻蜓难共树。紫燕伯劳相背去。一番新恨又从头，他也误。我也误。孤馆乱山愁日暮。"

二八、昼夜乐

忆别

洞房①记得初相遇。便只合②、长相聚。

⊙○ ⊙●○○▲。●⊙⊙、⊙○▲。

何期③小会幽欢④，变作别离情绪⑤。

○○ ●●○○ ，●●●○○⊙▲。

况值阑珊⑥春色暮。对满目、乱花狂絮。

⊙●○○ ○●▲。●○○、●○○▲。

直恐好风光，尽随伊归去。

⊙●●○○，●○○○▲。

一场寂寞凭谁诉。算前言⑦、总轻负。

⊙○⊙●○○▲。●⊙⊙ 、⊙○▲。

早知恁地⑧难拼⑨，悔不当初留住。

⊙○●● ○○ ，⊙●○○⊙▲。

其奈⑩风流端正⑪外，更别有、系人心处。

⊙● ○○○● ●，●⊙⊙、●○○▲。

一日不思量⑫，也攒眉⑬千度⑭。

⊙●●○○，●○○ ○▲ 。

【题解】

本调调名之"乐",是快乐的"乐",不是音乐的"乐",意思是彻昼彻夜行欢作乐之意也。李白有诗云"行乐争昼夜,自言度千秋",调名即本于此。

【作者】

柳永(987—1053),字耆卿,福建崇安人,原名三变,排行第七,时人或称"柳七",以屯田员外郎致仕,故又称柳屯田。作品流传甚广,时谓"凡有井水饮处即能歌柳词"。柳永早年在汴京生活,流连歌楼酒肆,写下许多描述歌妓的艳词,其风格较为卑俗,为士大夫所鄙视,影响了他的仕途。中年以后才中科举,此后流宦各方,多任职各地的下级官吏。柳永多用民间流行篇幅较长的慢词创作,不限于士大夫常用的小令,拓展了宋词的形式,并扩大词的视野,其词主要描写男女之情与羁旅行役,坦率生动,直言无隐,不避口语,善于融情入景和运用铺叙手法,技巧高妙,影响了其后词人如苏轼和周邦彦的作品,后世通俗文学亦推崇柳永的地位。

【注释】

①洞房:在柳词中屡见,指妓女的住所。

②只合:只应,本来就应该。

③何期:岂料。表示没有想到。

④幽欢:幽会的欢乐。

⑤情绪:缠绵的情意。

⑥阑珊:残,将尽。

⑦前言:以前说过的话。

⑧恁地:如此,这样。

⑨难拼:难舍。

⑩其奈:亦作"其那"。怎奈,无奈。

⑪端正:安排,准备。

⑫思量:想念,相思。

⑬攒眉:皱起眉头。

⑭千度:千回,千遍。极言次数多。

【译文】

还记得在洞房时的第一次见面，我们便立志要长相厮守。谁会料到这一时的欢乐，很快就化作离别时的哀愁。更何况在春日将尽的黄昏，看着满目的飞花飞絮，很怕它将这美好的光景，都一同带走。

这种寂寞能跟谁说呢？想起之前的约定，竟然都成辜负。早知道离别令人如此不舍，还不如当初就不要相遇。无奈的是在每天的灯红酒绿之外，我的心早已被系在了别处。即使一天没有想起这事，眉头却早已皱了千次。

【作法】

本调九十八字，十六句十二韵，上下片结构相同。首次两句连续押仄韵，且平仄失对，在音声上形成一种张力，目的是在秦楼楚馆的筵席中迅速抓住听众的耳朵，故而在填词时不妨将主要想表达的情感不加铺陈地写入此二句中，然后再于相对和缓的第三至八句中缓缓陈述情感背后的故事。其中较应注意的，是"三—四"结构的第六句。一般而言，"三—四"结构的句子音节会变得较为高亢急骤，但在本调，"三"的部分平仄要求不甚严格，这就给了填词者依心愿调整文字的空间，如果觉得自己所要描述的画面是较为温婉、平和的，那么可以多用平声字，反之则可以选择仄声字。透过选字形成不同的音声效果，从而更好地传达自己的心情。

【例词】

（宋）黄庭坚："夜深记得临歧语。说花时、归来去。教人每日思量，到处与谁分付。其奈冤家无定据。约云朝、又还雨暮。将泪入鸳衾，总不成行步。　元来也解知思虑。一封书、深相许。情知玉帐堪欢，为向金门进取。直待腰金拖紫后，有夫人、县君相与。争奈会分疏，没嫌伊门路。"

（清）薛时雨："当年邂逅南楼遇。得几日、团圞聚。可怜一晌欢惊，争敌经年离绪。怨柳啼花朝复暮。又卷起画桥晴絮。妒煞木兰舟，只摇将人去。　春情合向春皇诉。记前盟，忍孤负。算来芳草天涯，甚地不留客住。一缕香魂风扬起，待扬到、画船停处。不怕别离多，怕华年虚度。"

（民国）袁克文："弄花人在云飞处。扑香尘、英英舞。丹涡细透新霞，素睐轻横宿露。薄薄娇羞留不住。算分明、握云揉雨。红影落鲛绡，记鸳鸯帘幕。　五更月褪纤纤树。断肠时、重凝伫。云天不见眉痕，绿蜡尽摇愁缕。无那微春随梦去，怨西风、未团欢聚。何计问星娥，占银河旧渡。

二九、雨淋铃

秋别

寒蝉①凄切②。对长亭③晚，骤雨④初歇。

○○　○▲。●○○　●，●⊙　○▲。

都门⑤帐饮⑥无绪⑦，方留恋⑧处，兰舟⑨催发⑩。

○○　●●　○●，○○●　●，○○　○▲。

执手相看泪眼，竟无语凝噎⑪。

●●○○●●，●○●○▲。

念去去⑫、千里烟波⑬，暮霭⑭沉沉楚天⑮阔。

●●●　、○●○○，●●　○○●●　▲。

多情自古伤离别。更那堪⑯、冷落⑰清秋节。

○○●●○○▲。●○○　、●●　○○▲。

今宵酒醒何处，杨柳岸、晓风残月。

○○●○●○●，○●●、●○○▲。

此去经年⑱，应是⑲良辰好景虚设。

●●○○，○●　○○●●○▲。

便纵有、千种风情⑳，更与何人说。

●●●、○●○○，●●●○▲。

【题解】

《碧鸡漫志》:"《明皇杂录》及《杨妃外传》云:'帝幸蜀,初入斜谷,霖雨弥日,栈道中闻铃声,帝方悼念贵妃,采其声为《雨淋铃曲》以寄恨。"本调又可写作"雨霖铃"。

【作者】

柳永,参见本书第68页。

【注释】

①寒蝉:蝉的一种。又称寒蜇、寒蜩。较一般蝉为小,青赤色。

②凄切:凄凉悲哀。

③长亭:古时于道路每隔十里设长亭,故亦称"十里长亭"。供行旅停息。近城者常为送别之处。

④骤雨:暴雨。

⑤都门:京都城门。

⑥帐饮:谓在郊野张设帷帐,宴饮送别。

⑦无绪:没有情绪。

⑧留恋:不忍离开或舍弃。

⑨兰舟:木兰舟。亦用为小舟的美称。

⑩催发:催促出发。

⑪凝噎:犹哽咽。哭时不能痛快出声。

⑫去去:远去。

⑬烟波:烟雾苍茫的水面。

⑭暮霭:傍晚的云雾。

⑮楚天:南方楚地的天空。

⑯那堪:怎堪,怎能禁受。

⑰冷落:冷清,不热闹。

⑱经年:经过一年或若干年。

⑲应是:料想是,应当是。

⑳风情：指男女相爱之情。

寒蝉发出悲凄的声音，对着那黄昏时分的长亭，此时骤雨才刚停止。京城城门外的惜别宴中，只觉心情低落。虽然不忍离开，但是木兰轻舟已经催促着要启航了。我们握手相看，都流下眼泪，竟然说不出半句话来，徒然哽在喉中。想起江流滔滔不断地远去，浓暗的晚云笼罩了南方辽阔的天空。

自古以来感情丰富的人就最害怕离别，更何况是在这冷清的秋天。今夜酒醒以后我会在哪里呢？也许是在那岸上种满杨柳的地方，吹着凌晨的微风，对着即将拂晓的残月。这一去不知道要多少年才能回来，就算有良辰美景也都没有用了。即使再有千万种温柔情意，又能够向谁诉说呢？

【作法】

本调十八句十韵共一百零三字，历来虽有许多作者填过此调，但平仄都严格按照柳永原词、没有调整的空间，这是首先需要注意的。其次，次句是"一—三"结构，以一个去声领字起始，形成特殊的节奏，表明了本调要表达的并不是寻常情感。再次，本调除了平仄极其严格之外，部分字词更限定必须使用去声字，如柳永原作中的"对""竟""念""更""便"等，目的在于使用强而有力的口吻标明情感的转接提顿，以增强在音声上的感染力。全词有多个连续仄声字的场合，亦多有孤平所形成的拗句，在在展现了情感的激越和急促，因而适合搭配意象强烈的文字，并在前面所提及的几个去声字落脚处进行多次翻转。以上所述，看似对驾驭文字的能力有很高的要求，因此历来填此调词者不是太多。为了降低倚声的难度，也有填词者利用本调节奏甚快、几无休止的特点，调整了句子的长短及断句，一般常见于上片第七句"执手相看泪眼，竟无语凝噎"，可如本书所断为"六—五"句式，亦可断作"四—七"句式，算是为这阕困难的词牌，留下了一个偷懒的空间。

【例词】

（宋）黄裳："天南游客。甚而今、却送君南国。薰风万里无限，吟蝉暗续，离情如织。秣马脂车，去即去、多少人惜。为惠爱、烟惨云山，送两城愁作行色。　飞帆过、浙西封域。到秋深、且叙荷花泽。就船买得鲈鳜。新谷破、雪堆香粒。此兴谁同，须记东秦，有客相忆。愿听了、一阕歌声，醉倒拚今日。"

（明）高濂："雨混烟迷，听萧萧、声填空阔。湘帘不上银钩，恨寥落、一秋佳节。云外天香，黯黯把、蟾光顿灭。夜深沉、灯火楼台，人寂寥，管弦风月。　天涯有恨成离别。正凄凉、人悲圆缺。是今宵、缺在人间，怕团圆、天边皎洁。泪点雨声厮混，把愁肠万结。叹此夜、千种离情，尽发付蛱蝶。"

（清）樊增祥："玉箫凄咽，坐幽窗畔暗数遥夕。星星影事犹记，伤心只有，雪衣能说。纵得双栖似燕，奈眉翠长结。况旧梦、浑是春灯浅浅，银釭片时竭。　一般镜里花难折。剩粉笺、脆语伤离别。春时底处相见，修竹外、小桃如雪。碎佩铢衣，梦里分明，未忍轻绝。待觅取、青鸟衔书，寄与瑶台月。"

三十、卜算子

别意

水是眼波①横，山是眉峰②聚。
⊙●●○　○，⊙●○○ ▲。
欲问行人去那边，眉眼盈盈③处。
⊙●○○●●○，⊙●○○ ▲。

才始送春归，又送君归去。
⊙●●○○，⊙○●○○▲。

若到江南赶上春，千万④和春住。

⊙●○○●●○，⊙●　○○▲。

【题解】

《词律》云："骆义乌诗，用数名，人谓为卜算子，故牌名取之。"又云："按山谷词：'似扶着卖卜算'，盖取义以今卖卜算命之人也。"又，秦观词有"极目烟中百尺楼"，故本调又有"百尺楼"之别名。

【作者】

苏轼（1037—1101），眉州眉山人，北宋时著名的文学家、政治家、艺术家、医学家。字子瞻，一字和仲，号东坡居士、铁冠道人。嘉祐二年进士，累官至端明殿学士兼翰林学士，礼部尚书。南宋理学方炽时，加赐谥号文忠，复追赠太师。苏轼扩大词的内容，抒情写景、说理怀古、感事等题材，无一不可入词。苏轼提高词的意境，开拓词境，提高格调，豪放词以外，也有清旷飘逸、空灵隽永、缠绵妩媚之作。其词"以诗入词"，首开词坛豪放一派，振作了晚唐、五代以来绮靡的西昆体余风。后世与南宋辛弃疾并称"苏辛"。

【注释】

①眼波：形容流动如水波的目光。多用于女子。

②眉峰：眉毛，眉头。

③盈盈：美好的样子。

④千万：犹务必。表示恳切丁宁。

【译文】

河水就像目光一样细长，山也像是眉毛一样高耸。如果问行路的人想要去哪里，他会回说：到有美好面容的地方。

才送走春天，又要送走你。如果你到江南时春天还在，千万要把握住这春光。

【作法】

本调八句四韵共四十四字，上下片结构一样，是较早发展出来的词牌，它打破了近体诗、绝诗的整齐形式，演化成为句读参差、声韵复杂的曲子词，但其结构仍只是就原有句式酌加增减，期与杂曲小令的节拍相应，故而句法仍与诗近似。但本调两句一联中的平仄安排全部违反近体诗的惯例，并且韵部都得用上、去声，所以和婉之中，微带拗怒，适宜表达高峭郁勃的特殊情调。而写作上的关键在于各片的第三句，是"二—五"结构，多出的两字建议使用较为主观鲜明的动词或语气词，以强调全词主要的情感，并将作者自己的意念加入到文字之中，使读者得以体察作者的胸臆，做到人我交融的境界。

【例词】

（宋）苏轼："缺月挂疏桐，漏断人初静。谁见幽人独往来，缥缈孤鸿影。　惊起却回头，有恨无人省，拣尽寒枝不肯栖，寂寞沙洲冷。"

（宋）李之仪："我住长江头，君住长江尾。日日思君不见君，共饮长江水。　此水几时休，此恨何时已。只愿君心似我心，定不负相思意。"

（宋）谢逸："烟雨幕横塘，绀色涵清浅。谁把并州快剪刀，剪取吴江半。　隐几岸乌巾，细葛含风软。不见柴桑避俗翁，心共孤云远。"

三一、蝶恋花

春景

花褪残红①青杏小。燕子飞时，绿水②人家③绕。
⊙●⊙○○●▲。⊙●⊙句，⊙●●　▲。

枝上柳绵④吹又少。天涯⑤何处无芳草⑥。
⊙●⊙○○●▲。⊙○　⊙●○○▲。

墙里秋千墙外道。墙外行人⑦，墙里佳人笑。
⊙●⊙○○●▲。⊙●○○，⊙●○○▲。

75

笑渐不闻声渐悄。多情⑧却被无情恼。

⊙●⊙○○●▲。⊙○ ⊙●○○▲。

【题解】

唐教坊曲，词牌名源自梁简文帝乐府"翻阶蛱蝶恋花情"。又名"鹊踏枝""凤栖梧""一箩金""黄金缕""卷珠帘""鱼水同欢""明月生南浦"等。

【作者】

苏轼，参见本书第74页。

【注释】

①残红：凋残的花，落花。

②绿水：碧绿的水。

③人家：民家，民宅。

④柳绵：亦作"柳棉"。柳絮。

⑤天涯：犹天边。指极远的地方。

⑥芳草：香草。

⑦行人：出行的人，出征的人。此处为作者自称。

⑧多情：富于感情的人。

【译文】

红色的花朵落尽了显露出刚结的青色杏子。燕子飞舞的时候，绿水绕着民居流动。树枝上的柳绵又被吹落了不少，这个世界哪里没有美丽的青草呢？

墙里有人荡着秋千，墙外的道路走着行人，听到墙里的佳人正在嬉笑。渐渐地笑声已经听不到了，感情丰富的行人正为此感到哀愁。

【作法】

本调十句八韵共六十字，上下片完全相同。全词除两个四言句外，都是用仄声字收脚，呈现一种拗怒的声容。但是，这样的情调也是有张有驰的。开篇三句皆为仄起，展现一种持续不断、未得归宿的变化样貌，是全词的"动感"担当。结处二句则与前相粘、彼此相对，音节归乎平和，虽然仄声韵角表现出的仍是一种不能平的情绪，但这种不平终归还是要平的——至少作者本人是怒力想要平复这样的情绪的，从而呈现一种欲吞还吐的情调。这样的调式，适合用在伤春或伤怀的题材，特别适合模仿女子口吻的文字样式，而这种温婉，也正是宋词乃至中国诗歌最原始的风貌。

【例词】

（五代）冯延巳："谁道闲情抛弃久，每到春来，惆怅还依旧。日日花前常病酒，不辞镜里朱颜瘦。　河畔青芜堤上柳，为问新愁，何事年年有。独立小楼风满袖，平林新月人归后。"

（宋）晏殊："槛菊愁烟兰泣露，罗幕轻寒，燕子双飞去。明月不谙离恨苦，斜光到晓穿朱户。　昨夜西风凋碧树，独上高楼，望尽天涯路。欲寄彩笺无尺素，山长水阔知何处。"

（清）陈曾寿："万化途中为侣伴，窈窕千春，自许天人眷。来去堂堂非聚散，泪干不道心情换。　噩梦中年拼怨断，一往凄迷，事与浮云幻。乍卸严妆红烛畔，分明只记初相见。"

三二、洞仙歌

夏夜

冰肌玉骨①，自清凉无汗。
⊙○⊙● ，●○○⊙▲。

水殿②风来暗香③满。
⊙● ○○●○ ▲。

绣帘开，一点明月窥人，人未寝、欹④枕钗横鬓乱⑤。
●○○，●●⊙●○○，○●●、⊙ ●○○⊙▲。

起来携素手⑥，庭户⑦无声，时见⑧疏星渡河汉。

⊙○○●● ，⊙● ○○，⊙● ○○●○▲。

试问夜如何，夜已三更，金波⑨淡，玉绳⑩低转。

⊙●●○○ ⊙○○ ○○ ● ，⊙○ ⊙▲。

但屈指⑪、西风几时来，又不道⑫流年⑬，暗中偷换。

●●● 、○○●○○，●⊙● ○○ ，●○○▲。

【题解】

苏轼自序云："仆七岁时，见眉州老尼，姓朱，忘其名，年九十余，自言尝随其师入蜀主孟昶宫中。一日，大热，主与花蕊夫人夜起，避暑摩诃池上，作一词，朱俱能记之。今四十年，朱已死久矣，人无知此词者，独记其首两句，暇日寻味，岂《洞仙歌令》乎？乃为足之云。"足见本调始于五代后蜀。

【作者】

苏轼，参见本书第74页。

【注释】

①冰肌玉骨：形容女子洁美的体肤。

②水殿：临水的殿堂。

③暗香：犹幽香。

④敧（qǐ）：倾斜，歪斜不正。

⑤钗横鬓乱：形容妇女首饰不整，鬓发散乱。

⑥素手：洁白的手。多形容女子之手。

⑦庭户：泛指庭院。

⑧时见：常见。

⑨金波：谓月光。

⑩玉绳：星名。常泛指群星。

⑪屈指：弯着指头计数。

⑫不道：犹不料。

【译文】

冰做的肌肤，玉做的骨骼，自然一片清凉、没有汗味。轻风从水殿中吹来，充满阵阵的幽香。打开窗帘，一弯明月照到了她的身上。她还未曾入睡，只见枕头侧斜，金钗歪插在蓬松的头发上。

起床揣着她雪白的手，此时庭院周围都没有声音，只见到一些星星渡过银河去了。现在夜多深了？已经过了三更了。月色变淡，群星也已西沉。偶然间掐指算着西风还有多久会来，不知不觉间时间已经偷偷地飞逝了。

【作法】

本调十四句六韵共八十三字，上下片截然相异。单从这样的数字，读者已经可以发现本调表现在音声上是极为和缓的。但和缓不意味着平淡，事实上，本调的节奏变化又特别丰富，从首次二段的九字、七字一韵，到其后十八字、十六字、十六字、十七字方始押韵，在在都展现了节奏的变化。一急一缓之间，在填词时当如何拿捏，便成为一门学问。九字、七字韵句尚且好说，之后的长句必然必须包含足够的意象撑起字数的要求，但又因为该长句只有一韵，故意象必须是对同一主题的描写，场景不能转换，写作者的"口袋"里是否有足够的词汇来将这些格子填满，也是一种考验；而又由于句子甚长，若用类似的口吻及结构将之填满，则未容易显得单调无聊，故应注意语气的抑扬顿挫，这是对写作者的又一考验。对作者的第三重考验，在于上片次句及下片结处首二句，必须使用去声的领字。其中结处连用两个领字句，一反前面和缓的曲式，增添了几许急迫、紧张的感觉，仿佛前面的岁月静好终将被打破一般。如果说词是一种对往昔的追忆，是一种时间的艺术，那么本调的结处，便是时间及追忆的始动，如何将之写得流动、空灵，则是对作者的第四重考验。

【例词】

（五代）孟昶："冰肌玉骨，自清凉无汗。贝阙琳宫恨初远。玉阑干倚遍，怯尽朝寒。回首处，何必留连穆满。 芙蓉开过也，楼阁香融，千片红英泛波面。洞房深深锁，莫放轻舟，瑶台去，甘与尘寰路断。更莫遣流红到人间，怕一似当时，误他刘阮。"

（宋）黄庭坚："月中丹桂，自风霜难老。阅尽人间盛衰草。望中秋、才有几日，十分圆，霾风雨，云表常如永昼。　不得文章力，白首防秋，谁念云中上功守。正注意，得人雄，静扫河西，应难纵、五湖归棹。问持节冯唐几时来，看再策勋名，印窠如斗。"

（清）吴藻："年时绣户，记清辉双照。香雾蒙蒙翠鬟绕。剩缕金裙在，无计留仙，仙去久、夜夜佩环声杳。　穗帏银烛冷，如水凉秋，长簟空床梦多少。眉样又初三，印入妆楼，总怅触、画眉京兆。便月不长圆，也能圆，算第一伤心，有情天老。"

三三、水调歌头

中秋（丙辰中秋，欢饮达旦，大醉，作此篇兼怀子由）

明月几时有，把酒①问青天。

⊙●●○●，⊙● ●○△。

不知天上宫阙②，今夕③是何年。

⊙○○●● ，⊙● ●○△。

我欲乘风归去，又恐琼楼玉宇④，高处不胜寒。

⊙●○○●，●●○○● ，⊙●●○△。

起舞⑤弄清影⑥，何似⑦在人间。

⊙● ●○● ，⊙● ●○△。

转朱阁⑧，低绮户⑨，照无眠。

●⊙● ，⊙●● ，●○△。

不应有恨，何事⑩长向别时圆。

⊙○○●，○● ○●●○△ 。

人有悲欢离合，月有阴晴圆缺，此事古难全。

⊙●○○●，⊙●○○●，⊙●●○△ 。

但愿人长久，千里共婵娟⑪。

⊙●○○●，⊙●●○△ 。

【题解】

《隋唐嘉话》："炀帝凿汴河，自制《水调歌》。"《脞说》："《水调》《河传》，炀帝将幸江都时所制。"可知本调创于隋代。又有"江南好""花犯念奴"等别名。至所谓"歌头"者，可知《水调》当为组曲，本调不过该组曲的序章而已。

【作者】

苏轼，参见本书第 74 页。

【注释】

①把酒：手执酒杯。谓饮酒。

②宫阙：古时帝王所居宫门前有双阙，故称宫殿为宫阙。

③今夕：今晚，当晚。

④琼楼玉宇：指神话中月宫里的亭台楼阁。

⑤起舞：起身舞蹈。

⑥清影：清朗的光影，月光。

⑦何似：何不，何妨。

⑧朱阁：红色的楼阁。

⑨绮户：彩绘雕花的门户。

⑩何事：为何，何故。

⑪婵娟：指代明月或月光。

【译文】

明月是从什么时候开始就有了呢？我举杯想要问问青天。不知道天上的宫殿，现在是什么样的呢？我想乘风飞去，却又害怕天上的神仙洞府太高、太冷。于是跟着月下的影子起舞，人间还有什么地方能比得上呢？

月亮转过红色的楼阁，低低地斜照入屋里，照着我这无法安睡的人。我不应再有愁怨了，但为什么月亮偏偏选在分别的时候变得圆满呢？人生有很多悲欢离合，月亮也常会阴晴圆缺，毕竟自古以来就没有什么完美的事，只愿我爱的人能够健康长寿，那么即使相隔千里之远，我们一样能够一同欣赏这美丽的月光。

【作法】

本调十九句八韵共九十四字，其中存在大量的拗句，适宜用来表达激越不能平的情感。全调用三、四、五、六、七言的不同句式混合组成，而以五言为主，副以两个六言偶句。其五言或六言偶句的平仄安排，亦皆违反近体律诗的惯例，它的音节高亢而稍带凄音，尤以第五叠的五言句"起舞弄清影"处的调声最为怨切。而过片连续三个三言句……说了这些，读者可能看得云里雾里的，原因在于音乐之事，很难用文字表达；而多数词牌的曲谱基本已经不存了，所以只能任由倚声家种种旁敲侧击，期能重建该调的音声结构。但幸运的是，本词由于脍炙人口，故二十世纪的音乐家为之重新谱曲，且其曲调颇能贴切（经倚声家重建的）古曲的结构。

所以这里不再多作分析，有兴趣填本调的读者，请自行上影音网站，搜寻邓丽君或王菲演唱的《但愿人长久》，自行品味各乐句所包含的情感，然后就其样态改换上自己的新词，再自己唱一遍看看顺不顺，可能比这里冷冰冰的分析更能入味。

【例词】

（宋）黄庭坚："瑶草一何碧，春入武陵溪。溪上桃花无数，花上有黄鹂。我欲穿花寻路，直入白云深处，浩气展虹霓。只恐花深里，红露湿人衣。　坐玉石，敧玉枕，拂金徽。谪仙何处，无人伴我白螺杯。我为灵芝仙草，不为朱唇丹脸，长啸亦何为。醉舞下山去，明月逐人归。"

（宋）叶梦得："秋色渐将晚，霜信报黄花。小窗低户深映，微路绕敧斜。为问山翁何事，坐看流年轻度，拚却鬓双华。徒倚望沧海，天净水明霞。　念平昔，空飘荡，遍天涯。归来三径重扫，松竹本吾家。却恨悲风时起，冉冉云间新雁，边马怨胡笳。谁似东山老，谈笑静胡沙。"

（清）况周颐："拥被不听雨，作算一宵晴。峭风多事吹送，到枕一更更。花落已知不少，一半可能留得，未问意先惊。帘幕带烟卷，红紫绣中庭。　促成阴，催结子，此时情。了他春事，不是风雨妒残英。风雨枉教人怨，知否无风无雨，也自要飘零。只是一春老，无计劝愁莺。"

三四、清平乐

晚春

春归何处，寂寞无行路。
〇〇〇▲，⊙●〇〇▲。
若有人知春去处①，唤取②归来同住。
⊙●⊙〇〇⊙▲，⊙● 〇〇⊙▲。

春无踪迹谁知，除非问取③黄鹂④。

⊙○○●●△，○○○● ○△ 。

百啭⑤无人能解，因风飞过蔷薇⑥。

⊙● ○○○●，○○○●●△ 。

【题解】

《松窗杂录》："开元中，禁中初重木芍药，上乘照夜白游赏，宣翰林学士李白立进《清平调》词三章。"即本调名称之由来。本调又名"忆萝月"。

【作者】

黄庭坚（1045—1105），字鲁直，号山谷道人、豫章先生，晚号涪翁，自称为南昌人。北宋诗人、书法家，江西诗派祖师。书法亦能树格，为宋四家之一。与张耒、晁补之、秦观都曾习艺于苏轼，并称苏门四学士。一生陷入新旧党争，被新党诬害、流放，官至知州。绍兴初年，宋高宗追封其为太师、龙图阁直学士，谥文节。黄庭坚在诗歌上主张袭用古人章句，以创新其意义，其手法多侧重在"点铁成金"与"夺胎换骨"等形式，影响后世深远。

【注释】

①去处：去的地方。

②唤取：呼请。

③问取：问，询问。取，助词，无义。

④黄鹂：鸟名。身体黄色，自眼部至头后部黑色，嘴淡红色。暮春时鸣声独盛，故古人常以黄鹂鸣叫作为春光逝去的表示。

⑤百啭：婉转多样的鸣声。

⑥蔷薇：植物名。落叶灌木，茎细长，蔓生，枝上密生小刺，羽状复叶，小叶倒卵形或长圆形，花白色或淡红色，有芳香。因开放时节在春末，故古人以之为春日将尽的象征。

【译文】

春天去了哪里了呢？道路上一个行人也没有。如果有人知道春天去了哪里，请帮我把它叫回来。

春天没有留下踪迹所以没人知道，或许我能够问问黄鹂鸟春天去了哪里。黄鹂鸟的叫声没有人能够听懂，于是顺着东风走过了蔷薇丛。

【作法】

本调八句七韵共四十六字。本调的重点在于转韵，上片全用仄韵，句句协韵，显示情调紧张；下片转平，第三句并改仄收，隔句一协，就显得音节和缓，转作曼声，有缠绵不尽之致。其句式较为特殊的是上片第三句，古典诗词素讲"一三五不论，二四六分明"，但该句的第六字可平可仄，这就给了填词者自由发挥的空间，若想描写较为寻常的场景则用仄声，若想营造慵懒低沉的情绪则可用平声——唯是否会变得过于死气沉沉，则有赖作者驾驭文字的功力了。

【例词】

（五代）韦庄："莺啼残月，绣阁香灯灭。门外马嘶郎欲别，正是落花时节。 妆成不画蛾眉，含愁独倚金扉。去路香尘莫扫，扫即郎去归迟。"

（五代）李煜："别来春半，触目愁肠断。砌下落梅如雪乱，拂了一身还满。 雁来音信无凭，路遥归梦难成。离恨却如春草，更行更远还生。"

（宋）晏殊："金风细细，叶叶梧桐坠。绿酒初尝人易醉，一枕小窗浓睡。 紫薇朱槿花残，斜阳却照阑干。双燕欲归时节，银屏昨夜微寒。"

三五、画堂春

本意

东风吹柳日初长，雨余芳草斜阳。

⊙○⊙●●○△，⊙○⊙●○△。

杏花零落燕泥①香，睡损红妆②。

⊙○○●●○ △，⊙●○△ 。

宝篆③烟销龙凤④，画屏⑤云锁潇湘。

⊙● ○○○● ，⊙○ ⊙●○△ 。

夜寒微透薄罗裳⑥，无限思量⑦。

⊙○⊙●●○ △，⊙●○△ 。

【题解】

白居易诗云："画堂三月初三日，絮扑窗纱燕拂檐"，即所谓"画堂春"的来源。

【作者】

黄庭坚，参见本书第 84 页。

【注释】

①燕泥：燕子筑巢所衔的泥，燕巢上的泥。

②红妆：指女子的盛妆。因妇女妆饰多用红色，故称。

③宝篆：熏香的美称。焚时烟如篆状，故称。

④龙凤：鸾鸟与凤凰。此处喻香烟的样子。

⑤画屏：有画饰的屏风。

⑥罗裳：犹罗裙。

⑦思量：想念，相思。

【译文】

东风吹过柳梢，白昼渐渐变长，夕阳照耀着雨后的芳草。此时杏花已经凋谢，燕子衔回来筑巢的泥土带满了花的香气，她刚睡醒时的容颜就像杏花一样花了脸。

薰香的香烟如同鸾凤一般的形状，屏风上的画则是云雾缭绕湘江的样子。天黑了，她感到微微的寒意，这时的她正在深深地思念着某个人。

【作法】

本调八句七韵共四十七字，虽然字数不类律诗、绝句，但除首句外平仄结构基本是近体诗的句式，适合用于表达温和、含蓄的故事或情感。其中当注意的是三个六言句，皆是"二—二—二"结构，因为古诗词中动词一般都是一个字的，无论如何无法在这些句子中单独存在，但如果纯粹是三组名词的堆叠则恐怕会显得过于静态、无法达成词的时间性特点，故而历来作者都为所使用的动词加上补语，使动作变得不是那么地急骤，而是较为舒缓地从事某个动作，从而放慢了全调的速度，使画面变得更加柔和。综上，在填本调时，所用的文词不宜过于大开大阖，而应如小桥流水一般，在雅致之中展现情思。

【例词】

（宋）秦观："落红铺径水平池。弄晴小雨霏霏。杏园憔悴杜鹃啼。无奈春归。　柳外画楼独上，凭阑手捻花枝。放花无语对斜晖。此恨谁知。"

（明）陈霆："烟凝寒碧楚山秋。夕阳敛尽山头。长江无语向东流。目断归舟。　红叶题残旧恨，翠眉蹙破新愁。月明雁字影悠悠。人依西楼。"

（清）纳兰容若："一生一代一双人，争教两处消魂。相思相望不相亲，天为谁春？　浆向蓝桥易乞，药成碧海难奔。若容相访饮牛津，相对忘贫。"

三六、蓦山溪

别意（赠衡阳妓陈湘）

鸳鸯翡翠，小小思珍偶①。
⊙○○●，⊙●○○▲。
眉黛敛秋波，尽湖南，山明水秀。
⊙●●○○，●⊙○，○○⊙▲。

娉娉袅袅②，恰近十三余③，春未透。花枝④瘦。正是愁时候。

⊙○⊙● , ⊙○●⊙○○ , ○⊙▲。○⊙▲。⊙●○○▲。

寻芳⑤载酒，肯落他人后。

⊙○⊙● , ⊙●○○▲。

只恐远归来，绿成阴，青梅如豆。

⊙●●○○ , ●⊙⊙ , ○○○▲。

心期⑥得处，每自不由人⑦，长亭柳⑧。君知否。千里犹回首。

⊙○⊙● , ⊙○●⊙○○ , ○⊙▲。○⊙▲。⊙●○○▲。

【题解】

本调又名"上阳春"。所谓上阳，为唐代宫名，故本调当是宫中乐曲。至于"蓦山溪"的由来，则不可考。

【作者】

黄庭坚，参见本书第84页。

【注释】

①珍偶：犹佳偶。

②娉娉袅袅：形容姿态轻柔美好。

③十三余：十三岁，此处化用杜牧《赠别》诗："娉娉袅袅十三余，豆蔻梢头二月初。春风十里扬州路，卷上珠帘总不如。"

④花枝：开有花的枝条。

⑤寻芳：出游赏花。喻狎妓。

⑥心期：心中相许。

⑦不由人：禁不住，不由自主地。

⑧长庭柳：喻送别。

【译文】

看着鸳鸯形状的翡翠，还是有点思念那个人。她的眉毛那么黑、眼波那么清泷，道尽了湖南一带的山明水秀。她婀娜多姿，已经十三岁了，这时春天还未过完，树枝上的花已经少了，正是这个时候令人哀愁。

赏花饮酒，我从来不会落在他人之后。我只怕等我回来这里的时候，已经是绿树浓荫，青梅结子的时候。心里的许诺，让人不由自主地这样，在送别的时候，你可知道，即使远去我依然时时回望。

【作法】

本调二十句十韵共八十二字，上下片完全相同。前面已经见过不少约八、九字一韵且上下片完全相同的词牌，但这一阕《蓦山溪》的统计数字是会骗人的，原因在于其用韵的疏密极不均衡，如各片先是九字后押韵（节奏中等），接一个十二字后的韵句（节奏较慢），然后十二字再韵（节奏依然缓慢），然后三字一韵、五字一韵，节奏忽然变得极为急促。通过这样剧烈的变化，除了增加词曲的趣味性及丰富性之外，在情感上体现了一种情感由和缓忽然进入高峰的急骤变化。这样的变化在填词时也应能够体现在文字上，营造一种忽然打破平静、瞬间迸开的情绪高潮。同时，各片结处末三句的末三字平仄结构类似，展现出来的是一种重复再重复的强调句式，用以强调填词者的主要情感，故此三句文字在逻辑上需紧密相关、一气到底。

【例词】

（宋）李之仪："神仙院宇，记得春归后。蜂蝶不胜闲，惹残香、萦纤深透。玉徽指稳，别是一般情，方永昼。因谁瘦？都为天然秀。　桐阴未减，独自携芳酎。再弄想前欢，拊金樽、何时似旧。凭谁说与，潘鬓转添霜，飞陇首。云将皱，应念相思久。"

（宋）周邦彦："江天雪意，夜色寒成阵。翠袖捧金蕉，酒红潮、香凝沁粉。帘波不动，新月淡笼明，香破豆，烛频花，减字歌声稳。　恨眉羞敛，往事休重问。人去小庭空，有梅梢、一枝春信。檀心未展，谁为探芳丛，消瘦尽，洗妆匀，应更添风韵。"

（民国）姚华："春来何处，漠漠烟和雨。望眼入青冥，共翩跹、翔空轻羽。壮怀消尽，冷澹作溪山，天欲语，诗可谱，到纸愁成缕。　三间茅舍，何问谁为主。翠墨染须眉，便瞬息形骸尔汝。百年如梦，容易一声钟，昏又晓，今更古。往事都尘土。"

三七、忆王孙

春闺

萋萋①芳草忆王孙。柳外楼高空断魂②。

⊙○⊙●●○△。⊙●○○○●△。

杜宇③声声不忍闻。欲黄昏，雨打梨花④深闭门。

⊙●　○○⊙●△。●○△，⊙●○○⊙●△。

【题解】

《楚辞》："王孙游兮不归，春草生兮萋萋。"刘安《招隐士》："王孙兮归来，山中不可以久留。"于是后世诗人多用"王孙""芳草"为感景怀人之词。本调又有"豆叶黄""阑干万里心""忆君王"等别名。

【作者】

秦观（1049—1100），字太虚，改字少游，号邗沟居士、淮海先生，扬州高邮人，北宋文人。秦观为苏轼门人。三十七岁中进士。四十二岁进京供职，官至国史院编修、宣德郎，与同列史馆的黄庭坚、张耒、晁补之并称"苏门四学士"。四十六岁因新旧党争而遭谪放，五十二岁于北归途中死于滕州。秦观书、文、诗、词兼长，尤以词作确立在中国文学史上的地位。秦观的词作，感受柔婉纤细，基调凄凉哀伤，表达含蓄幽远，用语轻淡晓畅，被认为是婉约词艺术特色的典型体现，对周邦彦、李清照等词人有着深刻影响。秦观词作是婉约词艺术特色的典型体现。他对事物和情感都有着柔婉纤细的感受，敏锐而容易被打动，冯煦评价称秦词"词心也"，不同于他人"词才也"。秦词在柔婉中又怀有凄凉哀伤之情，冯煦将其和晏几道并称为"真之伤心人也"。

【注释】

①萋萋：草木茂盛貌。

②断魂：销魂神往。形容一往情深或哀伤。

③杜宇：即杜鹃鸟。

④雨打梨花：喻指零乱不堪的狼狈情景。

【译文】

茂盛的绿草令我想起了你，在杨柳深处的高楼上独自伤心。真是不忍心再听到杜鹃鸟的叫声。到了黄昏的时候，雨水打落了梨花，于是我紧紧地闭上了门。

【作法】

本调五句五韵共三十字，是阕十分灵巧的小令。前二句基本是近体诗七言绝句式的开篇，不用特别说明。第三句与第二句相粘，看似仍是近体诗的结构，结尾却收平韵，说明了原本平和温婉的节奏在此将忽然发生变化，有如暴风雨前的宁静一般。为了能够更好地衬托之后情感上的"暴风雨"，写作时对于第三句尤需特别注意，唯有此句转得漂亮，才能将全词提升至相当的高度。至于之后的三言句、七言句，则皆是第三句的引申，顺着文气写出即可，不必投入过多的

笔力。

【例词】

（宋）谢克家："依依宫柳拂宫墙。楼殿无人春昼长。燕子归来依旧忙。忆君王。月破黄昏人断肠。"

（宋）辛弃疾："登山临水送将归。悲莫悲兮生别离。不用登临怨落晖。昔人非。惟有年年秋雁飞。"

（宋）姜夔："冷红叶叶下塘秋。长与行云共一舟。零落江南不自由。两绸缪。料得吟鸾夜夜愁。"

三八、如梦令

春景

莺嘴啄花红溜。燕尾剪波绿皱。

⊙●○○⊙▲。⊙●⊙○⊙▲。

指冷玉笙寒，吹彻小梅春透。

⊙●●○○，⊙●⊙○⊙▲。

依旧。依旧。人与绿杨俱瘦。

○▲。○▲。⊙●⊙○⊙▲。

【题解】

后唐庄宗自度曲《忆仙姿》，其中有词云："如梦，如梦，残月落花烟重"，苏轼据此题作《如梦令》。

【作者】

秦观，参见本书第90页。

【译文】

黄莺因为啄取花朵所以它的喙染上了红色，燕子也因为在池塘上飞舞而让绿水起了涟漪。手指还有些冷，吹着笙，吹奏在这梅花将谢的春天。和之前一样！和之前一样！我伴随着杨柳一日一日地消瘦。

【作法】

这是一首很可爱的小令，全调共七句六韵三十三字，皆为仄起仄韵，显见声调上是较为起伏的。而在文字上，需要注意的有二：（一）首次两句必须对偶。关于对偶的方法，习填词者当已有概念，此处不再多言。（二）第五、六句皆为两字句，且内容必须一样，即同样的一个两字句要重复两次。语句的重复具有强调作用，而所强调者当然就是全词的深层主题，如此处所引秦观例词，标题虽为"春景"，但此处用了"依旧"，即在表示秦观这些年所遇到的春景，以及因此发生的愁绪都是年年依旧的，于是在描述今年春尽时的憔悴时，同时也强调自己平生的憔悴不始自今年，从而为平凡的伤春更添一分意思。后面所附柳永的"偷泪"强调作者在离别处故作坚强的脆弱心理，苏轼的"归去"反映出他"不如归去"的隐含愿望，李清照的"知否"则有"天涯何处觅知音"的潜台词在内。由于本调附有这样深层的意义结构，故许多作者虽然可能平仄格律都无误，但读起来总差些味道，就是没能掌握住这两句的韵味之故，还请习作者多加留心。

【例词】

（宋）柳永："郊外绿阴千里。掩映红裙十队。惜别语方长，车马催人速去。偷泪。偷泪。那得分身应你。"

（宋）苏轼："为向东坡传语。人在玉堂深处。别后有谁来，雪压小桥无路。归去。归去。江上一犁春雨。"

（宋）李清照："昨夜雨疏风骤，浓睡不消残酒，试问卷帘人，却道海棠依旧。知否，知否，应是绿肥红瘦。"

三八、如梦令

93

三九、桃源忆故人

冬景

玉楼深锁薄情种①，清夜②悠悠谁共。

⊙○○⊙●○○▲，⊙●⊙○○▲。

羞见枕衾③鸳凤④。闷即和衣⑤拥。

⊙●○○ ○▲。⊙●○○ ▲。

无端画角⑥严城⑦动，惊破一番⑧新梦。

⊙○○⊙● ○○ ▲，⊙●⊙○ ○▲。

窗外月华⑨霜重，听彻梅花弄⑩。

⊙●⊙○ ○▲，⊙●○○▲。

【题解】

古人往往以桃源喻理想中之仙境，所谓桃源有二说，一为刘晨、阮肇遇仙处，在浙江天台；一为陶渊明《桃花源记》所描述者，在湖南常德。后人多以"桃源"一词写作怀人感事之作，本调调名即源于此。又有别名"虞美人影"。

【作者】

秦观，参见本书第 90 页。

【注释】

①薄情种：不念情义的人，多用于男女情爱。此处故意用其反义，即主人公实际上自认为自己是多情种。

②清夜：清静的夜晚。

③枕衾：枕头，被子。泛指床铺。

④鸳凤：鸳鸯与凤凰，比喻佳偶。

⑤和衣：不脱外衣。

⑥画角：乐器。形如竹筒，本细末大，以竹木或皮革等制成，因表面有彩绘，故称。发声哀厉高亢，古时军中多用以警昏晓，振士气，肃军容。

⑦严城：戒备森严的城池。

⑧一番：一回，一次。

⑨月华：月光，月色。

⑩梅花弄：即梅花三弄，古曲名。

【译文】

想要忘却旧情的人被锁在深深的楼台上，漫长的清静的夜晚能和谁一起度过呢？她不愿意见到床单被罩上绣着的鸳鸯和凤凰，郁闷之下便连外衣也不脱了抱着被子入睡。

不知为什么在这座戒备森严的城池里响起了警戒的号角声，这声音将刚入睡的她吵醒了。这时候窗外的月色有如秋霜一样寒冷，又不知道从哪里传来了《梅花三弄》的歌声，终夜不止。

【作法】

本调八句八韵共四十八字，上下片相同。句式则呈递减状：七、六、六、五，搭配前三句粘对，第三、四句失对的平仄结构，体现出一种由缓而急的节奏与音调。换句话说，前三句的功用是为最后一句做铺垫，在文字上可以大笔描写情状或故事，炼字处在于结句，将之前铺开的线索立即收拢——而如果能以二字收拢、后三字为补语，则意象更为立体，但并不是必要的条件。另外，结句是"二—三"结构，与首句末五字平仄结构相同，构成首尾呼应的样态，读者们在试填完此词后可以做个小游戏，将各片第二、三句去删去，单读首末两句，看是否依然能够通顺，如能通顺则结构得谓完备。

【例词】

（宋）欧阳修："莺愁燕苦春归去。寂寂花飘红雨。碧草绿杨歧路。况是长亭暮。　少年行客情难诉。泣对东风无语。目断两三烟树。翠隔江淹浦。"

（宋）朱敦儒："玉笙吹彻清商后。寂寞弓弯舞袖。巧画远山不就。只为眉长皱。　灵犀望断星难透。立到凄凉时候。今夜月明如昼。人共梅花瘦。"

（宋）张孝祥："朔风弄月吹银霰。帘幕低垂三面。酒入玉肌香软。压得寒威敛。　檀槽乍捻幺丝慢。弹得相思一半。不道有人肠断。犹作声声颤。"

四十、鹊桥仙

七夕

纤云①弄巧②，飞星③传恨，银汉迢迢④暗度⑤。
⊙○ ⊙●，⊙○ ⊙●，⊙○●○⊙▲。
金风玉露⑥一相逢，便胜却、人间无数。
⊙○○⊙●●○○，●⊙●、○○⊙▲。

柔情⑦似水，佳期如梦，忍顾鹊桥⑧归路。
⊙○ ⊙●，⊙○○●，⊙○●○⊙▲。
两情若是久长时，又岂在、朝朝暮暮。
⊙○⊙●●○○，●⊙●、○○○▲。

【题解】

古时关于"鹊桥"之神话，最早见于《风俗通》："织女七夕当渡河，使鹊为桥。"至唐时民间传说更为普遍，诗人常以之入篇，本调调名即于此时产生。

【作者】

秦观，参见本书第 90 页。

【注释】

①纤云：纤薄的云彩。

②弄巧：变化多端。

③飞星：流星。

④迢迢：道路遥远貌。

⑤暗度：不知不觉地过去。

⑥金风玉露：秋风和白露，用李商隐《辛未七夕》诗："由来碧落银河畔，可要金风玉露时。"

⑦柔情：温柔的感情。

⑧鹊桥：传说每年七夕喜鹊会搭成桥助天上的织女渡过银河与牛郎相会。

【译文】

纤薄的云彩变化多端，横曳天空中的流星传来了银河那端的情愫，宽广的银河就这样不知不觉地被渡过了。这次相逢就像秋风与白露的相遇一样，其欢乐胜过人间一切种种。

绵柔的情意如水，美好的时光似梦，你要他们怎么忍心再踏着鹊桥分隔在河汉两端呢？但是只要两个人的爱情是天长地久、至死不渝的，那么何必要多贪图这一刻的温存呢？

【作法】

本调十句四韵共五十六字，上下片相同，句子之间平仄相对，在曲调和节奏上甚为平和舒缓。由于秦观的关系，加上本调的名称，后世多用以写有关七夕的内容。牛郎织女虽是悲剧，但毕竟是传说中的故事，尽管人们在写作时可能会掺入自己的情怀，但毕竟在形式上仍是诉说他人之事，所以情绪是平平淡淡的，像长者给自己孩子讲床边故事，最后总结一些人生体悟那般。以上是音声结构，而在具体写作上，上下两片的首二句应以对偶的方式铺开七夕（或其他主题）的场景，除此并无需要特别注意之处。

【例词】

（宋）周邦彦："浮花浪蕊，人间无数，开遍朱朱白白。瑶池一朵玉芙蓉，秋露洗、丹砂真色。　晚凉拜月，六铢衣动，应被姮娥认得。翩然欲上广寒宫，横玉度、一声天碧。"

（宋）朱淑真："巧云妆晚，西风罢暑，小雨翻空月坠。牵牛织女几经秋，尚多少、离肠恨泪。　微凉入袂，幽欢生座，天上人间满意。何如暮暮与朝朝，更改却、年年岁岁。"

（宋）郭应祥："金风浙浙，银河耿耿，七夕如今又至。人间唤作隔年期，但只似、屈伸指臂。　罗花列果，拈针弄线，等是纷纷儿戏。巧人自少拙人多，那牛女、何曾管你。"

四一、河传

赠妓

恨眉醉眼①。甚②轻轻觑③著、神魂迷乱。
⊙○⊙▲。●　○⊙●　●、⊙○⊙▲。
常记那回，小曲阑干西畔。鬓云松、罗袜刬④。
⊙●●○，⊙●●○○▲。●⊙○、○●▲。

丁香笑吐娇无限。语软声低、道我何曾惯。
⊙○⊙●○○▲。⊙●○○、⊙●○○▲。
云雨⑤未谐，早被东风吹散。闷损⑥人、天不管。
⊙●　●○，⊙●○●○▲。●○○、○●▲。

【题解】

《胜说》："《水调》《河传》，炀帝将幸江都时所制。"可知本调创于隋代。唯此后多有演变。另有"怨王孙"之别名。

【作者】

秦观，参见本书第90页。

【注释】

①恨眉醉眼：指眉目放纵含情。

②甚：真。

③觑：看。

④罗袜刬：仅穿罗袜行走。罗袜，丝罗制的袜。刬，仅。

⑤云雨：男女欢会。

⑥闷损：烦闷。

【译文】

你眉目里的种种情感，轻轻地看着我，令人意乱情迷。还记得那时，在那个筑有栏杆的小池塘西边。那时的你头发乱了、脚上也只穿着袜子。

你的笑容像丁香花开放一样令人无限怜爱。你在我耳边低声絮语，说你并不是常做这种事的人。无奈我们之间的欢会还未尽兴，一阵东风便将我们吹散了。我的心里是如此烦闷，但命运之神对此毫不理会。

【作法】

本调十句八韵共六十四字，上下片不尽相同，大体形成A—B—C—B的句式，其中的B段，就是今日流行音乐中所谓的"高潮"部分，以抒发情感为主。而此一部分的字句，又充满仄声字甚至拗句，在在显示所展现的，是种郁结强烈的情感，结处首二句进入此种情感的动机，这里可以写景，也可以抒情，而"三—三"结构的结句则必须以拟人的口气说出心中最想表达的情愫。另外，A、C部分的正歌亦有讲究。上片首叠的正体是三个"平平仄仄"句读，展现出层层递进的效果，而其中第二句前置一去声的领字，则说明这种递进不是直线式的递进，而是走一步、转个弯、再走一步式的递进。下片首叠的结构与上片首叠完全相反，展现出来的则是对比的感觉，故而在文字上，或许可以作出一远一近、一动一静、一刚一柔、一昔一今的安排。

【例词】

（宋）黄庭坚："心情老懒。对歌对舞，犹是当时眼。巧笑靓妆，近我衰容华鬓。似扶着、卖卜算。　思量好个当年见。催酒催更，只怕归期短。饮散灯稀，背锁落花深院。好杀人、天不管。"

（宋）贺铸："华堂张燕。向尊前妙选，舞裙歌扇。彼美个人，的的风流心眼。恨寻芳来晚。　曲街灯火香尘散。犹约晨妆，一觌春风面。惆怅善和坊里，平桥南畔。小青楼、帘不卷。"

四二、满庭芳

春游

晓色①云开，春随人意，骤雨才过还晴。

⊙●○○，⊙○○⊙●，●○⊙●⊙△。

古台芳榭，飞燕蹴红英②。

⊙○○●，⊙●●○△。

舞困榆钱③自落，秋千外、绿水桥平。

⊙●○○⊙●，○○●、⊙●○△。

东风里，朱门④映柳，低按小秦筝。

○○●，○○⊙●，○●●○△。

多情。

○△。

行乐处，珠钿⑤翠盖⑥，玉辔⑦红缨。

⊙●●，⊙○⊙●，　⊙●○△。

渐酒空金榼⑧，花困蓬瀛⑨。

●⊙○⊙●，⊙●○△。

豆蔻⑩梢头旧恨，十年⑪梦、屈指⑫堪惊。

⊙●　○○○●，⊙○　●、⊙●　○△。

凭阑久，疏烟淡日，寂寞下芜城⑬。

⊙○●，⊙○○●，⊙●●○△。

【题解】

柳宗元诗："偶地即安居，满庭芳草积"为词名来源。本调又有"满庭霜""锁阳台"等别名。

【作者】

秦观，参见本书第90页。

【注释】

①晓色：拂晓时的天色，晨曦。

②红英：红花。

③榆钱：榆荚，因其形似小铜钱，故称。

④朱门：红漆大门，指贵族豪富之家。

⑤珠钿：嵌珠的花钿。

⑥翠盖：饰以翠羽的车盖。

⑦玉辔：精美的马缰绳。

⑧金榼（kē）：精美的酒具。

⑨蓬瀛：蓬莱和瀛洲，皆神山名，泛指仙迹。

⑩豆蔻：又名草果，多年生草本植物。诗文中常用以比喻少女。此句化用杜牧《赠别》诗："娉娉袅袅十三余，豆蔻梢头二月初。"

⑪十年：此处化用杜牧《遣怀》诗："十年一觉扬州梦，赢得青楼薄幸名。"

⑫屈指：比喻时间短或数量少。

⑬芜城：即扬州，语出鲍照《芜城赋》。

【译文】

拂晓的阳光拨开了云朵，春天是多么惬意，特别是下了一阵雨之后的晴天。我到楼台、水榭游赏，见到飞燕伴着落花舞动。舞跳得累了榆树的叶子就落下来了，于是秋千那头的池塘便铺满了一片翠绿。春风吹着，朱红的大门与青翠的绿木节相互映照着，我在这样的美景中拨弄着琴弦。

我这样的多情之人，在这游赏的地方，当年还伴之以佩着花钿、乘着香车的美人，拉着那辆车的马配着精美的缰绳、绳端还饰以红缨。玩着玩着，渐渐地，酒杯空了，花儿谢了。看到豆蔻树已经结子，我才忽然惊醒，原来这十年来的快乐不过是短暂的一场梦而已，这梦短暂得令人悲哀。我痴立于楼台之上，所看到的只是迷迷蒙蒙的太阳，悄无声息地落到了扬州城的那一端。

【作法】

本调二十一句九韵共九十五字，传统上分成上下两片，但实际上存在一个只有两个字的过片。长调的韵位安排，由于篇幅愈长，须得铺张排比，有利于开阖变化的格局，那韵位疏密对表达感情来说，就更显得重要，也更复杂得多。一般说来，凡是属于音节谐婉的调子，大多数是隔句一韵或三句一韵，而三句成一片段的格局，又多是用一个单句，一个对句组成。故而本调虽然看似句式复杂，但运用声律上仍坚持近体诗的基本法则，即是两句之间平仄相对，使得音节特别和谐，表现为轻柔婉转、往复缠绵的音声。因此，这些复杂的句式变化也只是为了音律上的新鲜感而已，并没有太多学问在其中。过片是两个平声字，亦显示出调性上的平稳。稍微需要注意的是上片第二叠两句是四—五句式，其中五言句是"二—三"结构，适合描写静态或客观的景物，下片同一位置却是五—四句式，五言句亦是"一—四"结构，这显示了此处的音节已不再像前面那般平静，是时候给这池春水带来一些波澜了，通过去声的领字，埋下作者自身情感的伏笔，并且在最后两叠中将情感完全展露，是这阕词的情景语法。

【例词】

（宋）晏几道："南苑吹花，西楼题叶，故园欢事重重。凭阑秋思，闲记旧相逢。几处歌云梦雨，可怜便、流水西东。别来久，浅情未有，锦字系征鸿。　年光还少味，开残槛菊，落尽溪桐。漫留得，尊前淡月西风。此恨谁堪共说，清愁付、绿酒杯中。佳期在，归时待把，香袖看啼红。"

（宋）周邦彦："风老莺雏，雨肥梅子，午阴嘉树清圆。地卑山近，衣润费炉烟。人静乌鸢自乐，小桥外、新绿溅溅。凭阑久，黄芦苦竹，拟泛九江船。　年年如社燕，漂流瀚海，来寄修椽。且莫思身外，长近尊前。憔悴江南倦客，不堪听、急管繁弦。歌筵畔，先安簟枕，容我醉时眠。"

（清）王鹏运："风露高寒，蛩螀怨抑，夜阑人倚灯篝。暗尘惊落，何处发清讴。已是潘郎老去，青衫在、鬓减花羞。十年恨，无端枨触，肠断旧风流。　风流弹指处，画中人远，梦里春柔。料记曲当时，红豆还留。倩取窥帘淡月，悲欢事、一例全勾。霜华重，丁丁漏水，银箭咽潜虬。"

四三、青玉案

春暮

凌波①不过横塘②路，但目送芳尘③去。

⊙○ ⊙●○○ ▲，●○⊙●○○ ▲。

锦瑟④年华⑤谁与度。

⊙● ⊙○ ○●▲。

月楼花院，绮窗朱户⑥，惟有春知处。

●○○● ，●○○▲ ，⊙●○○▲。

碧云⑦冉冉⑧蘅皋⑨暮，彩笔⑩空题断肠句。

⊙○ ⊙● ○○ ▲，⊙● ○○●○▲。

试问闲愁知几许。

⊙●⊙○○●▲。

一川⑪烟草，满城风絮⑫，梅子黄时雨。

●○ ○● ，●○○▲ ，⊙●○○▲。

【题解】

　　张衡《四愁诗》：“美人赠我锦绣段，何以报之青玉案。”案即碗，盛酒之具。唐人诗多引用之，本调调名即本于此，又有“一年春”之别名。

【作者】

　　贺铸（1052—1125），字方回，号庆湖遗老，越州山阴人，北宋词人。其词风格多样，字句锤炼，常借用古乐府及唐人诗句入词，“多于温庭筠、李长吉诗中来”。贺铸自己也说：“吾笔端驱使李商隐、温庭筠，常奔走不暇。"作品多写艳情及闺情离思，也描写世间沧桑，嗟叹功名不就，亦有个人闲愁、纵酒狂放之作。

【注释】

①凌波：形容女子轻盈的步履。

②横塘：古堤名。在江苏省吴县西南。

③芳尘：指落花。

④锦瑟：漆有织锦纹的瑟。

⑤华年：岁月，时光。此处化用李商隐《无题》诗："锦瑟无端五十弦，一弦一柱思华年。"

⑥朱户：朱红色大门。泛指富贵人家。

⑦碧云：青云，碧空中的云。

⑧冉冉：渐进貌。形容时光渐渐流逝。或形容事物慢慢变化、移动。

⑨蘅皋：长有香草的沼泽。

⑩彩笔：指词藻富丽的文笔。语出《南史·江淹传》："〔江淹〕又尝宿于冶亭，梦一丈夫自称郭璞，谓淹曰：'吾有笔在卿处多年，可以见还。'淹乃探怀中得五色笔一以授之。尔后为诗绝无美句，时人谓之才尽。"

⑪一川：满地。多用于形容自然景色。

⑫风絮：随风飘悠的絮花。多指柳絮。

【译文】

女子轻盈的步伐没有走过横塘的道路，只是看着花朵逐渐落下而已。美好的青春年华能与谁共度？月光笼罩的小楼，繁花盛开的别院，雕花的窗户，朱红的大门，只有春天能够进来这里。

青色的云慢慢地飞走，长满香草的沼泽也迎来了黄昏，她虽有文采，却只能对着天空书写伤心的句子。你可知道她的愁怨有多少呢？河流边满是带着水烟的荒草，城镇里飞满了杨柳的飞絮，梅子成熟了，雨也落下了。

【作法】

本调十二句五韵共六十七字，上下片完全相同，韵脚全是仄声韵，在词中并不是罕见的格式，写作时需要注意的只有两处：（一）次句六言句是"三一三"结构，可以六字连写，也可以自行加上顿号表示语气稍有停顿，但首字一定要是去声的领字，如是则前三字都有领字的意味在内，渐意虚笔以衬托后面的主题。（二）结处四、四、五言句，前二句需对偶，描写的也应是同一性质的对象，在形象上层层递进，然后作结。

【例词】

（五代）李煜："梵宫百尺同云护，渐白满苍苔路。破腊梅花香早露。银涛无际，玉山万里，寒罩江南树。　鸦啼影乱天将暮，海月纤痕映烟雾。修竹低垂孤鹤步。杨花风弄，鹅毛天剪，总是诗人误。"

（宋）辛弃疾："东风夜放花千树，更吹落星如雨。宝马雕车香满路。凤箫声动，玉壶光转，一夜鱼龙舞。　蛾儿雪柳黄金缕，笑语盈盈暗香去。众里寻他千百度，蓦然回首，那人却在，灯火阑珊处。"

四四、薄幸

春情

淡妆①多态。更滴滴②、频回盼睐③。
⊙○　○▲。●⊙●、　○○●▲。

便认得④、琴心⑤先许，欲绾合欢双带⑥。
●⊙●、　○○　●，⊙●⊙○○▲　。

记画堂⑦、风月⑧逢迎⑨，轻颦浅笑娇无奈。
●⊙○、　○●○○，　○○●●○○▲。

向睡鸭炉⑩边，翔鸳屏⑪里，羞把香罗⑫暗解。
●●●○○，⊙○○　●，⊙○●○○　⊙▲。

自过了、烧灯⑬后，都不见、踏青挑菜⑭。

⊙●●、○○ ●，○●●、●○⊙▲ 。

几回凭双燕，叮咛⑮深意⑯，往来⑰却恨重帘碍。

⊙○○⊙●， ○○ ●， ⊙○ ⊙●○○▲。

约何时再。正春浓⑱酒困⑲，人闲昼永⑳无聊赖㉑。

●○○▲。●○○ ⊙●，○○●○○▲。

恹恹㉒睡起，犹有花梢日在。

○○ ●●，⊙●○○▲。

【题解】

　　杜牧："十年一觉扬州梦，赢得青楼薄幸名"，自此"薄幸"成为游冶之口头成语，本调即由此得名。

【作者】

　　贺铸，参见本书第104页。

【注释】

①淡妆：淡素的妆饰。

②滴滴：眼珠闪烁貌。

③盼睐：顾盼。

④认得：记得。

⑤琴心：犹春心。

⑥合欢双带：古时以带结表男女同心，语出梁武帝《子夜歌》："绣带合欢结，锦衣连理文。"

⑦画堂：古代宫中有彩绘的殿堂。泛指华丽的堂舍。

⑧风月：指男女间情爱之事。

⑨逢迎：对面相向，对面相逢。

⑩睡鸭炉：古代的一种香炉。造型如鸭入睡，腹内焚香，烟从口出。

⑪鸳屏：绣有飞翔的鸳凤的屏风。

⑫香罗：绫罗的美称。

⑬烧灯：古时春日放灯，名为"烧灯"。

⑭挑菜：旧时洛阳风俗，以阴历二月二日为挑菜节。

⑮叮咛：言语恳切貌。又指音讯、消息。

⑯深意：深刻的含意，深微的用意。

⑰往来：来去，往返。

⑱春浓：春意浓郁。

⑲酒困：谓饮酒过多，神志迷乱。

⑳昼永：白昼漫长。

㉑无聊赖：郁闷，精神空虚。

㉒恹恹：微弱貌，精神不振貌。

【译文】

清淡的妆扮显得更加美好，更明媚的是她时常回头顾盼。我很容易想起司马琴挑的故事，两心相许，故能系紧那双合欢带子。记得华美的厅堂里，风月无边，微笑和嗔怒都显得十分娇美。对着睡鸭形的香炉旁边，以及绣有鸳鸯戏水的屏风里面，害羞地暗中解开了带子。

自从过了元宵以后，踏青及挑菜等节日都没能再在一起。有几次我想拜托燕子转达我的深情，但我们之间却隔着重重的障碍。何时能够再见面呢？现在春意深浓，又喝了很多的酒，白天还很长，总觉得百无聊赖、甚感疲倦，于是睡下。一觉醒来，太阳依然还照在花枝上面。

【作法】

本调十九句十韵共一百零八字，句式变化极为丰富，上片存在大量的"三—四"结构七言句，下片虽无此种特殊句式，但四、五、六、七言依旧交杂，仍然显示出纷丽多彩的样态。对于这样华丽的曲调，填词者当注意选用的文字也应是精雕细琢的，万不可用太过朴实无华的笔法，否则易生突兀之感。在抒情模式上，也应以平淡却曲折的方式委婉地道出作者的感情，切忌以豪放派的笔法狂歌高呼，否则口气上亦有未合。细部而言，主要的难处在四个"三—四"结构句上。上片三个"三—四"构句的首字都应配以去声的领字，以人物动作的方式带出一幕又一幕的场景；又，上片末叠虽非"三—四"结构，但却是"一—四"句式，亦是以领字起始，体现在音声上便是节奏的转急，然又接着两个平仄相对且内容对偶的四言句，形成强调的音节，预示着第一个高潮即将到来。过片是本调最后一次出现"三—四"结构之处，表示上片所写的故事已经终结了，迎来的是下片的追忆主题。怀念故人的情绪自然是低沉的，不会是上片中那种及时行乐的欢快语气，所以下片的笔墨应有种恹恹之感，展现曲终人散之后的凄清。即使存在一个需要领字的五言句，但该句并不处于显眼的位置，故虽然作者仍思有所动作，但已不是那么张扬了，反而有种欲振乏力的无力感。

【例词】

（宋）毛开："柳桥南畔。驻骢马、寻春几遍。自见了、生尘罗袜，尔许娇波流盼。为感郎、松柏深心，西陵已约平生愿。记别袖频招，斜门相送，小立钗横鬓乱。　恨暗写、如蚕纸，空目断、高城人远。奈当时消息，黄姑织女，又成王谢堂前燕。托琴心怨。怕娇云弱雨，东风蓦地轻吹散。伤春病也，狼藉飞花满院。"

（明）杨慎："碧鸡催晓。正话别、匆匆未了。又咫尺、销魂桥上，南浦绿波芳草。记昨宵、醉褪罗襟，玉山拚为金樽倒。爱皎皎当窗，盈盈隔水，那个人儿窈窕。　自油壁香车去后，路远西陵月悄。恨同心带缓，露兰啼歌，多情却被无情恼。最萦怀抱。把双双骰子，重重喝采占佳兆。桃花有意，前度刘郎未老。"

（清）黄景仁："斜披毡笠。耐西风、猎猎吹急。递一阵、深楸虎气，驴耳双双都立。转平冈、细草黏空，谁添几点牛羊入。记来往南山，重逢此景，闲煞黄皮袴褶。　顾瘦影、沉吟罢，清泪渍、草根都湿。讵茫茫大地，竟无归处，此间却洒杨朱泣。且休呜唈。算途遥日暮，今宵可趁邮亭及。土壁绳床，料是百忧横集。"

四五、惜分飞

本意

泪湿栏干花着露，愁到眉峰①碧聚。

⊙●⊙○○●▲，⊙●○○ ●▲。

此恨平分②取，更无言语空相觑。

⊙●○○ ▲，⊙○○●○▲。

断雨残云③无意絮④，寂寞朝朝暮暮。

⊙●⊙○ ○○▲，⊙●○○●▲。

今夜山深处，断魂⑤分付⑥潮流去。

⊙●○○▲，⊙○ ⊙● ○○▲。

【题解】

《古乐府》："东飞伯劳西飞燕，黄姑织女时相见"，世遂以"劳燕分飞"为离别之词。唐人诗中例用"分飞"之语，从而演变成本词牌。

【作者】

毛滂（1061—1124），字泽民，号东堂，衢州江山石门镇人，北宋词人。其词受苏轼、柳永影响，清圆明润，别树一格，无秾艳词语，自然深挚、秀雅飘逸，对陈与义、朱敦儒、姜白石、张炎等人皆有影响。

【注释】

①眉峰：古人常以山峰喻眉，故称眉峰。

②平分：平均分配，对半分。

③断雨残云：比喻男女恩爱中绝，欢情未能持续。

④意絮：思绪，心绪。

⑤断魂：销魂神往。形容一往情深或哀伤。

⑥分付：分别付与。

【译文】

　　眼泪洒湿了阑干，好像是沾着露水的花朵，无尽的愁怨就攒聚在眉梢上端。这份感情每个人都有一半，于是我们默然相对、无话可说。

　　断续的细雨，乌黑的云朵，我什么都不想做，只是日日夜夜沉浸在无边的寂寞之中。今夜山深人静的时候，孤独的旅魂将要随着潮水归去。

【作法】

　　本调八句八韵共五十字，上下片完全相同，除各片结句外，都是仄起仄韵句式，因此它所展现的情调，正如词牌"惜分飞"一般，是离别时"执手相看泪眼，竟无语凝噎"的激动不能自已的情感。但在写作上，本阕词亦非豪放派的路子，在表达哀伤的情感时，仍应注重节制——毕竟离别之时若是痛哭流涕过度，对于将要远行之人也不好受，所以人们往往在最后至少会故作坚强地挥手道别，这样的张力正是写作本词时所应注意的。

【例词】

　　（宋）贺铸："皎镜平湖三十里。碧玉山围四际。莲荡香风里。彩鸳鸯觉双飞起。　明月多情随舵尾。偏照空床翠被。回首笙歌地。醉更衣处长相记。"

　　（宋）范成大："画戟锦车皆雅故。箫鼓留连客住。南浦春

波暮。难忘罗袜生尘处。 明日船旗应不驻。且唱断肠新句。卷尽珠帘雨。雪花一夜随人去。"

（宋）辛弃疾："翡翠楼前芳草路。宝马坠鞭曾驻。最是周郎顾。尊前几度歌声误。 望断碧云空日暮。流水桃源何处。闻道春归去。更无人管飘红雨。"

四六、河满子

秋怨

怅望①浮生②急景③，凄凉宝瑟④余音。

⊙● ⊙○ ⊙●，⊙○○● ○△。

楚客⑤多情⑥偏怨别，碧山远水登临⑦。

⊙● ⊙○ ○●●，⊙○○●○△。

目送连天衰草⑧，夜阑⑨几处疏砧⑩。

⊙●●○○●， ○○ ○●○△ 。

黄叶无风自落，秋云不雨长阴。

⊙●●○○●，⊙○○●○△。

天若有情天亦老，摇摇⑪幽恨⑫难禁。

⊙●○○●●，⊙○ ⊙● ○△。

惆怅旧欢⑬如梦，觉来⑭无处追寻。

⊙●○○ ⊙●，○○○●○△。

【题解】

"河"本作"何"，系人名。白居易诗："世传满子是人名，临就刑时曲始成；一曲四词歌八叠，从头便是断肠声。"自注云："开元中，沧州歌者姓名，临刑进此曲以赎死，上竟不免。"

【作者】

孙洙（1038—1077），字巨源，广陵人，"博闻强识，明练典故，道古今事甚有条理"，二十岁以前即擢为进士。受当时的朝官，如包拯、欧阳修、吴奎、韩琦赏识，韩琦亟称"今之贾谊"。《宋史》评论其人："洙博闻强识，明练典故，道古今事甚有条理。出语皆成章，虽对亲狎者，未尝发一鄙语。文词典丽，有西汉之风。"

【注释】

①怅望：惆怅地看望或想望。

②浮生：语本《庄子·刻意》："其生若浮，其死若休。"以人生在世，虚浮不定，因称人生为"浮生"。

③急景：急驰的日光。亦指急促的时光。

④宝瑟：瑟的美称。

⑤楚客：泛指客居他乡的人。

⑥多情：富于感情，常指对情人感情深挚。

⑦登临：登山临水。也指游览。此处化用《楚辞·九辩》："憭慄兮若在远行，登山临水兮送将归。"

⑧衰草：枯草。

⑨夜阑：夜残，夜将尽时。

⑩砧：捣衣石，借指捣衣声。诗词中常用以描写冷落萧条的情景。

⑪摇摇：心神不定貌。

⑫幽恨：深藏于心中的怨恨。

⑬旧欢：昔日的欢乐。

⑭觉来：醒来。

【译文】

惆怅地回想着此生匆匆逝去的那些时光，听着凄凉的琴瑟的乐音。浪荡天涯、感情丰富的人对于离别感到哀怨，于是登上了青翠的山冈看着远去的河流。看着连接到天边的枯草，听着半夜不知何处传来的捣衣声。

没有风吹过但黄叶自己掉了下来，秋天的云笼罩着天空却又迟迟不下雨。苍天如果有情它也会因此而衰老，令人心神不宁的愁怨我自己也没能忍得住。我惆怅着像梦一般的昔日的欢乐，醒来后却又无处追寻了。

【作法】

本调十二句六韵共七十四字，上下片相同。本调最有意思的是全曲两片六叠，全是仄起仄结句接平起平韵句的结构，形成一种反复吟唱——或者干脆可以说是念经的调型。念经，自然是低沉却反复的，而且是自说自话的，故本调在语气上更应类似自言自语，像早年西洋电影中常见男子将花瓣一瓣瓣摘下同时说着"她爱我，她不爱我，她爱我，她不爱我……"这样的感觉。正是在这种混沌未定、反反复复的状态中，展现出诗人柔肠百转、想干什么事却又害怕会失去的矛盾心理，产生了饱满的戏剧性及感染力。

【例词】

（宋）晏几道："对镜偷匀玉箸，背人学写银钩。系谁红豆罗带角，心情正着春游。那日杨花陌上，多时杏子墙头。 眼底关山无奈，梦中云雨空休。问看几许怜才意，两蛾藏尽离愁。难拚此回肠断，终须锁定红楼。"

（宋）毛滂："急雨初收珠点。云峰巉绝天半。辘轳金井卷甘冽，帘外翠阴遮遍。波翻水精重帘，秋在琉璃双簟。

漏永流花缓缓。未放崦嵫晼晚。红荷绿芰暮天好，小宴水亭风馆。云乱香喷宝鸭，月冷钗横玉燕。"

（清）易顺鼎："太液何时雪尽，洞庭此

日波荒。水碧沙明苔两岸，湖天古怨微茫。枫叶蓼花多处，勾留半在红乡。

一路冲开雨密，数声拖得秋长。只有渔翁浑不管，中流自起鸣榔。几处高楼怕听，谁教错住潇湘。"

四七、烛影摇红

惜春

香脸轻匀①，黛眉②巧画宫妆③浅。

⊙●○○，⊙○⊙○●▲。

风流④天付与精神⑤，全在娇波⑥转。

⊙○ ⊙●●○○ ，⊙●○○ ▲。

早是⑦萦心⑧可惯。更那堪、频频顾盼⑨。

⊙● ⊙○ ⊙▲。●○○、○○●▲。

几回得见，见了还休，争如不见。

○○●●，⊙●●○，○○○▲。

烛影摇红⑩，夜阑饮散春宵短。

⊙●○○，⊙○○●○○▲。

当时谁解唱阳关⑪，离恨天涯远。

⊙○⊙●●○ ，⊙●○○▲。

无奈云收雨散⑫。凭栏干、东风泪眼。

⊙●⊙○▲ 。●○○、○○●▲。

海棠开后，燕子来时，黄昏庭院。

○○○●，⊙●●○，○○○▲。

【题解】

本调原名"忆故人",《能改斋漫录》云:"都尉《忆故人》词云:'烛影摇红向夜阑,乍酒醒,心情懒。尊前谁为唱阳关,离恨天涯远。无奈云沉雨散。凭阑干,东风泪眼。海棠开后,燕子来时,黄昏庭院。'徽宗喜其词,犹以不丰容宛转为憾,遂令大晟府别撰腔,周美成增益其词,而以首句为名,谓之'烛影摇红'。"可知本书所录的本调是周邦彦在王诜的基础上所修订的。

【作者】

王诜(1036—1093),字晋卿,宋朝画家。山西太原人。宋初开国功臣王全斌后代,居河南开封,自幼好读书,与苏轼、黄庭坚、米芾有往来。官至宣州观察使,娶宋英宗赵曙的女儿蜀国长公主,官左卫将军、驸马都尉。

【注释】

①轻匀:轻盈匀称。

②眉黛:黛画之眉。特指女子之眉。

③宫妆:宫中女子的妆束。

④风流:谓风韵美好动人。

⑤精神:风采神韵。

⑥娇波:妩媚可爱的目光。

⑦早是:已是。

⑧萦心:牵挂心间。

⑨顾盼:回头看。

⑩烛影摇红:灯烛光亮晃动貌。

⑪阳关:古曲《阳关三叠》的省称。亦泛指离别时唱的歌曲。

⑫云收雨散:喻欢会结束,彼此分离。

【译文】

美丽的脸庞轻盈匀称,精巧地画了眉毛,还涂上浅浅的宫妆。这种美好的风采神韵是苍天赋与的，关键在于那流转的可爱目光。这样的容貌早就十分吸引着人，更何况她还不断地往这里瞧着看着。但是虽然能够有几次机会相见，见了之后却又分别，那还不如不要见了。

烛光闪烁，夜深了，酒席散了，春天的夜晚是这么短。当时有谁知道这次离别，就相隔在天涯海角呢？无奈彼此分离，只能倚着栏干，让东风吹过我的泪眼。在这海棠花已开过、燕子也已归来的黄昏庭院之中。

【作法】

本调十八句十韵共九十六字，上下片相同。本调虽押仄韵，但各句平仄相对，故而并非太过激越的曲调，填词时按照一般的笔法填上即可。唯一的变化出现在各片的第五、六句，前者是"二—二—二"结构的六言句，后句则是领字带头的"三—四"结构，中间连续四个平声字，以低沉的语调表现情感的高潮。这样的低沉持续到结处，特别是末二句，又是连五个平声字，然后音乐渐渐消逝，展现原本情愫渐渐消失于时间洪流中的意象。因此，收尾时所搭配的文字，若以电影语言比喻，应是越拉越远的空镜头，如是方能以淡出的方式结束全篇的叙事。

【例词】

（宋）高观国："别浦潮平，远村帆落烟江冷。征鸿相唤着行飞，不耐霜风紧。雪意垂垂未定。正惨惨、云横冻影。酒醒情绪，日晚登临，凄凉谁问。　行乐京华，软红不断香尘喷。试将心事卜归期，终是无凭准。寥落年华将尽。误玉人、高楼凝恨。第一休负，西子湖边，江梅春信。"

（宋）廖世美："霭霭春空，画楼森耸凌云渚。紫薇登览最关情，绝妙夸能赋。惆怅相思迟暮。记当日、朱阑共语。塞鸿难问，岸柳何穷，别愁纷絮。　催促年光，旧来流水知何处。断肠何必更残阳，极目伤平楚。晚霁波声带雨。悄无人、舟横野渡。数峰江上，芳草天涯，参差烟树。"

（宋）赵长卿："梅雪飘香，杏花开艳燃春昼。铜驼烟淡晓风轻，摇曳青青柳。海燕归来未久。向雕梁、初成对偶。日长人困，绿水池塘，清明时候。　帘幕低垂，麝煤烟喷黄金兽。天涯人去杳无凭，不念东阳瘦。眉上新愁压旧。要消遣、除非孃酒。酒醒人静，月满南楼，相思还又。"

四八、减字木兰花

春情

画桥①流水。雨湿落红飞不起。

⊙○　⊙▲。⊙●⊙○○●▲。

月破黄昏。帘里余香马上闻。

⊙●○△。⊙●○○○●△。

徘徊②不语。今夜梦魂③何处去。

⊙○　⊙▲。⊙●○○　○●▲。

不似垂杨。犹解飞花④入洞房。

⊙●○△。⊙●○○　⊙●△。

【题解】

《岚斋录》："唐张抟自湖州刺史移苏州，于堂前大植木兰花，当盛开时，燕郡中诗客，即席赋之。陆龟蒙后至，张连酌浮白，龟蒙径醉，强执笔题两句云：'洞庭波浪渺无津，日日征帆送远人'，颓然醉倒。抟命他客续之，皆莫能详其意。既而龟蒙稍醒，援笔卒其章曰：'几度木兰船上望，不知元是此花身。'遂为一时绝唱。"欧阳炯词遂有"今年却忆去年春，同在木兰花下醉"之句，于是后世便将此调称为"木兰花"。所谓"减字"者，即是将原调删去数字，是倚声家常有的作法。《减字木兰花》亦可简称"减兰"。

【作者】

王安国（1028—1074），字平甫，临川人，王安石弟。曾巩之妹婿。工诗善文，词尤博采众长，工丽曲折，近似婉约派。

【注释】

①画桥：雕饰华丽的桥梁。

②徘徊：犹彷徨。游移不定貌。

③梦魂：古人以为人的灵魂在睡梦中会离开肉体，故称"梦魂"。

④飞花：比喻飘飞的杨絮。

【译文】

在流着水的美丽的桥梁上，看到落花被雨水打湿了没法飞起来。月亮在黄昏的天空中出现，帘幕里的余香在马上也能闻见。

一言不发地在此徘徊不去，寻思着今夜梦中我能去到哪里。不像垂杨，它至少还能飞入深闺房里。

【作法】

本调八句八韵共四十四字，韵脚两过一转，与前面介绍过的《菩萨蛮》类似，因此，我们可以借用该词"作法"中的电影比喻，喻本调共有四个画面，每个画面都陈述一段剧情，展现出时间的更替，正好完成"起、承、转、合"等内容。但与通过失粘失对且开篇即点破"伤心"的《菩萨蛮》不同，本调的平仄是相对和谐的，而且"四—七"字句的结构也远较"五—五"句式活泼，更适合描写灵动轻盈的场景，故而即是要表现哀伤的情绪，也不是沉痛的低咽，而是空灵的发想。

【例词】

（宋）柳永："花心柳眼。郎似游丝常惹绊。慵困谁怜。绣线金针不喜穿。　深房密宴。争向好天多聚散。绿锁窗前。几日春愁废管弦。"

（宋）苏轼："春庭月午。摇荡香醪光欲舞。步转回廊。半落梅花婉娩香。　轻云薄雾。总是少年行乐处。不似秋光。只与离人照断肠。"

（清）樊增祥："流光如箭，月满西楼闻过雁。雁是书邮，月也随伊到陇头。　月吾问汝，香雾云鬟无恙否？雁汝来前，红到花中老少年。"

四九、千秋岁

夏景

棟花①飘砌。薪薪②清香细。
⊙○ ⊙▲。⊙● ○○▲。

梅雨过，苹风③起。
⊙●●，○○ ▲。

情随湘水远，梦绕吴峰翠。
⊙○○●●，⊙●○○▲。

琴书④倦，鹧鸪⑤唤起南窗⑥睡。
○⊙ ●，⊙○ ⊙●○○ ▲。

密意⑦无人寄。幽恨凭谁洗。
⊙● ○○▲。⊙●○○▲。

修竹⑧畔，疏帘⑨里。
⊙● ●，○○ ▲。

歌余尘拂扇，舞罢风掀袂⑩。
⊙○○●●，⊙●○○▲。

人散后，一钩新月天如水。
○⊙●，⊙○○●●○○▲。

【题解】

"千秋"本为古人祝愿他人长寿的惯用语。本调之创，或即本为祝颂之曲。

【作者】

谢逸（1068—1112），字无逸，号溪堂，临川县人，宋朝诗人。有《溪堂词》，存词六十多首。《宋史》无传。他的词"既具花间之浓艳，复得晏欧之柔婉"，与堂弟谢薖并称"二谢"，江西诗派二十五法嗣之一，名列《江西诗社宗派图》。因吟《蝴蝶诗》三百首，人呼为"谢蝴蝶"。

【注释】

①楝花：楝科植物川楝或苦楝的花，呈淡紫色。

②薇薇：涓流貌。

③苹风：秋风。因苹很轻，容易摇动，古人以为是起风的地方，而苹开花的季节在秋天，故用来比喻秋风。

④琴书：弹琴和写字。

⑤鹧鸪：鸟名。形似雌雉，头如鹑，胸前有白圆点，如珍珠。背毛有紫赤浪纹。足黄褐色。以谷粒、豆类和其他植物种子为主食，兼食昆虫。为中国南方留鸟。古人谐其鸣声为"行不得也哥哥"，诗文中常用以表示思念——唯本词似无此意味，只是单纯描述听到鹧鸪的叫声。

⑥南窗：向南的窗子。因窗多朝南，故亦泛指窗子。

⑦密意：亲密的情意。

⑧修竹：长长的竹子。

⑨疏帘：指稀疏的竹织窗帘。

⑩袂（mèi）：衣袖。

【译文】

楝花飘到了台阶上，传来淡淡的清香。梅雨过后，秋风将起，我的心情就随同湘水一同远去，绕着吴地青翠的山峰而去。弹琴写字都已感到厌倦，鹧鸪声叫起了在窗边睡着的人。

我亲密的情意没有地方诉说，我暗藏的愁怨有谁能够洗去？在长长的竹子边，竹织的帘幕里，唱着歌时发现扇子已落满了灰尘，跳罢舞秋风吹起了衣袖。人声都散去时，只见如水一般沁凉的天空中挂着一钩新月。

本调十六句十韵共七十一字，全押仄韵，上下片只有首句不同。从句法来看，四字后押韵，然后五字、六字、十字、十字，显示其节奏是由急趋缓的。既然节奏如此，那么抒情的语气也因而被限制为娓娓道来的方式，不宜写得太过直白，宜多用比赋间接描述情感的样态。在文字上，各片第五、六句例用对偶，是本调技术上需注意的一点。

【例词】

（宋）欧阳修："罗衫满袖，尽是忆伊泪。残妆粉，余香被。手把金尊酒，未饮先如醉。但向道，厌厌成病皆因你。　离思迢迢远，一似长江水。去不断，来无际。红笺着意写，不尽相思意。为个甚，相思只在心儿里。"

（宋）秦观："水边沙外，城郭春寒退。花影乱，莺声碎。飘零疏酒盏，离别宽衣带。人不见，碧云暮合空相对。　忆昔西池会，鹓鹭同飞盖。携手处，今谁在？日边清梦断，镜里朱颜改。春去也，飞红万点愁如海。"

五十、琐窗寒

寒食

暗柳啼鸦，单衣①伫立，小帘朱户②。

●●○○，○○●●，●○○▲。

桐花半亩，静锁一庭愁雨。

○○●●，●●⊙○○▲。

洒空阶、更阑③未休，故人剪烛西窗语④。

●○○、○⊙●⊙，⊙○○⊙●○○▲。

似楚江暝宿，风灯⑤零乱，少年羁旅⑥。

●⊙○○⊙●，○○ ⊙●●，●○○▲。

迟暮⑦。嬉游⑧处。

○▲ 。○○ ▲。

正店舍无烟⑨，禁城⑩百五⑪。

●●●○○ ，●○ ⊙▲ 。

旗亭⑫唤酒，付与高阳俦侣⑬。

○○ ●●●，●●●⊙○○▲。

想东园⑭、桃李自春，小唇秀靥⑮今在否。

●○○ 、⊙○●⊙，⊙○●● ○●▲ 。

到归时、定有残英⑯，待客携樽俎⑰。

●○○ 、⊙●○○ ，●●○○▲ 。

【题解】

古时窗棂凡镂花纹者，称为"琐窗"，亦可写作"锁窗"。

【作者】

周邦彦（1056—1121），字美成，号清真居士，钱塘（今浙江杭州）人，北宋末期著名的词人、音乐家。宋徽宗时曾任大晟乐府提举官，进一步完善了词的体制形式。其词在格律派人中长期被尊为正宗，又有"词家之冠"或"词中老杜"之称。题材上，周邦彦词以写艳情与写景咏物为主，多写风月相思、羁旅行役，还有一些怀古伤今之作。音律上，周词严于守律，善于创调，格律严整，音调和谐，审音协律，于慢词的审音调律上有贡献，"创调之才多，创意之才少"。写作技巧上，周词意境浑融，词的技巧、格律进一步深化成熟，集北宋婉约词之大成。周词沉郁顿挫，倾力于语言的镕铸。周词善于铺叙，富艳精工，回环往复曲折变化，铺叙详赡，长于勾勒，使词意显豁。摹物写态，曲尽其妙。修辞手法上，周词喜欢用典故，善于融化前人诗句、旧句，或直接檃括前人之诗入词，浑然天成。

【注释】

①单衣：单层无里子的衣服。

②朱户：朱红色大门。指富贵人家。

③更阑：更漏已残。指夜已深。

④剪烛西窗语：此句化用李商隐《巴山夜雨》："何当共剪西窗烛，却话巴山夜雨时。"

⑤风灯：有罩能防风的灯。

⑥羁旅：寄居异乡。

⑦迟暮：傍晚，天快黑的时候。

⑧嬉游：游乐，游玩。

⑨无烟：没有炊烟。

⑩禁城：宫城。

⑪百五：即寒食节，《荆楚岁时记》："冬至后一百五日为寒食。"

⑫旗亭：酒楼。悬旗为酒招，故称。

⑬高阳俦侣：指酒徒。《史记·郦生陆贾列传》："郦生瞋目按剑叱曰：'走！复入言而公，吾高阳酒徒也，非儒生也。'"

⑭东园：泛指园圃。

⑮秀靥：美丽的面颊妆饰。

⑯残英：残存未落的花，落花。

⑰樽俎：古代盛酒食的器具。

【译文】

阴暗的柳枝中藏有悲鸣的乌鸦，我穿着单薄的衣服独自站立，红色的门墙垂下一道帘幕。半亩的桐花盛开，细雨静静地笼锁中庭，洒在空无一人的台阶上，直到夜深了仍未停歇，好像是故人在西窗下剪烛低语一般。又好像是楚地的江岸，风灯摇曳不定，照着年轻的流浪者。

傍晚了，在这游乐的地方，此时的客店都熄灭了炊烟，因为今日是寒食节。我在酒店里要了点酒，要将它送给高阳酒徒。想起当年的东园，桃花李花在春风中自由开放，那美丽的容颜现在还在不在呢？等我回去的时候，一定还剩下些落花，等着我携酒相寻。

【作法】

本调上片十句四韵四十九字，下片十一句六韵五十字，很明显地是上缓下急的结构。若再更进一步分析，依本书的断行，设上片首行为A段，二、三两行为B段，第四行为C段，下片首、次两行为D段，然后重复B段的曲调，最末一行为E段，形成ＡＢＣ、ＤＢＥ的曲式，重复出现两次的B承担的是叙述作者所要表达的主要情绪的任务，相当于今日流行歌曲的高潮部分，其余段落的功能皆是铺陈故事使情绪能够落到实处。除去B段的情感表述，带动情绪的关键在于Ｃ、Ｄ两段，以领字开头带出三个四言句，再二字一韵、三字一韵，又是领字带来两个四言句，力度一步步地上升，情感也一步步地被调动起来，接上高潮的第二次B段，是以，如何把握好此时渐进的情绪，是在填词时首应注重的。最末，收尾的E段，却都用了罕见的"三—四"、"一—四"句式，说明此处的收尾，音声依然急促，这时所应带入的画面，应是作者在几经风霜之后依然"衣带渐宽终不悔"、下定决心"拚今生，对花对酒、为伊泪落"的执拗。这种"死了都要爱"的收尾方式，大大违反了《诗经》以来的中国诗歌美学，但也正是因为这种情感信念，方能展现人间百态，也更能展现自我意志的阳刚。

【例词】

（宋）王沂孙："料峭东风，廉纤细雨，落梅飞尽。单衣恻恻，再整金猊香烬。误千红、试妆较迟，故园不似清明近。但满庭柳色，柔丝羞舞，淡黄犹凝。　芳景。还重省。向薄晓窥帘，嫩阴欹枕。桐花渐老，已做一番风信。又看看、绿遍西湖，早催塞北归雁影。等归时、为带将归，并带江南恨。"

（元）钱霖："书带生香，忘忧弄色，四窗虚悄。茅茨净覆，栋宇洗空文藻。卷珠帘，雨痕暮收，绮罗静隔红尘岛。对纸屏素榻，拂潭烟树，扫檐风条。　深窈。西园晓。似日照炉峰，数声啼鸟。璃莲倚盖，晓水靓妆孤裊。浣花溪，尚余旧春，秾芳剩馥吟未了。望东林，小径斜通，梦约香山老。"

（民国）黄侃："逝水漂花，浮云蔽日，暮年江表。蓬窗倚处，载得青琴偕老。想茎篌怨鸿自啼，苇洲对说飘零好。算穷途意绪，蛾眉能慰，便应倾倒。　闲校。蝉残稿。叹如此遭逢，偶同襟抱。连枝漫誓，愧拟期梁诚操。问谁浇词客断坟，西风暗袭红心草。怕幽兰白雪微辞，后来赓续少。"

五一、解语花

元宵

风销绛蜡^①，露浥^②烘炉，花市^③光相射。
○○●● ，●● ○○，○● ○○▲。

桂华^④流瓦。纤云^⑤散、耿耿^⑥素娥^⑦欲下。
●○ ○▲。○○ ●、⊙● ⊙○ ○▲。

衣裳淡雅^⑧。看楚女、纤腰^⑨一把。
○○⊙▲。⊙○● 、○○ ○▲。

箫鼓^⑩喧，人影参差^⑪，满路飘香麝^⑫。
⊙● ○，⊙●○○ ，○●○○▲。

因念帝城放夜^⑬，望千门^⑭如昼，嬉笑游冶^⑮。
⊙●⊙○●▲ ，●○○ ○● ，○●○▲ 。

钿车^⑯罗帕^⑰。相逢处、自有暗尘^⑱随马。
⊙○ ○▲ 。○○ ●、⊙○○▲ 。

年光^⑲是也。惟只见、旧情衰谢。
○○ ●▲。⊙● ●●、⊙○○▲ 。

清漏⑳移，飞盖㉑归来，任舞休歌罢。

⊙● 〇，⊙● 〇〇，●●〇〇▲。

【题解】

《开元遗事》："太液池千叶白莲开，帝与贵妃宴赏，指妃谓左右曰："何如此解语花也。""调名由来即据此。

【作者】

周邦彦，参见本书第123页。

【注释】

①绛蜡：红烛。

②浥：润湿，沾染。

③花市：即灯市。元宵节前后张设、悬售花灯的地方。

④桂华：指月。

⑤纤云：微云，轻云。

⑥耿耿：显著，鲜明，明亮貌。

⑦素蛾：嫦娥的别称。亦用作月的代称。

⑧淡雅：素净雅致。

⑨纤腰：细腰。

⑩箫鼓：箫与鼓。泛指乐奏。

⑪参差：纷纭繁杂。

⑫香麝：动物名。鹿科麝属。体形小，耳长尾短，无鹿角。以青草、树叶、苔类为食。雄麝腹部有卵状香腺，会分泌麝香，称为"麝香囊"。世人多将其囊干燥、加工处理后，作为香囊的原料。此处指香气。

⑬放夜：旧时都城有夜禁，街道断绝通行。唐代起正月十五夜前后各一日暂时弛禁，准许百姓夜行，称为"放夜"。

⑭千门：众多宫门。亦借指众多宫殿。

⑮游冶：出游寻乐。

⑯钿车：用金宝嵌饰的车子。

⑰罗帕：丝织方巾。旧时女子既作随身用品，又作佩带饰物。

⑱暗尘：积累的尘埃。此处化用前蜀薛昭蕴《小重山》词："思君切，罗幌暗尘生。"

⑲年光：春光。

⑳清漏：清晰的滴漏声。古代以漏壶滴漏计时。借指时间。

㉑飞盖：高高的车篷。亦借指车。

【译文】

烛火被风吹得摇曳不定，火炉上也沾上了露水，元宵时节集市中灯火灿烂。月光洒在瓦片上，薄云散尽，明亮的月亮像是要降下来一般。又见到行人中美丽的女子衣饰幽淡，腰肢好像南方女郎般纤细。箫鼓交鸣，人群挤迫，满路都充满香气。

我因此想起京城的放夜之日，望见家家户户的灯光如同白昼，大家随意地开心游戏。有些装饰华丽的车子经过，马蹄下扬起一些细尘。这是一年中最佳的节日，但我却只能发现自己已经提不起旧日的兴致了。计时的滴漏标志着下一个时辰的到来，我坐着车子回到住处，不再管外头的歌舞何时停罢。

【作法】

本调二十一句十三韵共一百字。本调的技术要点：（一）开篇四字必须对偶，平仄要求亦特别严格，不可以移易。（二）下片第三句，正体是平仄平仄，是极度的拗句，在古

典文学中极为罕见，故亦有名家将之改作平平平仄者，自有缓解音声逼仄之作用。唯就周邦彦的正体而言，这种结构，明白地显示出本调的音声特别激越不平，适合表现诗人激动的感情，在文字营造上，上下两片结处三句是主要的抒情部分，上片的感情相对平缓，可能是描述过往的欢乐时光，关键在于过片的极度逼仄，带来了转折，也使得读者得以明白何以作者的情绪如此不平。周邦彦用的"念""望"充分说明了自己对于上片中所描述的美好情景而言已不再是其中人，成为疏离的旁观者，即是此处转折的一种作法，故而此处之炼字尤其重要。

【例词】

（宋）秦观："窗涵月影，瓦冷霜华，深院重门悄。画楼雪杪。谁家笛、弄彻梅花新调。寒灯凝照。见锦帐、双鸾翔绕。当此时、倚几沉吟，好景都成恼。　会过云山烟岛。对绣襦甲帐，亲逢一笑。人间年少。多情子、惟恨相逢不早。如今见了。却又惹、许多愁抱。算此情、除是青禽，为我殷勤报。"

（宋）吴文英："门横皱碧，路入苍烟，春近江南岸。暮寒如剪。临溪影、一一半斜清浅。飞霙弄晚。荡千里、暗香平远。端正看，琼树三枝，总似兰昌见。　酥莹云容夜暖。伴兰翘清瘦，箫凤柔婉。冷云荒翠，幽栖久、无语暗申春怨。东风半面。料准拟、何郎词卷。欢未阑，烟雨青黄，宜昼阴庭馆。"

（宋）周密："晴丝罥蝶，暖蜜酣蜂，重帘卷春寂寂。雨萼烟梢，压阑干、花雨染衣红湿。金鞍误约，空极目、天涯草色。阆苑玉箫人去后，惟有莺知得。　余寒犹掩翠户，梁燕乍归，芳信未端的。浅薄东风，莫因循、轻把杏钿狼藉。尘侵锦瑟。残日红窗春梦窄。睡起折枝无意绪，斜倚秋千立。"

五二、过秦楼

秋夜

水浴清蟾①，叶喧凉吹②，巷陌马声初断。

●●○○，⊙○○●，●●●●○▲。

闲依露井③，笑扑流萤④，惹破画罗⑤轻扇。

○○●●，⊙●●○，●●●○○▲。

人静夜久凭栏，愁不归眠，立残更箭⑥。

○●●●○○，○●○○，⊙○○▲。

叹年华⑦一瞬，人今千里，梦沉书远。

●○○●●，○○○●，●○○▲。

空见说、鬓怯琼梳⑧，容销金镜，渐懒趁时⑨匀染。

○●●、●●○○，⊙○○●，●●●●○○▲。

梅风⑩地溽，虹雨⑪苔滋，一架舞红都变。

○○●●，⊙●○○，●●●○○▲。

谁信无聊⑫为伊，才减江淹⑬，情伤荀倩⑭。

○●○○●○，○○●○，⊙○○▲。

但明河⑮影下，还看疏星几点。

●○○●●，⊙●○○●▲。

【题解】

《陌上桑》："日出东南隅，照我秦氏楼"，即"秦楼"得名之始，后来以之泛指歌舞之所。《揽辔录》："过相州市，有秦楼、翠楼、康乐楼，皆旗

130

亭也。"可见"秦楼"之名运用甚广，遂成为词中常见意象。李甲词有"双燕来时，曾过秦楼"之句，本调即由此得名。本调亦有"惜余春""惜余春慢""苏武慢""选冠子"等变体。

【作者】

周邦彦，参见本书第 123 页。

【注释】

①清蟾：指澄澈的月亮。因传说月中有蟾蜍，故以蟾代称月。

②凉吹：凉风。

③露井：没有覆盖的井。

④流萤：萤火虫。

⑤画罗：有画饰的丝织品。

⑥残更箭：旧时将一夜分为五更，第五更时称残更。更漏上有箭号以指时，故称更箭。

⑦年华：指一年中的好时节。

⑧琼梳：饰以美玉的发梳。

⑨趁时：及时。

⑩梅风：黄梅时节的风。

⑪虹雨：指夏日的阵雨。乍雨乍晴，雨后常见彩虹，故称。

⑫无聊：郁闷，精神空虚。

⑬江淹：江淹得到彩笔成名后，"一日，梦一丈夫，自称郭璞，谓曰：'吾有笔在卿处多年，可以见还。'淹乃探怀中，得五色笔一，以授之。尔后为诗，无复佳句，时人谓之才尽。"

⑭荀倩：三国时人，名荀粲，字奉倩，娶曹洪之女，"荀奉倩与妇至笃，冬月妇病热，乃出中庭自取冷，还以身熨之。妇亡，奉倩后少时亦卒。以是获讥于世。"（见《世说新语·惑溺》）

⑮明河：天河，银河。

【译文】

明月在池塘上荡漾，树叶间吹来了一丝凉气，街巷的马鸣才刚停歇。

我悠闲地坐在井畔，笑着扑打着萤火虫，却把美丽的扇子弄破了。其他人都已经睡去，我独自靠着阑干到半夜，因为哀愁所以不回去睡觉，而是立在这里直到五更。感慨青春年华只有一瞬间，人们也都分离在千里之外，梦中无法寻觅，书信也难以接通。

徒然说着两鬓已经稀疏，镜子中的容颜也变得憔悴，于是我也渐渐懒得梳妆打扮了。黄梅时节的风吹到，土地一片潮湿，夏日的阵雨过后，青苔变得十分茂盛，花棚下的落红都消失殆尽了。谁能说我的郁闷是为了你呢？我的才华比不上江淹，多情也不如荀粲。只见银河的影子渐渐下沉，空中剩下几颗星星。

【作法】

本调二十三句八韵共一百一十一字。与上一篇《解语花》相比，明显可以看出节奏放慢了许多，虽然词谱乍看之下还是大量的黑圈，显示其声情仍是不平的，但本调的不平与前调明显不同。如果说前调是急促地狂呼，本调则是絮絮叨叨地诉说。虽然诉说时情绪仍是激动的，但音量相对较小，因此更重叙事，注重从具体的故事中展现作者此时的感情，不宜太过主观地写出作者此时的哭泣或怨怼，这是写作时需注意的。

【例词】

（元）朱晞颜："水碧纱厨，月圆纨扇，悄悄午窗曾共。祛愁楚艾，照眼安榴，节物把人传送。无奈长昼如年，莺趁吟情，蝶迷乡梦。怅归期多误，暮云凝望，乱愁如荨。　谁念我、闷对骚经，慵寻遗谱，冷落赴湘琴弄。醒魂正渴，筒碧初干，买健听人呼粽。不似归来故园，同泛香蒲，频倾春瓮。尽痴儿呆女，齐唱湖楼兴动。"

（清）黄永："噎气号空，倾盆连夕，迅雨狂飚堪怖。牛渚波翻，银河浪卷，谁许鹊桥轻渡。一刻千金此时，氏妁参媒，双星初晤。奈多磨好事，月姊无情，风姨偏妒。　能消得、几许绸缪，玉鸡喔喔。早是五更风露。痴儿骏女，瓜果楼前，楼上穿针才度。争向天孙诉怀，得巧休欢，乞时休苦。算从前、巧误天孙，肯复送君相误。"

（民国）陈匪石："晚色吹凉，渌波澄练，画阁下临无地。横枝露剪，乱叶云迷，柳外去骢难系。回首载酒江南，鹁鸪声中，袷衣初试。甚韶光百五，落花风紧，黯然如此。　还梦入、断驿残灯，荒江孤棹，倚枕暗啼秋水。河山故国，风雨中宵，不信有人憔悴。翻叹平生为谁，怀远愁深，游仙词费。但阑干尽处，弥望烟尘未洗。"

五三、昭君怨

春怨

春到南楼雪尽，惊动灯期①花信②。
⊙●⊙○⊙▲，⊙●○○ ⊙▲。
小雨一番寒，倚栏干。
⊙●●○△，⊙○△。

莫把栏干频倚，一望几重烟水③。
⊙●⊙○⊙▲，⊙●⊙○⊙▲。
何处是京华，暮云遮。
⊙●●○△，⊙○△。

【题解】

《琴曲谱录》："中古琴弄名有《昭君怨》，明妃制。"《琴操》："齐国王穰，以其女昭君，献之元帝，帝不之幸。后欲以一女赐单于，昭君请行。及至，单于大悦。昭君恨帝始不见遇，乃作怨思之歌。"足见其本为琴曲名，至隋唐由乐府而变成长短句，即为此曲。

【作者】

万俟（复姓，读作 mò qí）咏，北宋末南宋初词人。字雅言。籍贯与生卒年均不详。哲宗元祐时已以诗赋见称于时。但屡试不第，于是绝意仕进，纵情歌酒。自号"大梁词隐"。徽宗政和初年，召试补官，授大晟府制撰。善工音律，能自度新声。词学柳永，存词27首。

【注释】

①灯期：指元宵节前后张灯游乐的一段时间。一般为农历正月十三日至十七日。

②花信：即花信风。人们把花开时吹来的风叫作"花信风"，意即带来开花音讯的风候。

③烟水：雾霭迷蒙的水面。

【译文】

春天到了南楼这里，雪都已经融化，这令人不由得发现，元宵节、花信风都要来临了。此时来了一阵小雨，还是带着凉意，我靠着栏干沉吟着。

还是不该这么常到栏干边上，因为看过去只见浓雾遮蔽的水面。看不到京城到底在哪里，都被黄昏的云朵遮住了。

【作法】

本调八句八韵共四十字，两句转一次韵，和前面提过的《菩萨蛮》《减字木兰花》相同，此处不再重复。唯本调当注意的是各片的末句，在五字平韵句后接上三字平韵句，展现出来的感觉是不能收、收不住、干脆不说了的这种情感形态，但话又不能只说一半，故而体现在文字上，这三字是对前面五字的再次强调，可能是同义反复，也可能是一问一答，切记落笔要轻，要有一种"算了不说了，说了你也不懂"于是拂袖离去的感觉。

【例词】

（宋）苏轼："谁作桓伊三弄。惊破绿窗幽梦。新月与愁烟。满江天。欲去又还不去。明日落花飞絮。飞絮送行舟。水东流。"

（宋）杨万里："午梦扁舟花底，香满西湖烟水。急雨打篷声，梦初惊。却是池荷跳雨，散了真珠还聚。聚作水银窝，泛清波。"

（宋）张镃："月在碧虚中住。人向乱荷中去。花气杂风凉。满船香。云被歌声摇动。酒被诗情掇送。醉里卧花心。拥红衾。"

五四、感皇恩

入京

骑马踏红尘，长安①重到。人面依然似花好。

⊙●●○○，⊙○ ○▲。⊙●○○●○▲。

旧欢②才展，又被新愁③分了。

⊙○ ○●，⊙○●⊙○ ○▲。

未成云雨梦，巫山晓④。

⊙○○○●，○○▲。

千里断肠，关山⑤古道。回首高城似天杳。

⊙●●○，⊙○ ⊙▲。⊙●○○●○▲。

满怀离恨⑥，付与落花啼鸟。

⊙○○●，⊙●⊙○○▲。

故人何处也，青春老。

⊙○○●●，○○▲。

【题解】

《南部新书》："天宝十三载，始改金风调《苏幕遮》为'感皇恩'。"张说《苏摩遮》诗："摩遮本出西海胡，琉璃宝殿紫髯胡。闻道皇恩遍宇宙，来将歌舞助欢娱。"可知本调原为西域胡曲，入中原后改今名。

【作者】

赵企（生卒年不详），字循道。宋神宗时进士，仕至礼部员外郎。能诗善词，尤工词，"大率体格全学白乐天，故句语皆平易"。

【注释】

①长安：唐以后诗文中常用作都城的通称。

②旧欢：昔日的欢乐。

③新愁：新添的忧愁。

④云雨梦，巫山晓：指男女之情。语出《昭明文选·高唐赋》："昔者先王尝游高唐，怠而昼寝，梦见一妇人曰：'妾巫山之女也，为高唐之客。闻君游高唐，愿荐枕席。'王因幸之。去而辞曰：'妾在巫山之阳，高丘之阻，旦为朝云，暮为行雨，朝朝暮暮，阳台之下。'旦朝视之如言。故为立庙，号曰'朝云'。"

⑤关山：关隘山岭。

⑥离恨：因别离而产生的愁苦。

【译文】

骑马踏过落满花朵的土地，重新回到了京城。在京中的伊人依然像花朵一般美好。才刚重温昔日的欢乐，又演化成新生的愁闷。这份感情都还没能够达成。

我又到千里之外伤心了，走在关隘山岭间的古道，回望京城，与天一般遥远。满怀离恨，只能说与落花和啼鸟听。故人究竟哪里去了？春天也将要尽了。

【作法】

本调十四句八韵共六十七字，上下片的差别在首句，上片五字，下片四字，其余全部相同。但这种差异只是节奏上的细微差别而已，对声情的影响不大，按一般的想法填上即可。本调的一个重点在于第三句的拗句，末三字必须使用"仄平仄"，从而在音调上带来了一丝不和谐的感觉。另一个重点在于第四、五句，印刷上是四言句接六言句，但在读的时候应是十字句，其第五、六言句应用动词或转折词，借以形成画面上的动感，揭示词人所遭遇的故事，从而引出结处带有反复吟咏意味的抒情。

【例词】

（宋）朱敦儒："一个小园儿，两三亩地。花竹随宜旋装缀。槿篱茅舍，便有山家风味。等闲池上饮，林间醉。 都为自家，胸中无事。风景争来趁游戏。称心如意。剩活人间几岁。洞天谁道在，尘寰外。"

（元）李俊民："忍泪出门来，杨花如雪。惆怅天涯人离别。碧云西畔，举目乱山重叠。据鞍归去也，情凄切。 一日三秋，寸肠千结。敢向青天问明月。算应无恨，安用暂圆还缺。愿人长似，月圆时节。"

五五、好事近

初夏

叶暗乳鸦①啼，风定老红②犹落。
⊙●○ ○，⊙●⊙○ ○▲。
蝴蝶不随春去，入熏风③池阁。
⊙●⊙○●，●○○ ○▲。

休歌金缕④劝金卮⑤，酒病⑥煞如昨。
⊙○⊙● ●○○，⊙⊙ ●○▲。
帘卷日长人静，任杨花飘泊。
⊙●⊙○●，●○○○▲。

【题解】

自词牌名观之，本调最初是庆贺用的音乐。所谓"近"者，与"令""引""慢"等相类，皆为表示曲调与节奏之变化。本调又名"钓船笛"。

【作者】

蒋子云，字元龙，生平不详。

【注释】

①乳鸦：幼鸦。

②老红：行将萎谢的红花。

③熏风：和暖的风。指初夏时的东南风。

④金缕：曲调《金缕曲》《金缕衣》的省称。

⑤金卮（zhī）：金制酒器。亦为酒器之美称。

⑥酒病：犹病酒。因饮酒过量而生病。

【译文】

树叶已经暗淡了，年幼的乌鸦也在啼叫着。风停了，行将萎谢的红花继续掉落。蝴蝶并未随着春天的离开而离开，而是随着夏天的东南风飞入了园子。

不要再唱《金缕曲》了，还是多喝杯酒吧，今天又和昨天一样喝醉了。帘幕卷起，白昼变长，人声稍静，就这样任由杨花四处飞舞。

【作法】

本调八句四韵共四十五字，这种多处以仄声收脚又杂有特殊句式的小令，一般显示的是拗峭劲挺的声情，适宜表达"孤标耸立"和激越不平的情调。其关键在于上下片除第一句用平声收尾外，其余连用仄收。特别是下片第二句最好要使用"仄仄仄平仄"的结构（虽然词谱本身并未如此要求，但从此可以显示出初学者和倚声名家的差别），两结句亦应使用上一下四的句式，以强劲的音节作结，突出主题及情感。另外，韵脚亦应选用入声字。

【例词】

（宋）李之仪："相见两无言，愁恨又还千叠。别有恼人深处，在懵腾双睫。 七弦虽妙不须弹，惟愿醉香颊。只恐近来情绪，似风前秋叶。"

（宋）秦观："春路雨添花，花动一山春色。行到小溪深处，有黄鹂千百。　飞云当面化龙蛇，夭矫转空碧。醉卧古藤阴下，了不知南北。"

（宋）陆游："秋晓上莲峰，高蹑倚天青壁。谁与放翁为伴，有天坛轻策。　铿然忽变赤龙飞，雷雨四山黑。谈笑做成丰岁，笑禅龛椰栗。"

五六、贺新郎

春闺

篆缕①销金②鼎。

⊙● ○○ ▲。

醉沉沉、庭阴③转午，画堂人静。

●○○、⊙○ ●●，⊙○○▲。

芳草王孙④知何处，惟有杨花糁⑤径。

○●○○ ⊙○●，⊙●○○● ▲。

渐玉枕⑥、腾腾⑦春醒。

●⊙● 、⊙○ ○▲。

帘外残红春已透，镇无聊⑧、殢酒⑨恹恹⑩病。

⊙●⊙○○●●，●○○ 、⊙● ○○ ▲。

云鬟⑪乱，未梳整。

○● ●，●○▲。

江南旧事休重省。

○○●●○○▲。

遍天涯，寻消问息⑫，断鸿⑬难倩。

●○○，○○●●，●○ ○▲。

月满西楼凭栏久，依旧归期未定。

⊙●⊙○○⊙●，⊙●○○●▲。

又只恐、瓶沉金井⑭。

●⊙●、○○○▲。

嘶骑不来银烛暗，枉教人、立尽梧桐影。

⊙●⊙○○⊙●，●○○、⊙●○○▲。

谁伴我，对鸾镜⑮。

○●●，●○○▲。

【题解】

本作"贺新凉"。《词话》："东坡守杭州，湖中宴会，有官妓秀兰后至，问其故，以结发沐浴忽觉困倦对，座客颇恚恨，东坡作《贺新凉》词以解之。""凉""郎"一章之转，后遂作"贺新郎"。另有"乳燕飞""金缕曲""金缕衣""金缕歌""貂裘换酒""风敲竹"的别名。

【作者】

李玉，生平不详。

【注释】

①篆缕：代指香炉薰香的烟雾。

②销金：洒金，敷洒金粉。

③庭阴：接近中午。

④王孙：旧时对人的尊称。

⑤糁（sǎn）：撒落，散开。

⑥玉枕：玉制或玉饰的枕头。亦用作瓷枕、石枕的美称。

⑦腾腾：舒缓貌，悠闲貌。

⑧无聊：犹无可奈何。

⑨殢酒：沉湎于酒，醉酒。

⑩恹恹：微弱貌，精神不振貌。

⑪云鬟：形容妇女浓黑而柔美的鬟发。

⑫寻消问息：探问消息。

⑬断鸿：失群的孤雁。古诗文中常以雁喻传递书邮者。语出《汉书·苏武传》："汉使复至匈奴，常惠请其守者与俱，得夜见汉使，具自陈道。教使者谓单于，言天子射上林中，得雁，足有系帛书，言武等在某泽中。使者大喜，如惠语以让单于。单于视左右而惊，谢汉使曰：'武等实在。'"

⑭金井：井栏上有雕饰的井。一般用以指宫廷园林里的井。李白诗以"金瓶落井无消息"、白居易诗以"瓶沉簪折"比喻女子被情人抛弃以及女子被迫同情人断绝关系。

⑮鸾镜：指妆镜。

【译文】

敷洒金粉的鼎中飘来了阵阵香烟。昨夜的酒依然让人昏昏沉沉，直到中午时分，厅堂上连人声也没有。芳草和你现在都去了哪里了呢？我能见到的只有飘散着杨花的小径。渐渐地、慢慢地，自枕上醒来，帘幕外面的红花都谢了，春天已经过去，只能无可奈何地沉湎于酒，醉后恹恹地摊着。头发散乱，也不想整理。

江南的旧事就不要再回想了。走遍天涯想要寻访他的消息，却没有人能够传信。明月照到西楼上，我凭栏久立，但仍然得不到他的归期。又恐怕银瓶跌落井底，骑着马的人不回来，烛光也暗淡了下来，枉使人在梧桐树下白白伫立多时。谁能够陪伴我，一同照着这面镜子。

【作法】

本调二十二句十二韵共字，句式变化多端，但上下片的差异仅在首句而已，下片首句多两个平声字，可以视为是两片间的过渡。而韵脚必须选用仄声韵，若用上、去声部韵者则显得凄郁，用入声部韵者则较为激壮。但无论选用何韵部，都是豪放派词人所喜用的词牌，因此历来作品的书写模式也是以直抒胸臆为主，不必如婉约词一般欲说还休或旁敲侧击。至于写作上的注意事项，在于全词多达十处的三言句或读，本词的雄壮激越也正是来自这种短促的句子。这些三言句多以仄声起首，适合描写展现动态场景，即使唯一一个平声起首者其后二字亦皆仄声字占了多数，呈现不稳定的状态，再接上下一个具有动感的三言句，形成一幅永远不止息的图景，诗人的情绪因而并未因文章的完成而得到自我救赎，终于只能越陷越深。王国维曾经指出，苏辛虽然并称，但苏轼在写完后心情往往已能平复，辛弃疾却是"从宽往窄里想，从宽往窄处写"，终于有点钻牛角尖的倾向，因此苏轼只有1首《贺新郎》，而辛弃疾则填了高达24首。

【例词】

（唐）李演："笛叫东风起。弄尊前、杨花小扇，燕毛初紫。万点淮峰孤角外，惊下斜阳似绮。又婉娈、一番春意。歌舞相缪愁自猛，卷长波、一洗空人世。闲热我，醉时耳。　绿芜冷叶瓜洲市。最怜予、洞箫声尽，阑干独倚。落落东南墙一角，谁护山河万里。问人在、玉关归未。老矣青山灯火客，抚佳期、漫洒新亭泪。歌哽咽，事如水。"

（宋）苏轼："乳燕飞华屋。悄无人、桐阴转午，晚凉新浴。手弄生绡白团扇，扇手一时似玉。渐困倚、孤眠清熟。帘外谁来推绣户，枉教人、梦断瑶台曲。又却是，风敲竹。　石榴半吐红巾蹙。待浮花、浪蕊都尽，伴君幽独。秾艳一枝细看取，芳心千重似束。又恐被、秋风惊绿。若待得君来，向此花前，对酒不忍触。共粉泪，两簌簌。"

（宋）辛弃疾："绿树听鹈鴂。更那堪、鹧鸪声住，杜鹃声切！啼到春归无寻处，苦恨芳菲都歇。算未抵、人间离别。马上琵琶关塞黑，更长门、翠辇辞金阙。看燕燕，送归妾。

将军百战身名裂。向河梁、回头万里，故人长绝。易水萧萧西风冷，满座衣冠似雪。正壮士、悲歌未彻。啼鸟还知如许恨，料不啼清泪长啼血。谁共我，醉明月？"

五七、潇湘夜雨

灯花

斜点银缸①，高擎莲炬②，夜寒不耐③微风。

⊙●○○，⊙○○●，⊙○○● ○△。

重重帘幕掩堂中。

⊙○⊙●●○△。

香渐远，长烟④袅⑤毵⑥，光不定，寒影⑦摇红。

○●●，○○ ●●，○●●，○● ○△。

偏奇处⑧、当庭月暗，吐焰⑨如虹。

○○●、○○●●，●● ○△。

红裳呈艳，丽蛾⑩一见，无奈狂踪⑪。

⊙○⊙●，⊙○ ○●，⊙○●○△。

试烦他纤手⑫，卷上纱笼⑬。

●⊙○○●，⊙○●○△。

开正⑭好，银花照夜⑮，堆不尽，金粟凝空。

○● ●，○○●●，○●●，○○●○△。

叮咛语，频将好事，来报主人公。

○○●，○○●●，⊙○●●○△。

【题解】

潇湘为潇水与湘水合流处，在今湖南零陵，据《山海经》："洞庭之山，帝之二女居之，是常游于潇湘之渊，出入必以飘风暴雨。"唐宋以来以"潇湘雨"为天下胜景之一，本词调名即本于此。

【作者】

赵长卿，生卒年不详，号仙源居士，江西南丰人，宋代词人。赵长卿作品通俗，多情爱之作。有《惜香乐府》十卷，毛晋刻入《宋六十名家词》中。

【注释】

①银缸：银白色的灯盏、烛台。

②莲炬：莲花形的蜡烛。

③不耐：忍受不了。

④长烟：指弥漫在空中的雾气。

⑤袅（niǎo）：缭绕。

⑥穟（suì）：美好的样子。

⑦寒影：给人以清冷感觉的物影。

⑧奇处：谓特出而异于流俗。

⑨吐焰：吐出火焰，发出光焰。

⑩丽娥：美貌的女郎。

⑪狂踪：狂放不羁，放肆无忌。

⑫纤手：女子柔细的手。

⑬纱笼：纱制灯笼。

⑭开正：指正月初。

⑮照夜：谓光耀黑夜中。

【译文】

倾斜地拿着并点燃蜡烛，然后高举着它用来照明，但在这寒冷的夜晚里一阵微风都能将它吹灭。一重又一重的帘幕遮住了画堂。香烟的味道已经散去，空中的雾气依然围绕，光线忽明忽暗，在一片红光中似乎有什么东西在摇晃。在没有人的地方，只见月光显得黯淡了，因为花灯的火焰像彩虹一样缤纷多彩。

忽然见到了那袭红色的衣裳，以及那位美丽的女郎，无奈匆匆一瞥，便不知去处。还真想请她用那纤纤玉手，点上灯笼，在这明媚的正月时分，银色的灯花照亮了夜晚，数不尽的金色星点在天空中闪烁。这景物仿佛在对我不断诉说着有好事将要发生。

【作法】

本调二十二句八韵，共一百一十六字，调式可以 A—B—C—B′ 的记号表记，可见情感的高潮在于各片的后半。而描述具体事实的 A、C 两段。A 段在两个四言句后接一个六字韵句，一共过了十四字才来到第一个韵脚，说明开篇的节奏极为缓慢，下接七字韵句，虽然在词中七字韵句的节奏只能算作是中等，但两相比对，仍然显得节奏加快了。如果本调最早是要描写夜雨，那么前十四字便是山雨欲来风满楼之时，此七言句便是雨点初下，不甚急促，但状态已经改变，体现在文字上，便是在第七字必须有所转抵，以利引出其后的高潮。高潮处又呈现十四字一韵、十一字一韵的缓慢节奏，体现了夜雨绵长不歇的音声特点，故对于情感的吐露亦当如同雨滴一般绵密不绝却又不至过于暴烈。进入下片，雨一直下，C 段所应搭配的文字，便是人已经进入先前设定的场景并且表达过一轮情绪之后，准备改变状态时的动作的描写，其第四字使用领字，故其"转"的意涵更明显，作者主观意识介入客观动作的情况也应一并写出，做到情景交融。最末的 B′ 段基本与 B 段相类，唯上片的结处是一个"三—四"结构的七言句下接四言句，而下片则是三言句接四言句接四言句，多了一分喘息的空间，情感因而在抒发完毕后重新归于平静。

【例词】

（清）乐钧："泪是明珠，愁如香草，被人比作湘君。飞花时节断肠人。怜绝艳、深宵堕雨，伤薄命、荒径锄云。花知否，侬非葬尔，自葬前身。

家家庭院，落红未扫，都化轻尘。更东风吹去，落溷飘茵。凭画槛、忘归绣阁，拈翠带、斜踞湘裙。垂杨外，莺来蝶往，多少可怜春。"

（清）李慈铭："开遍荼蘼，飞残榆荚，送春已自无聊。黄昏无奈雨潇潇。愁更照、菱花双影，看半臂、寒到今朝。偏长是、朱栏爱凭，倦鬟云翘。　红笺才去，果骈宛转，驮得人娇。暂偎他翠袖，容易香销。拼一晌、温存软语，银灯下、懒炙琼箫。重帘外，春泥浣絮，花叶莫轻招。"

五八、祝英台近

春晚

宝钗分①，桃叶渡②。

●○○，○●▲。

烟柳③暗南浦④。

⊙●　●○▲。

怕上层楼，十日九风雨。

⊙●○○，⊙●●○▲。

断肠点点飞红，都无人管，倩谁唤、流莺声住。

⊙○⊙●○○，⊙○○●，●●○、⊙○○▲。

鬓边觑⑤。

●○▲。

试把花卜归期，才簪又重数。

⊙⊙⊙●○○，⊙○●○▲。

罗帐灯昏，哽咽⑥梦中语。

⊙●○○，⊙●　●○▲。

是他春带愁来，春归何处。

⊙○○●○○，○○○●▲。

却不解⑦、带将⑧愁去。

●⊙● 、⊙○ ○▲。

【题解】

　　梁山伯与祝英台之爱情故事，早为国人所熟悉。最早只是殉情的故事，其后渐渐被加油添醋，如传闻梁祝殉情之后化作蝴蝶，黑者为祝、黄蝶为梁等等，细节不断被加油添醋，足见此故事流传之广。本调最初或即是为此故事而作。别名"月底修箫谱"。

【作者】

　　辛弃疾（1140—1207），字幼安，号稼轩居士，山东东路济南府历城县人。生于金国，少年抗金归宋，曾任江西安抚使、福建安抚使等职，因归正人的身份，辛弃疾始终未能得到南宋朝廷的重用以及实现他北伐的夙愿。追赠少师，谥忠敏。辛弃疾是南宋豪放派词人，人称词中之龙，与苏轼合称"苏辛"，词风"激昂豪迈，风流豪放"，代表着南宋豪放词的最高成就。辛弃疾今存词629首，是两宋现存词最多的作家。词中表现了他积极主张抗金和为南宋收复中原的爱国热忱。作品题材广阔，风格多样，以豪放为主，善于用典，也善于白描，开拓了词的疆域，提高了词的表现力，成为南宋词坛最杰出的代表作家之一。

【注释】

　　①宝钗分：宝钗，首饰名。用金银珠宝制作的双股簪子。宝钗分，喻夫妇离别。

　　②桃叶渡：《古今乐录》："王献之爱妾名桃叶，其妹曰桃根，献之尝渡，歌以送之，后人因名渡曰桃叶。"在今南京市秦淮河、青溪合流处。

　　③烟柳：烟雾笼罩的柳林。亦泛指柳林、柳树。

　　④南浦：喻送别之地，语出《楚辞·九歌·河伯》："子交手兮东行，送美人兮南浦。"

　　⑤觑（qù）：偷看，眯眼看。

　　⑥哽咽：悲叹气塞，泣不成声。

⑦不解：不懂，不理解。

⑧带将：带，领。

【译文】

在桃叶渡这个地方，我们将一对的宝钗各取一支，此时柳树笼罩在烟雾之下，南方水边也暗了下来。我很怕登高望远，因为十天里面有九天都是风雨天。真令人伤心啊，只见片片飞花，没有人在意，有谁能够叫黄莺不要再啼叫呢？

从隙边偷看，拿着花朵卜问归期，才刚插上就又拿下来重新卜问一次。户中的油灯昏暗，睡着的人在梦中仍哽咽地说着梦话：是春天将烦恼带来，现在春天去了哪里？为什么没有把烦恼也带走呢？

【作法】

本调十六句九韵共七十七字，和晚出的长调一样，都是A—B—C—B′结构。虽然我们一路读下来许多阕词的B段都是抒情的高潮部分，但这阕词比较特殊，应该抒情的上片B段六句极为舒缓，不似高潮，更像一种喃喃自语，与周边音调急促且多用拗句的A（三句，前二句需对仗）C（三句）两段相比，显得甚为不合常规，而这更是乐者故意的安排，在急切的景色中低回地吟唱，从而更加显出个人在大时代中的渺小——正如词牌原先咏唱的人物"祝英台"无力对抗传统大家族的压迫一般。但祝英台毕竟以死作为反抗命运的手段，虽然今日我们已不如此鼓励，但那仍然是一种对抗恶社会的勇气，这样的勇气也体现在B′的部分，该部分多设一个韵脚，使节奏变得急促起来，此时适合填上的文字便不再是病恹恹的，而是明知不可为而为之的奋起，尽管可能仍带着怨恨的情绪，同时也有自知不敌命运的无力感，但至少在此喊叫两声，"使四邻闻之，知中国尚有人在也"，期能唤得他人、有朝一日一同来打破造成本词悲剧的那些因素。扯远了，总之，体现在文字上，便是此一结处应以直接的语气为主，直陈自己的胸臆，诉与预设的对象。

【例词】

（唐）李演："采芳蘋，萦去楫。归步翠微雨。柳色如波，萦恨满烟浦。

东君若是多情，未应花老，心已在、绿成阴处。　困无语。柔被褒损梨云，间修牡丹谱。妒粉争香，双燕为谁舞。年年红紫如尘，五桥流水，知送了、几番愁去。"

（宋）戴复古妻："惜多才，怜薄命，无计可留汝。揉碎花笺，忍写断肠句。道傍杨柳依依，千丝万缕，抵不住、一分愁绪。　如何诉。便教缘尽今生，此身已轻许。捉月盟言，不是梦中语。后回君若重来，不相忘处。把杯酒、浇奴坟土。"

（宋）岳珂："澹烟横，层雾敛。胜概分雄占。月下鸣榔，风急怒涛飐。关河无限清愁，不堪临鉴。正霜鬓、秋风尘染。　漫登览。极目万里沙场，事业频看剑。古往今来，南北限天堑。倚楼谁弄新声，重城正掩。历历数、西州更点。"

五九、南浦

春暮

金鸭①懒熏香，向晚②来、春醒③一枕④无绪⑤。
⊙● ●○○，●● ○、、○○ ⊙● ○▲ 。

浓绿涨瑶窗⑥，东风外，吹尽乱红飞絮。
⊙●●○ ○ ，○○● ，⊙●●○○▲ 。

无言伫立，断肠惟有流莺语。
○○●● ，⊙○○●○○▲ 。

碧云欲暮。空惆怅韶华⑦，一时⑧虚度⑨。
●○●▲ 。○⊙●○○ ，⊙○ ○▲ 。

追思⑩旧日心情，记题叶⑪西楼，吹花⑫南浦。
○○ ●●○○ ，●○● ○○ ，⊙○ ○▲ 。

老去⑬觉欢疏，伤春恨、都付断云⑭残雨⑮。

⊙●　●○○，○○●、⊙●●○　○▲。

黄昏院落⑯，问谁犹在凭栏处。

○○●●，●○○●○○▲。

可堪⑰杜宇⑱。空只解声声，催他春去。

⊙○　●●▲。⊙●●○○，⊙○○▲。

【题解】

屈原《九歌》云："子交手兮东行，送美人兮南浦"，自此"南浦"成为文学中送别之地的代称。故本调创调之始，或为送别时的歌曲。

【作者】

程垓，生卒年不详，字正伯，号书舟。眉州眉山人。程之才之孙。绍熙三年（1192）杨万里荐以应贤良方正科，没有成功。作品多写男女艳情，接近柳永的风格。有《书舟词》。

【注释】

①金鸭：一种镀金的鸭形铜香炉。

②向晚：傍晚。

③春酲（chéng）：春日醉酒后的困倦。

④一枕：犹言一卧。卧必以枕，故称。

⑤无绪：没有情绪。

⑥瑶窗：用玉装饰的窗。亦泛指美丽的窗子。

⑦韶华：美好的时光。常指春光。亦可代指美好的年华、青春时期。

⑧一时：突然，偶然。

⑨虚度：白白地度过。

⑩追思：追念，回想。

⑪题叶：吟诗。

⑫吹花：吹动花，吐花。唐中宗《登高诗》："泛桂迎樽满，吹花向酒浮。"

⑬老去：谓人渐趋衰老。

⑭断云：片云。

⑮残雨：将止的雨。

⑯院落：房屋前后用墙或栅栏围起来的空地。

⑰可堪：犹言那堪，怎堪。

⑱杜宇：即杜鹃鸟。

【译文】

金制的香炉中香烟渐渐弱了，到了将要入夜的时候，我才从春日醉酒后的困倦中醒来，百无聊赖。窗外的绿叶已经十分浓密了，东风也将红花柳絮吹尽了。我无言地站在这里伤心，只听到飞过的黄莺的叫声。天色将晚，只能哀叹美好的岁月，竟就这么浪费掉了。

回想当年的心情，还记得在西楼上吟诗、在南浦边饮酒。老了之后觉得欢乐都少了，对于春天将要逝去的哀愁，也只能交给远去的云和将息的雨。在黄昏的院子里，究竟谁还在那里靠着栏干呢？更无奈的是杜鹃鸟来了，却只是一声声地催促着春天快些离去。

【作法】

本调二十句十韵共一百零五字，上下片除前三句外基本相同。历来填此调者甚少，从结构来看，高潮落在结处三句，结处首句为拗句，特别醒目，故在文字的选用上尤为重要。其余应注意的要点分别是下片次句是带去声领字的"一——四"结构，以及下片第五句是"三—六"结构的九言句，与上片该处的三、六言句不同，音声稍微急促，故文字不应如上片起首那般冷静地写眼睛所见的客观风景，而应以描写作者心里的风景为正格。

【例词】

（宋）史达祖："玉树晓飞香，待倩它、和愁点破妆镜。轻嫩一天春，平白地、都护雨昏烟暝。幽花露湿，定应独把阑干凭。谢屐未蜡，安排共文鹓，重游芳径。　年来梦里扬州，怕事随歌残，情趁云冷。娇眄隔东风，无人会、莺燕暗中心性。深盟纵约，尽同晴雨全无定。海棠梦在，相思过西园，秋千红影。"

六十、齐天乐

蟋蟀

庾郎①先自②吟愁赋。凄凄③更闻私语。

●○ ⊙● ○○▲。○○ ●○○▲。

露湿铜铺④，苔侵石井⑤，都是曾听伊⑥处。

●●○○，○○●●，⊙●○○ ▲。

哀音⑦似诉。正思妇⑧无眠，起寻机杼⑨。

○○ ●▲。●⊙○● ，●○○▲。

曲曲⑩屏山⑪，夜凉独自甚情绪。

●● ○○ ，●○⊙●○▲。

西窗又吹暗雨。为谁频断续，相和⑫砧杵⑬。

○○●○●▲。●○●●● ，○● ○▲ 。

候馆⑭吟秋⑮，离宫⑯吊月⑰，别有伤心无数。

●● ○○ ，○○ ●● ，⊙●○○○▲。

幽诗⑱漫与⑲。笑篱落⑳呼灯，世间儿女。

○○ ●▲。●⊙●● ○○ ，○○●▲。

写入琴丝，一声声更苦。

●●○○ ，●○○●▲。

【题解】

《宋书·乐志》："英勋冠帝侧，万寿永齐天"，以"齐天"二字用于祝寿，到了宋代演变为祝寿曲。《宋史·乐志》又云："教坊乐所奏，凡十八调，四十六曲，一曰正宫调，其曲三：曰《梁州》《瀛府》《齐天乐》。"可知其本为庙堂雅乐，散入民间后成为词牌名。又名"五福降中天""台城路""如此江山"。

【作者】

姜夔（1155—1209），字尧章，号白石道人，饶州鄱阳人。中国南宋词人。一生没有做过官，家贫，无立锥之地。精通音乐，会作诗，初学山谷之江西诗派，后被归类为江湖诗派。亦善填词，自度十七曲传世。范成大称其："翰墨人品，皆似晋宋之雅士。"他的词对于南宋后期词坛的格律化有巨大的影响，姜夔和张炎并称为"姜张"。姜夔精于音律，自度曲颇多，词谱有定调，词前多有小序。题材上，多是纪游与咏物之作，其中偶然流露他对时事的感慨，更多是慨叹他身世的飘零和情场的失意。姜词琢炼字句，喜用清淡生新的字句，追求清幽深邃、清空的意境，善于写景，咏物词则稍觉堆砌。姜夔用江西诗派的创作方法来填词，讲究点窜前人诗句入词，间用拗句拗调，爱用典故，提倡"僻事实用，熟事虚用"，致使词的语意隐晦含糊，境界朦胧。姜词也讲求寄托和含蓄，喜用暗喻、联想等手法。

【注释】

①庾郎：指北周诗人庾信。借指多愁善感之诗人。

②先自：先已，本已。

③凄凄：悲伤貌，凄凉貌。

④铜铺：旧时门上的衔环，多以铜铸成，称为"铜铺"。

⑤石井：穿石而成的井。

⑥伊：他，第三人称代词。

⑦哀音：悲伤之音。

⑧思妇：怀有忧思的妇人。

⑨机杼：旧时织布的机具。又，蟋蟀一名"促织"，此处一语双关。

⑩曲曲：弯曲。

⑪屏山：屏风。

⑫相和：此唱彼和。

⑬砧杵：捣衣石和棒槌。亦指捣衣。

⑭候馆：泛指接待过往官员或外国使者的驿馆。

⑮吟秋：蟋蟀亦名"吟秋"。

⑯离宫：正宫之外供帝王出巡时居住的宫室。

⑰吊月：化用李贺诗"啼蛄吊月钩栏下"。

⑱豳（bīn）诗：指《诗经·豳风·七月》："七月在野，八月在宇，九月在户，十月蟋蟀入我床下。"

⑲漫与：犹言随便对付。

⑳篱落：即篱笆。

【译文】

从前庾信写过一篇《哀江南》赋，现在我听到一阵更加凄楚哀怨的私语。露水染湿门上铜环，青苔爬满井边，都是曾经听蟋蟀的地方。哀怨的声音像在诉说，就像一个怀念丈夫的女人因为失眠而起床织布。在弯弯的屏风后面，沁凉的夜晚独自一人也什么没有什么做事的情绪。

西窗又吹来了细雨，又加上听来断断续续的捣衣声。在驿站中迎接秋天，行宫里凭吊着月光，更有无数的伤心往事。当读到《诗经·豳风·七月》的时候，篱笆外传来了笑着张灯结彩的世间儿女。假如将这些声音谱入琴弦，那么琴声将显后更为凄苦。

【作法】

本调二十一句十二韵共一百零二字。作为长调慢词，必须在开篇就将主题陈明，一面收束自己的笔，一面也让听者知道作者想要说的故事，本调开篇二句便应如是。跟着使用两个四言偶句和一个六言单句，承接开篇的总题，用比兴的手法将之展开，使主题变得更为明确。其后一个四字仄韵句一顿，表示场景一换，再以领字带起两个四言句，将视野从景物转向人心，使人和物融成一片，把凄凉情绪和凄凉环境紧密地结合起来。接着进入下片的首三句，称为"过片"，虽然视角转换了，貌似又回到写景上，但此时的景应与上片所言直接相关，然后再继续铺开情感——而此时的情感，又需较上片所言更进一步，从一时的（"思妇无眠"，只是一个人、一个晚上的事）及于长时段（"候馆吟秋"，似乎许多文人都有此经历）的情感。而下片第七句的四字韵句及其后以领字带起的偶句，则将这样的情感翻到更高境界（"世间儿女"，将所有人类都包含进来了），情感一层层扩张，至此便以浓笔收尾，写出能令所有人共鸣的情事，这样的作品才能触动人心、千古隽永。

【例词】

（宋）周邦彦："绿芜凋尽台城路，殊乡又逢秋晚。暮雨生寒，鸣蛩劝织，深阁时闻裁剪。云窗静掩。叹重拂罗裀，顿疏花簟。尚有綀囊，露萤清夜照书卷。　荆江留滞最久，故人相望处，离思何限？渭水西风，长安乱叶，空忆诗情宛转。凭高眺远。正玉液新篘，蟹螯初荐。醉倒山翁，但愁斜照敛。"

（宋）詹玉："相逢唤醒京华梦，吴尘暗斑吟发。倚担评花，认旗沽酒，历历行歌奇迹。吹香弄碧。有坡柳风情，逋梅月色。画鼓红船，满湖春水断桥客。　当时何限怪侣，甚花天月地，人被云隔。却载苍烟，更招白鹭，一醉修江又别。今回记得。再折柳穿鱼，赏花催雪。如此湖山，忍教人更说。"

（宋）周密："槐熏忽送清商怨，依稀正闻还歇。故苑愁深，危弦调苦，前梦蜕痕枯叶。伤情念别。是几度斜

阳，几回残月。转眼西风，一襟幽恨向谁说。　轻鬟犹记动影，翠娥应妒我，双鬓如雪。枝冷频移，叶疏犹抱，肯负好秋时节。凄凄切切。渐迤逦黄昏，砌蛩相接。露洗余悲，暮烟声更咽。"

六一、沁园春

有感

孤鹤归来，再过辽天①，换尽旧人②。

⊙●○○，●●○○，⊙●○△。

念累累③枯冢④，茫茫⑤梦境，王侯蝼蚁，毕竟⑥成尘。

●○○　⊙●，○○　⊙●，⊙○○●，⊙●　○△。

载酒园林，寻花⑦巷陌，当日何曾轻负春。

⊙●○○，⊙○　⊙●，⊙○⊙●○△。

流年⑧改，叹围腰⑨带剩，点鬓⑩霜新。

○○　●，⊙○○●，●●○△。

交亲⑪散落⑫如云。又岂料而今余此身。

○○　●●　○△。●○●○○○●△。

幸眼明⑬身健，茶甘饭软，非惟我老，更有人贫。

●○○　⊙●，⊙○○●，⊙○⊙●，⊙●○△。

躲尽危机⑭，消残壮志⑮，短艇⑯湖中闲采莼⑰。

⊙●○○，⊙○○●，⊙●　○咽⊙●△。

吾何恨，有渔翁共醉，溪友⑱为邻。

○○●，●○○●，⊙●　○△。

【题解】

《后汉书·窦宪传》:"宪恃宫掖声势,遂以贱直请夺沁水公主园田。"后世遂以"沁园"为公主宅第之代称。本调当创始于初唐,且出自侯门。又名"寿星明"。

【作者】

陆游(1125—1210),字务观,号放翁,越州山阴人,南宋诗人、词人。后人每以陆游为南宋诗人之冠。陆游自言"六十年间万首诗",是中国历史上自作诗留存最多的诗人。诗中一直充满强烈的爱国情感,这也是他最大的特色与传颂千古的原因。另也工于词,纤丽处似于秦观,雄快处似于苏轼,超爽处更肖辛弃疾。他的文学理论也具有相当影响力,主张诗文为发泄人心郁闷的利器,又主张养气以求工。

【注释】

①辽天:远天。

②旧人:旧交,故人。

③累累(léi):连续不断貌,连接成串。

④枯冢:荒坟。

⑤茫茫:渺茫,模糊不清。

⑥毕竟:到底,终归。

⑦寻花:出游赏花。

⑧流年:如水般流逝的光阴、年华。

⑨围腰:腰围。

⑩点鬓:点染两鬓。

⑪交亲:亲戚朋友。

⑫散落:衰落,分散零落。

⑬眼明:眼力好,看得清楚。

⑭危机:潜伏的祸害或危险。

⑮壮志:豪壮的志愿、襟怀,伟大的志向。

⑯短艇：小船。

⑰莼（chún）：又名莼菜、水葵，多年生水生宿根草本植物。这里用的是"莼鲈之思"的典故，意指怀念故乡的心情，语出《晋书·张翰传》："翰因见秋风起，吴中菰菜、莼羹、鲈鱼脍。"

⑱溪友：指居住溪边寄情山水的朋友。

【译文】

孤单的鹤飞了回来，又飞过了辽阔的天空，故人都已纷纷离去。想到那么多的荒坟，在无边的梦境之中，不管是王侯或是蝼蚁，最终都成了尘土。在园子中饮酒，在巷弄中赏花，当时又有谁是轻易地蹉跎掉春光的呢？但时间毕竟一去不复返了，只能感慨腰带变得太松了，头发也像霜一样地白了。

亲人朋友像云一样地散落了，谁能料到现在只剩下我一人呢？幸好我视力没有衰退、身体还算强健，也不是只有我一个人变老了，还有人更加贫穷。避免了一次次的危险，原本的志向也已经消磨殆尽，于是驾着小舟在湖中悠闲地采摘野菜。我还有什么好怨恨的呢？毕竟我能和渔翁一起喝酒，还有好友一同隐居。

【作法】

本调可能是当代中国人最熟悉的一阕长调，全文二十五句九韵共一百一十四字。一般而言，适宜铺张排比、显示宽宏器宇或雍容气度的慢曲长调，常用四言偶句作成对称格局，并以落脚字递换平仄作为谐调音节的主要手段。本词首叠用三个四言平收偶句，显示出从容不迫的姿势。紧接着一个仄声（最好用去声）领字，带出画面的动感，并领起下面四个四言偶句，于严整中取得和谐。接着又是两个四言对句，然后接七言单句，铺开格局，下接三言短句作为转折，再以一个仄声（最好用去声）领字带出末尾两个四言偶句作为收束。从这种结构可以看出，这阕词的半片，亦可再分为两个段落，但这两个段落字数差异甚大，前十句共 44 字为一段，主要为铺陈叙事；后三句共 12 字为另一段，为抒发情感。下片结构与上片类似，唯领句略有不同，大体功能是舒缓上片末尾的激越情绪，以迎来新的场景，和更进一步的抒情。又，本词押平韵，音节较为平坦开阔。像这样的曲调，最适合抒写壮阔襟怀，表现恢宏器宇，颇有"少年壮志不言愁"之气慨，因此内容一般以英雄言志为主。

【例词】

（宋）苏轼："孤馆灯青，野店鸡号，旅枕梦残。渐月华收练，晨霜耿耿，云山摛锦，朝露漙漙。世路无穷，劳生有限，似此区区长鲜欢。微吟罢，凭征鞍无语，往事千端。　当时共客长安。似二陆初来俱少年。有笔头千字，胸中万卷，致君尧舜，此事何难。用舍由时，行藏在我，袖手何妨闲处看。身长健，但优游卒岁，且斗尊前。"

（宋）曹勋："春点烟红，露晞新绿，土膏渐香。散懒慵情性，寻幽选静，一筇烟雨，几处松篁。恨我求闲，已成迟暮，石浅泉甘难屡尝。犹堪去，向清风皓月，南涧东冈。　如今雁断三湘。念酒伴、不来梅自芳。幸隐居药馆，孙登啸咏，从容云水，无负年光。且共山间，琴书朋旧，时饮无何游醉乡。归常是，趁前村桑柘，犹挂残阳。"

（元）刘辰翁："六十一翁，垂银带鱼，插四角轮。把百个今朝，重排花甲，十年前事，似白斋辛。殼选功名，酒中富贵，管取当筵满劝旬。槐知道，待二郎做甚，父子封申。　便应际会昌辰。怕林下相逢未是真。看焚芰裂荷，起锺山笑，卖田傩马，堕贡生贫。后六十年，有无穷事，是宰官身是报身。年来好，莫做他宰相，便是全人。"

六二、醉太平

闺情

情高意真，眉长鬓①青。小楼明月调筝②，写春风数声。

○○○●△，○○● △。⊙○○⊙●○△，●○○●△。

159

思君忆君，魂牵梦萦。翠销③香暖云屏④，更那堪酒醒。

○○●△，○○●△。⊙○ ⊙●○△，●○○●△。

【题解】

曹操有"对酒歌太平"句，杜牧亦有"万国笙歌醉太平"句，或即本调来源。又有"醉思凡""四字令"等别名。

【作者】

刘过（1154—1206），字改之，号龙洲道人，江西太和人，南宋词人。喜言兵事，早年流落江湖，重义气，力主恢复北土，与岳珂友好，与辛弃疾有唱和，词风亦相近，"赡逸有思致"，"狂逸中自饶俊致"。有《龙洲集》《龙洲词》传世。

【注释】

①鬓（bìn）：近耳旁两颊上的头发。

②调筝：弹筝。

③翠销：绿色的薄绢。

④云屏：有云形彩绘的屏风，或用云母作装饰的屏风。

【译文】

你的感情浓厚而真挚，你的眉毛很长而鬓发乌黑。在明月照耀下的小楼一同弹筝，谱写春风的声音。

想你念你，魂牵梦萦，绿色的薄绢挂在薰着香炉、温暖的屏风上面，酒醒的时候感到分外痛苦。

【作法】

本调八句八韵共三十八字。理论上言之，在本调中，凡四字相连作"平平仄平"的句子，其第三字都该用去声字，才能将音调激起。正是因为使用了这种强烈的音调，使本调自始便带着强烈的情绪。各片第三句语气稍缓，但随后又迎来以领字发端的结句，音声再度趋于强烈。正是在这样的情况下，写作本词最应注意的，就是这些去声字的运用，其余语句可以视为只是对这几个去声字的注解而已。

【例词】

（宋）李彭老："兰汤晚凉。鸾钗半妆。红巾腻雪初香。擘莲房赌双。罗纨素珰。冰壶露床。月移花影西厢。数流萤过墙。"

（民国）杨圻："欢成恨成。钟情薄情。算来都是飘零。真不分不明。酒醒梦醒。风声雨声。一更听到三更。又四更五更。"

六三、喜迁莺

闰元宵

银蟾①光彩②。喜稔岁③闰正，元宵还再。
⊙○　○▲　。　●○●　○○，○○○▲　。

乐事难并，佳时④罕遇，依旧试灯⑤何碍。
⊙●○○，⊙○⊙●，⊙●●○　○▲　。

花市又移星汉⑥，莲炬⑦重芳人海⑧。
⊙○●○○●，　○●　○○○▲　。

尽勾引，遍嬉游⑨宝马⑩，香车⑪喧隘。
●⊙●，　●○○⊙●，　○○　　○▲　。

晴快⑫。天意教、人月更圆，偿足风流债。
○▲　。　●○○、　○●●○，⊙●○○▲　。

媚柳烟浓，夭桃⑬红小，景物⑭迥然堪爱。
⊙●○○，⊙○○●，　●●　●○▲　。

巷陌笑声不断，襟袖⑮余香仍在。
⊙●●○○●，　⊙○　○○○▲　。

待归也，便相期⑯明日，踏青⑰挑菜⑱。

●○●，●○○●，⊙○　⊙○　○▲。

【题解】

旧时俗谚有以"莺迁""乔迁"为口头祝颂之辞，唐宋以后为科举中式时的祝辞，是当时民间习用口语。胡适《词选序》云："《花间集》五百首，全是倡家歌者作的，即看其中许多科举的鄙词如《喜迁莺》《鹤冲天》之类，便可明白。"足见此调最初为倡伎祝贺他人科举中式之喜庆音乐。

【作者】

吴礼之，字子和，钱塘人。生卒年不详，约宋宁宗庆元中前后在世。有《顺受老人词》五卷、《花庵词选》传于世。

【注释】

①银蟾：月亮的别称。

②光彩：光亮而华丽。

③稔岁：丰年。

④佳时：美好的时光，良辰。

⑤试灯：旧俗农历正月十五日元宵节晚上张灯，以祈丰稔，未到元宵节而张灯预赏谓之试灯。

⑥星汉：天河，银河。

⑦莲炬：莲花形的蜡烛。

⑧人海：汪洋大海一样的人群。极言人多。

⑨嬉游：游乐，游玩。

⑩宝马：名贵的骏马。

⑪香车：用香木做的车。泛指华美的车或轿。

⑫晴快：晴爽。

⑬夭桃：艳丽的桃花。

⑭景物：卓越不群貌。

⑮襟袖：衣襟衣袖。

⑯相期：期待，相约。

⑰踏青：清明节前后郊野游览的习俗。旧时以清明节为踏青节。

⑱挑菜：指挑菜节。旧俗，农历二月初二日，仕女出郊拾菜，士民游观其间，谓之挑菜节。

【译文】

月亮光亮而华丽。真高兴今年闰正月，所以能过两次元宵。通常好事不会接连发生，佳节也不会时常遇到，但这也不妨碍我再次拿起花灯。灯市中又亮起了银河般的光彩，莲花形的蜡烛也重新在人海中发出香气。吸引来了遍地骑着骏马、驾着香车的人们高声地戏耍。

天气真好。上天这是让我们和月亮一样都能团圆，满足彼此的情事。柳树茂盛，桃花初开，这样的风景真是令人喜爱。街道上充满着欢声笑语，衣袖上仍然飘着蜡烛的香气。待到该回去的时候，人们纷纷互相约定着明日、二月二、清明节竹旳行程。

【作法】

本调二十二句十韵共一百零三字。例来填此调者多用于写欢快之情，说明本调所搭配的音乐极可能是轻盈欢乐的，所以建议写作者亦应比照办理。技术上，本调的难点在于大量的对句：上片第四、五句，上片第七、八句，下片第五、六句，下片第八、九句，一共四个对句，通过铺排的手法极言场面之灿烂，用华丽的文字妆点全调的欢情。这样的音乐常见于庙会、喜庆场合，作为锦上添花的热闹气氛，胡适曾谓此调为"鄙词"，大约即是基于此。

【例词】

（宋）黄裳："梅霖初歇。乍绛蕊海榴，争开时节。角黍包金，香蒲切玉，是处玳筵罗列。斗巧尽输少年，玉腕彩丝双结。舣彩舫，看龙舟两两，波心齐发。　奇绝。难画处，激起浪花，飞作湖间雪。画鼓喧雷，红旗闪电，夺罢锦标方彻。望中水天日暮，犹见朱帘高揭。归棹晚，载荷花十里，一钩新月。"

（宋）张继先："情缠识缚，叹时人不悟，酒中真乐。纵欲招愆，迷心失行，却道为他狂药。须信醉舞狂歌，也有良知真觉。无倚泊。任暖气同流，三关三络。　落魄。清闲客。醉乡深处，风月长酬酢。空花消亡，光明显露，人我自皆忘却。不问市酤村醪，尽可浅斟低酌。从鄙薄。竟口口谈醒，言言成错。"

（元）丘处机："要离生灭。把旧习般般，从头磨彻。爱欲千重，身心百炼，炼出寸心如铁。放教六神和畅，不动三尸颠蹶。事猛烈。仗虚空一片，无情分别。　关结。除缧绁。方遇至人，金口传微诀。顿觉灵风，吹开魔阵，形似木雕泥捏。既得性珠天宝，勘破春花秋月。恁时节。鬼难呼，唯有神仙提挈。"

六四、双双燕

本意

过春社①了，度帘幕中间，去年②尘冷。

●○●●，●⊙●○○，●○　○▲。

差池③欲住，试入旧巢相并④。

○○　⊙●，⊙●●○○▲。

还相雕梁⑤藻井⑥。又软语⑦、商量不定。

⊙●○○▲。●○●、○○○▲。

飘然⑧快拂花梢⑨，翠尾⑩分开⑪红影。

○○　●●○○，●●　○○○▲。

芳径⑫。芹泥⑬雨润。爱贴地⑭争飞，竞夸轻俊⑮。

○▲。　○○　●▲。●⊙●　○○，●○○▲。

红楼⑯归晚，看足柳昏花暝⑰。

⊙○　○●，●●●○○▲　。

应是栖香正稳。便忘了、天涯芳信⑱。

⊙●○○●▲。○⊙○、○○○▲。

愁损翠黛⑲双蛾⑳，日日画栏独凭。

○⊙●●　○○，　●●⊙○⊙▲。

【题解】

古时文人习以成双成对的鸳鸯、燕子比喻夫妻情侣，如李白："双燕复双燕，双飞令人羡。"元稹："各各人宁宇，双双"等，故知此调之名由来已久。又如，吴文英"小桃谢后，双双燕飞来"，是目前最早见到的《双双燕》词，考虑到"前无古人"，加上文中有"双双燕"字样，故推测本调为南宋吴文英所创。

【作者】

史达祖，生卒年不详，字邦卿，号梅溪，汴京人。南宋词人。寓居杭州。早年师事张磁，但屡试不中，只好当韩侂胄的幕僚，负责撰拟文稿，颇得韩的倚重。开禧三年（1207）韩侂胄因北伐事败被杀，达祖遭到牵连，被处以黥刑，流放到江汉。晚年困顿而死。达祖工于填词，姜夔称其词风"奇秀清逸"，善咏物，精于描写刻画，有《梅溪词》传世。

【注释】

①春社：古时于春耕前祭祀土神，以祈丰收，谓之春社。

②去年：刚过去的一年。

③差池：犹参差不齐貌。

④相并：并排，并列。

⑤雕梁：饰有浮雕、彩绘的梁，装饰华美的梁。

⑥藻井：传统建筑中天花板上的一种装饰处理。一般做成圆形、方形或多边形的凹面，上有各种花纹、雕刻和彩画。

⑦软语：柔和而委婉的话语，形容燕子的鸣声。

⑧飘然：轻捷貌。

⑨花梢：花木的枝梢。

⑩翠尾：泛指绿色的鸟尾。

⑪分开：犹岔开。

⑫芳径：花径。

⑬芹泥：燕子筑巢所用的草泥。

⑭贴地：谓贴近地面。

⑮轻俊：轻盈俊美。

⑯红楼：富贵人家女子的住房。

⑰柳昏花暝：形容暮色中花柳的朦胧情景。

⑱芳信：花开的讯息。春日百花盛开，因亦以指春的消息。

⑲翠黛：眉的别称。古代女子用螺黛画眉，故名。

⑳双蛾：指美女的两眉。

【译文】

土神的祭祀过了，帘幕中间仍然是去年那样又是泥尘、又甚清冷的样子。燕子仍然想要回到那里，试着并肩回到旧日的巢穴。它们又看到了美丽的横梁上的装饰，于是又小声商量着、没法作出决定。转眼间又轻松地穿过花丛，用青翠的尾羽将花的影子拨开。

芳香的小径上，芹草的泥土被雨水滋润湿透。燕子喜欢赔着地面争逐飞舞，相互夸耀自己的轻盈俏俊。从红楼回来，看够了昏暗中的柳条花叶。燕子应该正稳当地在春天的香气中栖息，忘记了天边尚有一个想念它们的人，正因此蹙损眉毛、每天孤独地凭栏眺望。

【作法】

本调十九句十二韵共九十八字，全押仄韵。全调各句之间平仄粘对有序，显见其音律是较为和协的，因此适于搭配婉约的文字；又，上片九句五韵，下片十句七韵，则节奏之快慢一目了然，不必再叙。需要说明的是：（一）关于首句，史达祖写作带领字的"一—三"结构，其余作者多用不带领字的"二—二"结构，究以何者为宜，就见仁见智了。（二）上片第六句次字（"相"）、下片第七句次字（"是"），例用去声，表现出一种决绝的语调，推动故事的发展。而在史达祖的例词中，尚有一种少见的技法，见于上片第七句第六字，词谱规定为平声字，史达祖却用了一个"不"字，词学上有所谓"偷平缓和、偷仄合律"，即是作者认为语气太过急切时，可以在原本应用仄声字的地方使用在此情况下理应发平调的多音字缓和语气，同时因其具有仄声的读音使他人不得谓其出格，此处即是对该技法的"举一反三"，或可谓之"偷平合律，偷仄奋起"。另外，附后的例词中有吴文英所填者，格律与史达祖不甚相同，唯本调既为吴文英所创，故仍附录其词于后，表示对原创者的尊重。

【例词】

（宋）吴文英："小桃谢后，双双燕飞来，几家庭户。轻烟晓暝，湘水暮云遥度。帘外余寒未卷，共斜入、红楼深处。相将占得雕梁，似约韶光留住。　堪举。翩翩翠羽。杨柳岸，泥香半和梅雨。落花风软，戏逐乱红飞舞。多少呢喃意绪。尽日向、流莺分诉。还过短墙，谁会万千言语。"

（明）王世贞："廿年恩养，念暖幌雕笼，一时勾了。低声软语，泣别瘹情京兆。无奈春山顿老。况冷断、如簧雅调。辞君岂为无鱼，叹汝难同凡鸟。　惊起，钩帘浅照。见妩月初生，似他波俏。飘黄撺粉，总博绿愁红躁。谁破芸窗乍晓。怎忘得、双弯纤妙。知否御爱开元，鹦鹉墓傍新旐。"

（清）朱彝尊："问银海水，有多少层波，敛愁飘怨。含辛欲堕，转自把人凝眄。沾向长亭早晚。定减了、轻尘一半。安排玉着离筵，伴我樽前肠断。　偷看。夜来枕畔。傍镜影初干，袖痕重按。心心

167

心上，总是别情难惯。纵遣丝垂缕绾。穿不起、南珠盈串。裁得几幅榴裙，点点行行都满。"

六五、换巢鸾凤

春情

人若梅娇。正愁横断坞，梦绕溪桥。
⊙●○△。●○○●●，⊙●○△。

倚凤①融汉粉，坐月②怨秦箫③。
⊙○ ○●●，●● ●○△。

相思因甚到纤腰④。定知我今、无魂可销。
⊙○○●●○△ 。●○●○、○○●△。

佳期⑤晚，谩几度、泪痕相照。
○○ ●，●⊙● 、●●○▲。

人悄。天渺渺⑥。花外语香，时透郎怀抱。
○▲。○●▲ 。○●⊙○，⊙●○▲。

暗握荑⑦苗，乍尝樱颗，犹恨侵阶芳草。
⊙●○○，⊙○○●，⊙●●○○▲。

天念王昌⑧忒多情，换巢鸾凤⑨教偕老。
○●○○●○△ ，⊙●○●○ ○○▲。

温柔乡⑩，醉芙蓉、一帐春晓。
○○○ ，●○○、⊙●○▲。

【题解】

古人常以"鸾凤"喻新妇，如卢储《催妆》诗："今日幸为秦晋会，早

168

教鸾凤下妆楼",即本调之由来。

【作者】

史达祖,参见本书第165页。

【注释】

①倚风:谓随风倾侧摇摆。

②坐月:坐于月下。

③秦箫:传说萧史善吹箫作凤鸣,秦穆公以女弄玉妻之。后两人俱仙去。

④纤腰:细腰。

⑤佳期:美好的时光。

⑥渺渺:辽远,高远。

⑦黄:草木初生的嫩芽。

⑧王昌:西晋初期人物,容貌美丽,诗歌中常用以借指女子恋人、情郎。

⑨换巢鸾凤:意指妇女改嫁。

⑩温柔乡:喻美色迷人之境。

【译文】

人就像梅花一样娇贵。此时正是我在船坞旁哀愁、梦魂围绕溪桥转绕的时候。我随风随着花粉摇晃着,坐在月下听着哀怨的箫声。是为了什么想起了她呢?她一定知道我现在已经伤心欲绝了。美好的时光已经过去了,只能够一次又一次地痛哭流涕。

人声静下来了。天空仍时那戈机高远。花丛外面的情话仍然时时刻刻萦绕在我的胸中。虽然暗中握住了初生的嫩苗,又尝了尝樱桃的味道,仍然恨着那芳草长到了台阶上。上天如果能够念及我是如此感情丰富,就让她改嫁给我然后和我一起到老吧。让我们在那迷人的幻境中,在芙蓉帐里一同喝醉、直到春天的早晨再醒过来。

【作法】

词发展至南宋,常见的调式已是老生常谈,故南宋词人喜填长调慢词,最好还是自创词牌、使自己成为独一无二的某词牌大师。为了达成这个目的，此时的长调慢词格律越发复杂，句式越发多变，情感也日趋极端。本调即是一个例子。本调之特异处，（一）为平仄互叶，十二韵中有五个平声韵、七个仄声韵，但都拾取自同一韵部，且转韵之处并不以自然段落为界，而是将上片B段拦腰劈开、前平后仄，破坏了上下片的对称性，早早地发展出紧张情绪，故而在抒情的文字上也不用客气，尽可提早于上片结处开始大呼大喊，反而符合本调的音声结构。（二）为多有连续数字仄声处，亦多有连续数字平声处，足见其情绪起伏幅度之大，因此可以出现前述大喊大叫的语调，同时也要有呢喃低语的场景，一动一静，一刚一柔，更添调性上的变化。正是因为其变化过于复杂，加上其成调较晚，故历来填此调者不多，故而例词只能附上如屈大均、黄景仁等以挑战自我为乐的明清诗人之作品，读者要挑战自我前应三思而后行。

【例词】

（明）屈大均："多折瑶芳。要持归镜侧，插满鬟旁。乳莺初弄粉，媚蝶早收香。多情天肯念王昌。故教换巢，雌雄一双。教徐淑，再娇小、复归仙掌。　欢畅。春自享。亲鼓凤琶，檀口催低唱。石帚香词，玉田清曲，都在鹍鸡弦上。新制弹头百千篇，雪儿心慧能幽赏。帘帏边，许花翁，每聆飞响。"

（清）朱彝尊："桐扣亭前。记春花落尽，才返吟鞭。鸭头凝练浦，鹅眼屑榆钱。兰期空约月初弦。待来不来，红桥小船。蓬山近，又风引翠鬟不见。　飞燕，书乍展。哽咽泪痕，犹自芳笺染。玉镜妆台，青莲砚匣，定自沉吟千遍。解道临行更开封，背人一缕香云剪。知他别后，凤钗拢鬓深浅。"

（清）黄景仁："素景商飙。正羁怀落漠，病思萧寥。忽飞天外赏，来赴酒边招。群公车盖满亭皋。文雄谈绮，书狂饮豪。非此会，可不负、凤城秋好。　清眺。山容悄。偏爱秋山，耐得斜阳照。对酒能歌，拈花解笑，未损年时怀抱。吟情孤袅。蓦停杯，长天看得征鸿小。归鞍迟鞚，角声催度林杪。"

六六、瑞鹤仙

风怀

杏烟娇湿鬓，过杜若①汀洲②，楚衣香润。

⊙○○●▲，●○● ○○，⊙○○▲。

回头翠楼③近，指鸳鸯沙上，暗藏春恨④。

○○●○ ▲，●○○○●，⊙○○▲。

归鞭隐隐⑤，便不念、芳痕未稳。

○○●▲，●⊙●、○○●▲。

自箫声、吹落云东，再数故园花信。

●○○、⊙●○○，⊙○●○▲。

谁问。听歌窗罅⑥，倚月钩栏，旧家⑦轻俊。

○▲。⊙○○○●，●●○○，●○ ○▲。

芳心⑧一寸，相思后，总灰尽。

⊙○⊙▲，○○●，●○▲。

奈春风多事，吹花摇柳，也把幽情⑨唤醒。

●○○○●，⊙○○●，⊙○○ ●▲。

对南溪、桃萼⑩翻红，又成瘦损⑪。

●○○、⊙● ○○，●○●▲。

【题解】

《宋史·五行志》："至和三年九月大飨明堂，有鹤回翔堂下；明日，又翔于上清宫。是时所在言瑞鹤，宰臣等表贺，不可胜纪。"本调得名于此。

至于原初是否是庆贺天降异象的音乐，则待考。

【作者】

史达祖，参见本书第 165 页。

【注释】

①杜若：香草名。多年生草本，高一二尺。叶广披针形，味辛香。夏日开白花。果实蓝黑色。

②汀洲：水中小洲。

③翠楼：特指妇女居处。

④春恨：犹春愁，春怨。

⑤隐隐：象声词。

⑥窗罅（xià）：窗户的缝隙。

⑦旧家：犹从前。

⑧芳心：指女子的情怀。

⑨幽情：郁结、隐秘的感情。

⑩桃萼：桃花蕾。

⑪瘦损：消瘦。

【译文】

杏花的烟雾弄湿了我的头发。走过长满香草的沙洲，衣服也沾满了香气。回头看到她的居处是那么近，于是在鸳鸯走过的沙滩上，悄悄地写下了哀叹春天的句子。归去的马鞭声一声又一声，于是我也不再在乎会不会踏过落花的花瓣了。在天边响起箫声之后，我仔细地观察了故园的花朵。

试问在窗缝中听曲、在钩栏边看月的，是从前的哪个风流少年呢？这样的情怀，经历了相思，最终总是只能化为灰烬。更可恨的是春风多管闲事，不但把花吹落了、把柳摇动了，也把我从想象中唤醒。于是我只能对着溪流，看那桃树开花，再看那桃花凋谢。

【作法】

本调二十二句十三韵共一百零二字，上片急而下片缓，各片中亦是前急而后缓，大体而言形成"强—弱—中—弱"的结构。但词，特别是长调，断无开篇写情之例，因此注定了本调所表达的是一种低回的情感，在暗藏心情的景色过后，是一轮独白，进入下片继续独白，情绪似乎渐有起伏，但说着说着，在情绪最为激越的两个三言句后，忽为带有领字的"一—四"句打断，这种打断文字上可以是从梦中醒来，或是外在境遇又每况愈下，于是诗人只能陷入更深一层的低沉的哀伤情绪之中。

【例词】

（宋）黄庭坚："环滁皆山也。望蔚然深秀，琅琊山也。山行六七里，有翼然泉上，醉翁亭也。翁之乐也。得之心、寓之酒也。更野芳佳木，风高日出，景无穷也。　游也。山肴野蔌，酒冽泉香，沸觥筹也。太守醉也。喧哗众宾欢也。况宴酣之乐、非丝非竹，太守乐其乐也。问当时、太守为谁，醉翁是也。"

（宋）周邦彦："暖烟笼细柳。弄万缕千丝，年年春色。晴风荡无际，浓于酒、偏醉情人调客。阑干倚处，度花香、微散酒力。对重门半掩，黄昏淡月，院宇深寂。　愁极。因思前事，洞房佳宴，正值寒食。寻芳遍赏，金谷里，铜驼陌。到而今、鱼雁沉沉无信，天涯常是泪滴。早归来，云馆深处，那人正忆。"

（宋）张枢："卷帘人睡起。放燕子归来，商量春事。风光又能几。减芳菲、都在卖花声里。吟边眼底。披嫩绿、移红换紫。甚等闲、半委东风，半委小桥流水。　还是。苔痕湔雨，竹影留云，待晴犹未。兰舟静舣。西湖上、多少歌吹。粉蝶儿、守定落花不去，湿重寻香两翅。怎知人、一点新愁，寸心万里。"

六七、风入松

春园

听风听雨过清明。愁草瘗①花铭②。
⊙○⊙●●○△。⊙●● ○△。

楼前绿暗分携③路，一丝柳、一寸柔情④。
⊙○●●○○ ●，●○○、⊙●○△ 。

料峭⑤春寒中酒，迷离晓梦⑥啼莺。
⊙● ○○○●，⊙○○● ○△。

西园日日扫林亭。依旧赏新晴。
⊙○⊙●●○△。⊙●●○△。

黄蜂频扑秋千索，有当时、纤手⑦香凝。
⊙○○●●○ ●，●○○、⊙● ○△。

惆怅双鸳⑧不到，幽阶一夜苔生。
⊙●○○ ⊙●，⊙○○●●○△。

【题解】

《填词名解》云："《风入松》，古琴曲，李白诗：'风入松下清，露出草间白'，词取此以名。"又《风俗通义》："河间杂歌二十一章，内有《风入松》。"可见本调由来甚早，由琴曲变为乐府，再变为词。

【作者】

吴文英（1200—1260），字君特，号梦窗，晚号觉翁，四明人，南宋词人。其一生的词作数达340首，于有宋一代仅次于辛弃疾、苏轼及刘辰翁。

周邦彦之后词风开始吹起一股重视形式之风，史达祖、吴文英这一派的词人承继了形式至上的风格，开始创作堆砌的、华丽的咏物词作。然而这样的风格却常不见容于中国的词学审美标准，因此吴文英的词作饱受被边缘化之苦，而吴文英的名气也一直大不起来。但吴文英的文艺创作是有其价值及代表性的。由于梦窗词文本极端的晦涩性，历来研究者多从其行文中推占词人意思。以夏承焘、杨铁夫主张的"情事说"乃是梦窗词解读的主要说法之一，其基本论点为，吴文英的词作大部分与其生命中两位女性有关。《四库提要》评价说："天分不及周邦彦，而研练之功过之。词家之有吴文英，如诗家之有李商隐。"

【注释】

①瘗（yì）：埋葬。

②铭：在器物上刻字，表示纪念，永志不忘。

③分携：离别。

④柔情：温柔的感情。

⑤料峭：形容微寒，亦形容风力寒冷、尖利。

⑥晓梦：拂晓时的梦。多短而迷离，故常以喻人生短促，世事纷杂。

⑦纤手：女子柔细的手。

⑧双鸳：女子的绣鞋，借指女子的足迹。

【译文】

听着风、听着雨，又过了清明节，心怀惆怅地草拟葬花的铭文。楼前因绿荫而暗淡的那条路上是我们分手的地方，那里一条柳丝就象征了一寸的情意。春寒时喝醉了酒，在迷迷糊糊的白日梦中梦到了啼叫的黄莺。

我每天都在西园洒扫地方，还像以往一样欣赏晴空。黄蜂频频扑到秋千的绳子上，因为那里还留着当时玉手的香气。可惜你没能再回到这里来，静静的石阶上一夜之间长满了青苔。

【作法】

本调十二句八韵共七十六字，上下片完全相同，平仄配置除第四句外皆是近体诗的配置模式，押韵则开端连韵、接着隔句一韵，亦是近体诗的押韵方式。在这样的情况下，它的音节显得相当和婉。唯一的激切处是"三—四"结构的第四句，应填以醒目的文字，同时作为结处的先声。

【例词】

（宋）晏几道："心心念念忆相逢。别恨谁浓。就中懊恼难拚处，是擘钗、分钿匆匆。却似桃源路失，落花空记前踪。　彩笺书尽浣溪红。深意难通。强欢觞酒图消遣，到醒来、愁闷还重。若是初心未改，多应此意须同。"

（宋）秦观："崇峦雨过碧瑶光。花木递幽香。青冥杳霭无尘到，比龙宫、分外清凉。霁景一楼苍翠。熏风满壑笙簧。　不妨终日此徜徉。宇宙总俳场。石边试剑人何在，但荒烟、蔓草迷茫。好酹杯中芳酒，少留树杪斜阳。"

（宋）陆游："十年裘马锦江滨。酒隐红尘。万金选胜莺花海，倚疏狂、驱使青春。吹笛鱼龙尽出，题诗风月俱新。　自怜华发满纱巾。犹是官身。凤楼常记当年语，问浮名、何似身亲。欲寄吴笺说与，这回真个闲人。"

六八、一剪梅

春思

一片春愁①带酒浇。

⊙●○○ ●●△。

江上舟摇。楼上帘招。秋娘②容与③泰娘④娇。

⊙●○△。⊙●○△。⊙○⊙● ●○△。

风又飘飘⑤，雨又潇潇⑥。

⊙●○△，⊙○●△。

何日云帆卸浦桥。

⊙●○○●●△。

银字筝⑦调。心字香⑧烧。流光⑨容易⑩把人抛。

⊙●○△。⊙●○△。⊙○⊙●●○△。

红了樱桃，绿了芭蕉。

⊙●○△，⊙○●△。

【题解】

一剪梅者，即一枝梅。古时远地赠人，辄以梅花一枝表相思。本调之由来，即为表示相思之音乐。

【作者】

蒋捷（1245—1301），字胜欲，号竹山，宋末元初词人，与周密、王沂孙、张炎并列"宋末四大家"。蒋捷生活在宋朝灭亡、蒙古人入侵江南的时期，尤其在南宋灭亡后他被迫多次迁徙，生活非常不稳定，晚年在太湖竹山定居，著有《竹山词》。蒋捷的词多承苏、辛一路，内容多为怀念故国、山河之恸，风格多样。

【注释】

①春愁：春日的愁绪。

②秋娘：歌妓女伶的通称。杜秋娘，唐金陵女子，李锜妾。锜灭入宫，穆宗命为皇子傅姆。漳王废，赐归故乡。杜牧有《杜秋娘诗》。

③容与：闲暇自得之貌。

④泰娘：唐代歌妓。刘禹锡《泰娘歌》序："泰娘，本韦尚书家主讴者，颇见称于贵游间；尚书薨，泰娘为蕲州刺史张愻所得。后愻谪武陵郡，卒；泰娘无所归，地远无有知其容与艺者，日抱乐器而哭。雒客闻之，为歌其事。"

⑤飘飘：风吹貌。

⑥潇潇：形容凄清、寒冷。

⑦银字筝：古筝的一种。筝管上标有表示音调高低的银字。

⑧心字香：炉香名。

⑨流光：指如流水般逝去的时光。

⑩容易：指某种事物发展变化的进程快。

【译文】

满怀春天的愁怨就这么用酒把它浇下去吧！我在江上，小舟摇晃，看到秦楼楚馆上的帘幕卷起，里面娇艳的女子正闲暇自得的样子。此时刮过了微风，也下起了小雨。

要哪一天才能到达停靠的地方呢？让我好弹琴、焚香，将这明媚的时光度过一遍，再看那樱桃变红、芭蕉变绿。

【作法】

本调十二句十二韵共六十字，上下片完全相同，是蒋捷就该调正体自行研发的变体，该调正体只需押六韵即可。但既然《白香词谱》所录者为蒋捷之体例，故分析亦就此展开。由每句的字数来看，分别是七、四、四、七、四、四，因此最直观的分断是分成两个"七、四、四"段落——这也正是本调正体的结构——但蒋捷的变体却要读作七、四—四—七、四—四，通过这样特别的结构，产生摇曳生姿的感觉，为这个始自晚唐的词牌翻出了一些新意。就文字而言，首句以七字描述一个场景，蒋捷甚至是直接抒情。无论如何，首句都要开门见山，其后三句都是对首句的补充。再后两个四字偶句则是对次局描述的场景的再补充。在这些句子中，其排比式的四言句最能显示作者的功力，因为连续排比，所以容易令人觉得太腻，如何在文字上安排变化，在反复咏唱的同时又不令人感到厌烦，是能否填好这阕词的关键。

【例词】

（宋）周紫芝："无限江山无限愁。两岸斜阳，人上扁舟。阑干吹浪不多时，酒在离尊，情满沧洲。　早是霜华两鬓秋。目送飞鸿，那更难留。问君尺素几时来，莫道长江，不解西流。"

（宋）李清照："红藕香残玉簟秋，轻解罗裳，独上兰舟。云中谁寄锦书来？雁字回时，月满西楼。　花自飘零水自流。一种相思，两处闲愁。此情无计可消除。才下眉头，却上心头。"

（宋）史达祖："秦客当楼泣凤箫。宫衣香断，不见纤腰。隔年心事又今宵。折尽冰弦，何用鸾胶。　些子轻魂几度销。兰骚蕙些，无计重招。东窗一段月华娇。也带春愁，飞上梅梢。"

六九、永遇乐

绿阴

清逼池亭①，润侵山阁②，云气③凝聚④。
⊙○○○ ，●●⊙● ，⊙●⊙▲ 。
未有蝉前，已无蝶后，花事⑤随流水。
⊙●○○ ，⊙○○● ，⊙●●○▲ 。

179

西园支径，今朝重到，半碍醉筇⑥吟袂⑦。

⊙○○●，⊙○○●，⊙●●○ ○▲。

除非⑧是、莺身瘦小，暗中引雏穿去。

⊙○ ●、○○○●，⊙○○●○▲。

梅檐滴溜，风来吹断，放得斜阳一缕。

⊙○⊙●，⊙○○●，●●○○○▲。

玉子⑨敲枰，香绡⑩落剪，声度⑪深几许。

⊙● ○○，⊙○○●，⊙● ○○▲。

层层离恨，凄迷⑫如此，点破⑬漫⑭烦轻絮。

⊙○○●，⊙○ ⊙●●，⊙● ● ○○▲。

应难认、争春⑮旧馆⑯，倚红杏处。

⊙○●、○○ ●● ，⊙○●▲。

【题解】

《填词名解》云："《永遇乐》，歇拍调也。唐杜秘书工小词，邻家有小女名酥香，凡才人歌曲悉能吟讽，尤喜杜词，遂成逾墙之好。后为仆所诉，杜竟流河朔。临行，述《永遇乐》词决别，女持纸三唱而死。第未知此调，创自杜与否。"可见此调创于中唐时期。

【作者】

蒋捷，参见本书第177页。

【注释】

①池亭：池边的亭子，水池和亭台。

②山阁：依山而筑的楼阁。

③云气：云雾，雾气。

④凝聚：积聚，聚合。

⑤花事：关于花的情事。春季百花盛开，故多指游春看花等事。

⑥筇（qióng）：一种竹子，可以做手杖。

⑦袂（mèi）：衣袖，袖口。

⑧除非：犹只有。表示唯一的条件。

⑨玉子：玉制的围棋子。喻落梅。

⑩香绡（xiāo）：生丝织物。

⑪声度：犹声调。

⑫凄迷：悲伤怅惘。

⑬点破：道破，点穿。

⑭漫：或作"谩"，莫，不要。

⑮争春：争艳于春日。

⑯旧馆：旧日的馆舍。

【译文】

清凉环绕着池边的亭子，水汽也渗入了山上的楼阁，云朵在此凝聚。现在还没到蝉的季节，但已经没有蝴蝶了，春天的花朵也都随着流水逝去了。今天重新走到西园里的小径，行走时手中的竹杖和衣袖总是会沾到乱长的草木。大概只有瘦小的黄莺能够带着它的幼鸟从其中穿过去吧。

圆圆的屋檐，迎来了一阵风，一缕阳光透了下来。梅花落了下来，就像生丝被剪下来一样，声音十分低沉。一重重的离恨，令人如此哀伤，不需要再让这些飞絮来点破了。现在已经认不得，当年我看着房舍周边万花争妍时倚靠的那棵红杏了。

【作法】

本调二十二句八韵共一百零四字，上下片除首末外基本相同。硬性的文字要求上，首、次为四字对句，不用韵，第三句最好呈"平仄平仄"的拗句结构，下片结句例用"一——三"结构的"仄平仄仄"拗句。通观全词，可以发现四言句占多数，韵脚甚疏，这样的词可以立即推断节奏不甚缓慢，甚至多有古风，因而用字当以清瘦纯朴为主，不适合太过浓妆艳抹。文字既如此，表达的自然也是朴素、平淡的情感，是古人所提倡的"哀而不怨""乐而不淫"的至中至和。这样的平和，只有上片第三句及结句等两个例外处，上片的拗句在音乐上或有"吸引耳朵"的用意，文字稍微修饰即可达成任务，难点在于结句的"一——三"结构，这种结构中的"一"必然是对主人公动作的描写，这个动作是对之前偶句的转折，因此有赖其后文字的补语方能得到彰显，但留给补语的只有三个字的篇幅，同时亦限定必须押韵，是全词最难处。

【例词】

（宋）苏轼："明月如霜，好风如水，清景无限。曲港跳鱼，圆荷泻露，寂寞无人见。紞如三鼓，铿然一叶，黯黯梦云惊断。夜茫茫，重寻无处，觉来小园行遍。　天涯倦客，山中归路，望断故园心眼。燕子楼空，佳人何在，空锁楼中燕。古今如梦，何曾梦觉，但有旧欢新怨。异时对、黄楼夜景，为余浩叹。"

（宋）叶梦得："天末山横，半空箫鼓，楼观高起。指点栽成，东风满院，总是新桃李。纶巾羽扇，一尊饮罢，目送断鸿千里。揽清歌、余音不断，缥缈尚萦流水。　年来自笑无情，何事犹有，多情遗思。绿鬓朱颜，匆匆拚了，却记花前醉。明年春到，重寻幽梦，应在乱莺声里。拍阑干、斜阳转处，有谁共倚。"

（宋）解昉："风暖莺娇，露浓花重，天气和煦。院落烟收，垂杨舞困，无奈堆金缕。谁家巧纵，青楼弦管，惹起梦云情绪。忆当时、纹衾粲枕，未尝暂孤鸳侣。　芳菲易老，故人难聚。到此翻成轻误。阆苑仙遥，蛮

笺纵写、何计传深诉。青山绿水，古今长在，惟有旧欢何处。空赢得、斜阳暮草，淡烟细雨。"

七十、瑶台聚八仙

寄兴

秋月娟娟①，人正远、鱼雁②待拂吟笺③。

⊙●○△，○⊙●、○●●○△。

也知游事，多在第二桥④边。

●○○●，○●●○△。

花底鸳鸯深处睡，柳阴淡隔里湖⑤船。

⊙●○○●●，⊙○●○○△。

路绵绵⑥。梦吹旧曲，如此山川。

●○△。●○●●，○●○△。

平生几两谢屐⑦，便放歌自得⑧，直上风烟⑨。

○○⊙○●●，●⊙○●○，●●○△。

峭壁谁家，长啸⑩竟落松前。

●●○○，○●●●○△。

十年孤剑⑪万里，又何似、畦分抱瓮⑫泉。

⊙○⊙●●●，●⊙●○、○●⊙● △。

中山酒⑬、且醉餐石髓⑭，白眼⑮青天。

○○●、●●○○●，⊙● ⊙△。

【题解】

古时传说，仙人居住于瑶台。八仙之称，最早起源于唐代，指李白、贺知章、李适之、王琎、崔宗之、苏晋、张旭、焦遂为"饮中八仙"。本调即并取上义以为名。又名"新雁过妆楼""八宝妆"。

【作者】

张炎（1248—1320），字叔夏，号玉田，晚年号乐笑翁，祖籍陕西凤翔，生于临安，宋代词人。张炎创作了中国最早的词论专著《词源》，总结整理了宋末雅词一派的主要艺术思想与成就，其中以"清空""骚雅"为主要主张。

【注释】

①娟娟：明媚貌。

②鱼雁：代指书信。

③吟笺：诗稿。

④第二桥：在西湖苏堤上，名锁澜。

⑤里湖：孤山路自断桥至西泠桥，划西湖为二，白堤南曰外湖，北曰里湖。

⑥绵绵：连续不断貌。

⑦谢屐：一种前后齿可装卸的木屐。原为谢灵运游山时所穿，故称。

⑧自得：自己感到得意或舒适。

⑨风烟：风与烟，风与尘。

⑩长啸：撮口发出悠长清越的声音。古人常以此述志。

⑪孤剑：一把剑。亦借指单独的武士。

⑫抱瓮：传说子贡，在汉阴见一位老人一次又一次地抱着瓮去浇菜，就建议他用机械汲水。老人不愿意，并且说："吾非不知，羞而不为也。"后用以喻安于拙陋的淳朴生活。

⑬中山酒：《搜神记》："狄希，中山人，能造中山酒，饮之千日醉。"

⑭石髓：即石钟乳。古人用于修仙服食之用。

⑮白眼：露出眼白。表示鄙薄或厌恶。

【译文】

秋天的月亮如此美好。人已经远去，传送信件的鱼和雁正在等待诗稿的完成。它们也知道游览吟诗的事情，多发生在第二桥这边。这里的花丛深处有鸳鸯正在睡眠，柳树的浓阴也隔开了里湖的船只。道路是如此悠长。在梦里我吹起了旧日的曲子，感叹着这样的江山。

我这辈子常到山里游览，然后自由地唱歌，让歌声随风飞向天空。峭壁边那是谁的家呢？长啸的声音传到了松树前面。长年持剑万里奔波，还不如此时拙陋的淳朴生活。天天喝着美酒，修仙服石，不再把青天放在眼里。

【作法】

本调十八句九韵共九十九字。平仄要点有二：上片第二句"雁"字，例用去声；结句除"眼""天"平仄一定外，"白""青"二字一平一仄，究竟孰为平孰为仄，则由填词者自行判断。观察本调各句的平仄，基本是近体诗的句法，粘对合例，可见声调是较为和谐的。又押平声韵，足见本调的情感色彩并不是太强烈的，适合表达闲适、平和的情感。但平和不代表平淡，在表达这样的故事时，亦应稍微添加一些起伏，以使故事变得更加峰回路转。适合添加起伏的，在于上下片合计共五个连续三个以上仄声字的句子之中，以及上片结处的拗句。但无论是如何起伏，都要能够快速地平复下来，是本调的主要要求。

【例词】

（宋）张炎："楚竹闲挑。千日酒、乐意稍稍渔樵。那回轻散，飞梦便觉迢遥。似隔芙蓉无路到，如何共此可怜宵。旧愁消。故人念我，来问寂寥。　登临试开笑口，看垂垂短发，破帽休飘。款语微吟，清气顿扫花妖。明朝柳岸醉醒，又知在烟波第几桥。怀人处，任满身风露，踏月吹箫。"

（清）朱彝尊："苦忆丁香，花发后、潞水归计初谐。秋帆一叶，放溜直渡清淮。蟹舍菰乡能几日，又谁知乐事全乖。暗尘埋。紬儿卷幔，燕也分钗。　堪怜此日骑省，写哀思不住，总为情差。人以骖鸾，尚教营奠营斋。青天碧海夜夜，算明月、何从更堕怀。灯前泪，滴秋风长簟，暮雨空阶。"

（清）赵熙："翠岭如苔。烟霄外，森然万古云胎。夜堂清磬，疑自石壁中来。此地唐年仙子会，寺门巨茯手亲栽。认磨崖，杜宇二月，红上瑶台。　盘盘苍龙瘦脊，合乱山嫩绿，海气浮杯。太清坛上，人在第一蓬莱。群真定朝绛阙，算碧落、芙蓉花正开。沧桑感，剩四围丹气，霞护天台。"

七一、水龙吟

白莲

仙人掌上芙蓉①，涓涓②犹滴金盘③露。

〇〇〇●〇〇，⊙〇　〇●〇〇▲。

轻妆④照水，纤裳玉立⑤，飘飘⑥似舞。

⊙〇　●●，⊙〇●●，　〇〇　●▲。

几度消凝⑦，满湖烟月，一汀鸥鹭。

⊙〇〇〇，⊙〇〇●，⊙〇〇▲。

记小舟夜悄，波明香远，浑不见、花开处。

●⊙〇〇●，⊙〇⊙●，⊙●●、〇〇▲。

应是浣纱人⑧妒。褪红衣⑨、被谁轻误。

⊙●⊙〇〇　▲。●●〇〇　、〇〇〇▲。

闲情⑩淡雅⑪，冶姿⑫清润⑬，凭娇待语。

⊙〇　●●，　⊙〇　〇●，⊙〇●▲。

隔浦相逢，偶然倾盖⑭，似传心素。

⊙●〇〇，偶〇〇●，　⊙〇〇▲。

怕湘皋佩解⑮，绿云⑯十里，卷西风去。

●〇〇〇●，〇〇⊙●，卷〇〇▲。

【题解】

《填词名解》:"水龙吟,越调曲也,采李白诗'笛奏龙吟水'。一名'小楼连苑',取秦观词'小楼连苑横空'之句。"又有"庄椿岁""海天阔处"等名。

【作者】

张炎,参见本书第184页。

【注释】

①仙人掌上芙蓉:《史记·武帝本纪》:"作柏梁铜柱仙人掌之属。"注:"仙人以手掌擎盘,承甘露也。"

②涓涓:形容清白纯洁。

③金盘:金属制成的盘。

④轻妆:淡妆。

⑤玉立:比喻姿态修美。

⑥飘飘:举止轻盈洒脱貌。

⑦消凝:销魂,凝神。谓因伤感而出神。

⑧浣纱人:相传谢灵运在浙江青田的浣纱溪见二女浣纱,嘲曰:"我是谢康乐,一箭射双鹤。试问浣纱女,箭从何处落?"二女答曰:"我是溪中鲫,暂出溪头食。食罢又还潭,云踪何处觅?"遂不见。

⑨红衣:荷花瓣的别称。

⑩闲情:闲散的心情。

⑪淡雅:素净雅致。

⑫冶姿:艳丽的容貌。

⑬清润:清新柔和。

⑭倾盖:指初次相逢或订交。

⑮湘皋佩解:即汉皋解佩,语出《列仙传》:"江妃二女,游于江滨,见郑交甫,遂解佩与之。交甫受佩而去,数十步,怀中无佩,女亦不见。"后世因此以"解佩"为男女定情之词。

⑯绿云:绿叶。又可指女子乌黑光亮的秀发。

【译文】

仙人雕像的手掌上捧着芙蓉花，花瓣上的露水滴到了金色的盘子之中。水面照着那素雅的外貌，纤细地站立在那里，风起时又似在跳舞。有几次伴着湖里的月影、沙洲上的水鸟，徘徊凝望。还记得当时我驾着小舟在夜半时分来到这里，虽然月光明亮、花香浓厚，却完全看不到花在哪里。

应该是怕被仙女嫉妒吧，于是褪下了红衣，让人轻易地忽视了。但仍闲适素雅，容颜仍是那样清新柔和，露着欲语还休的娇态。隔着水汗见到，虽是初次相逢，却好像心意能够相通。只怕虽然定情了，但那美好的样貌一下就被西风卷走了。

【作法】

除上片次句是七言奇句、下片次句为上三下四结构外，本词的句式以偶句为主，以三个偶句组成一个片段。即如各片倒数第三句，看似五言，其实亦是一个领字加上一个四言偶句的结构。我们都知道，中国最早的诗歌主要是四言诗，故而本词这种作法展现出来的便是一种古朴的风貌，适合用来描写简单素雅的对象，如本书所选的白莲，便是最佳的例证。唯词人咏物多是为了抒怀，此一词牌的创立者亦想到了这一点，故而在平铺直叙之后，各片倒数第三句加入了领字，领字必须使用去声字，才能在原本平淡的旋律中激起波澜，进而使作者的感情得到寄托的位置，真正做到情景交融的境界。

【例词】

（宋）章楶："燕忙莺懒芳残，正堤上、柳花飘坠。轻飞乱舞，点画青林，全无才思。闲趁游丝，静临深院，日长门闭。傍珠帘散漫，垂垂欲下，依前被、风扶起。　兰帐玉人睡觉，怪春衣、雪沾琼缀。绣床渐满，香球无数，才圆却碎。时见蜂儿，仰粘轻粉，鱼吹池水。望章台路杳，金鞍游荡，有盈盈泪。"

（宋）苏轼："似花还似非花，也无人惜从教坠。抛家傍路，思量却是，无情有思。萦损柔肠，困酣娇眼，欲开还闭。梦随风万里，寻郎去处，又还被、莺呼起。　不恨此花飞尽，恨西园、落红难缀。晓来雨过，遗踪何在，一池萍碎。春色三分，二分尘土，一分流水。细看来不是、杨花点点，是离人泪。"

（宋）晁补之："问春何苦匆匆，带风伴雨如驰骤。幽葩细萼，小园低槛，壅培未就。吹尽繁红，占春长久，不如垂柳。算春长不老，人愁春老，愁只是、人间有。　春恨十常八九，忍轻辜、芳醪经口。那知自是、桃花结子，不因春瘦。世上功名，老来风味，春归时候。最多情犹有，尊前青眼，相逢依旧。"

七二、绮罗香

红叶

万里飞霜①，千山落木②，寒艳③不招春妒。
●●○○，　○○●●，　⊙● ●○○▲。
枫冷吴江，独客④又吟愁句。
⊙●○○，⊙● ●○○▲。
正船舣⑤、流水孤村⑥，似花绕、斜阳芳树。
●⊙⊙、　⊙●○○，●○⊙、⊙○○▲。
甚荒沟、一片凄凉，载情不去载愁去。
●○○、●●○○，⊙●⊙●●○▲。

长安⑦谁问倦旅⑧。羞见衰颜借酒⑨，飘零⑩如许。
○○ ○●●▲。○●⊙●○，飘○○▲。
漫倚新妆⑪，不入洛阳花谱⑫。
⊙●○○，　⊙●●○○▲。

189

为回风⑬、起舞樽前⑭，尽化作、断霞⑮千缕。

●⊙⊙ 、⊙●⊙⊙ ，●⊙● 、⊙○ ○▲。

记阴阴⑯、绿遍江南，夜窗听暗雨。

●○○ 、 ●●○○ ，●○○●▲。

【题解】

唐、宋时诗人常用"绮罗香"比喻豪华旖旎之境，如欧阳修诗："绮罗香里留佳客，弦管声来飐晚风。"词调即取以为名。

【作者】

张炎，参见本书第184页。

【注释】

①飞霜：降霜。

②落木：落叶。

③寒艳：冷艳。

④独客：独自为客。

⑤舣（yǐ）：使船靠岸。

⑥孤村：孤零零的村庄。

⑦长安：都城的通称。

⑧倦旅：倦于行旅的人。

⑨衰颜借酒：喻衰老的容颜。

⑩飘零：飘泊流落。

⑪新妆：本谓女子新颖别致的打扮修饰，此处喻树叶由绿转红。

⑫洛阳花谱：欧阳修《洛阳牡丹记》、周叙《洛阳花木记》，此处为花的代称。

⑬回风：旋风。

⑭尊前：在酒樽之前。指酒筵上。

⑮断霞：片段的云霞。

⑯阴阴：深邃貌。

【译文】

茫茫大地降霜了，山岭上的树叶也都落下了，这种冷艳不会引起春天的嫉妒。吴江一带的枫叶红了，独行的人吟起了哀愁的诗句。正是船在小村子靠岸的时候，风景就像是夕阳西下开满花朵的树一样。只是荒芜的河川尽是凄凉的气息，水上漂流的不是春情，而是哀愁。

京城还有谁会关心这些疲倦的旅行者呢？我真不愿意见到它们衰老的容颜，以及飘泊不定的生活。我宁可想着它们是化了新的妆，只是又不屑于与花朵同列。它们为着西风而在酒杯前翩然起舞，然后变成一丝丝的云霞，记录了此前江南满是深邃绿意时，那个在窗边听着夜雨的我。

【作法】

本调上片九句四韵，下片九句五韵，共一百零四字。上下片中段相同，首末二段大异。从这种结构可以知道，声情上主要的转折发生在这四行，其余部分则承担着铺陈故事的责任。各片的末句，下片较上片少二字，但上片以孤平接仄韵收尾，下片则是两个仄声收尾，在音调上上片亦是比较激动的，正是这种激动才能引出过片中的抒情效果。下片首三句共十六字二韵，与上片十四字一韵相比，语调自是快上许多，这是因为上片已经把故事陈述得差不多了，下片即将进入抒情的部分。是以从张炎的例词可以看到，上片所用的文字，除了末句外，大体是较为客观的写景，而到了下片，作者便开始将红叶拟人、抒发凋落时的情愁。在句式上，本调用了六个"三一四"结构的句子，体现在音声上是一种对动态的强调，故而搭配的文字也应以动态性的文字甚至直抒胸臆为主，不适合婉约的内容。

【例词】

（宋）史达祖："做冷欺花，将烟困柳，千里偷催春暮。尽日冥迷，愁里欲飞还住。惊粉重、蝶宿西园，喜泥润、燕归南浦。最妨它，佳约风流，钿车不到杜陵路。　沉沉江上望极，还被春潮晚急，难寻官渡。隐约遥峰，和泪谢娘眉妩。临断岸、新绿生时，是落红、带愁流处。记当日门掩梨花，剪灯深夜语。"

（宋）王沂孙："玉杵余丹，金刀剩彩，重染吴江孤树。几点朱铅，几度怨啼秋暮。惊旧梦、绿鬓轻凋，诉新恨、绛唇微注。最堪怜，同拂新霜，绣蓉一镜晚妆妒。　千林摇落渐少，何事西风老色，争妍如许。二月残花，空误小车山路。重认取，流水荒沟，怕犹有、寄情芳语。但凄凉、秋苑斜阳，冷枝留醉舞。"

（清）王夫之："流水平桥，一声杜宇，早怕雒阳春暮。杨柳梧桐，旧梦了无寻处。拚午醉日转花梢，甚夜阑风吹芳树？到更残月落西峰，泠然蝴蝶忘归路。　关心一丝别里，欲挽银河水，仙槎遥渡。万里闲愁，长怨迷离烟雾。任老眼月窟幽寻，更无人花前低诉。君知否，雁字云沉，难写伤心句。"

七三、疏影

梅影

黄昏片月①，似碎阴满地，还更清绝②。
○○●▲，●○○●●，⊙●●▲。

枝北枝南，疑有疑无，几度背灯难折。
⊙●○○，⊙●○○，⊙⊙●●○▲。

依稀③倩女离魂④处，缓步⑤出、前村时节。
○○●●○●，●●●、⊙○○▲。

看夜深、竹外横斜，应妒过云⑥明灭⑦。
●●⊙、●○○，⊙●● ○▲。

窥镜⑧蛾眉⑨淡扫，为容⑩不在貌，独抱孤洁⑪。
⊙● ○○●●，●○●●●，⊙●○▲。

莫是花光⑫，描取春痕，不怕丽谯⑬吹彻。

⊙●○○，⊙●○○，⊙●●○　○▲。

还惊海上燃犀⑭去，照水底、珊瑚疑活。

○○●●○○　●，⊙●●、⊙○○▲。

做弄得、酒醒天寒，空对一庭香雪⑮。

●●⊙、⊙●○○，⊙●●●○▲。

【题解】

林逋《山园小梅》诗："疏影横斜水清浅，暗香浮动月黄昏"，后遂以"疏影""暗香"代指梅花。《词源》云："词之赋梅，惟白石《暗香》《疏影》二曲，前无古人，后无来者"。可知本调为姜夔所创，且姜词名声亦较著，唯坊间有些著作据此批评《白香词谱》收录张炎之作而舒梦兰选材不当，则大可不必。本调又名"绿意"。

【作者】

张炎，参见本书第184页。

【注释】

①片月：弦月。

②清绝：凄清至极。

③依稀：相像，类似。

④倩女离魂：陈玄祐《离魂记》：唐张镒有女曰倩娘，与镒甥王宙相爱，后女别字，抑郁而病。宙赴京舟中，夜半，倩娘忽至，遂偕遁居蜀。五年，生二子，始归；则女固在室，病数年，未离闺阃也。两女既相见，翕然合为一体。后沿称少女之死曰倩女离魂。

⑤缓步：徐步，慢行。

⑥过云：飞过的云。

⑦明灭：忽隐忽现。

⑧窥镜：照镜子。

⑨蛾眉：借指女子容貌的美丽。

193

⑩为容：犹言修饰容貌。

⑪孤洁：孤高清白，洁身自好。

⑫花光：花的色彩。

⑬丽谯：华丽的高楼。

⑭燃犀：刘敬叔《异苑》卷七："晋温峤至牛渚矶，闻水底有音乐之声，水深不可测。传言下多怪物。乃燃犀角而照之。须臾，水族覆火，奇形异状。"后以"燃犀"指烛照水下。

⑮香雪：指梅花。

【译文】

黄昏时上弦月已经出现了，就像是月光碎裂了一地，却又比月光更为凄清。在树枝的四周，似乎还有着花朵，似乎又像是没有，如果不提灯来看，还真是看不出来。就像是倩女离魂那样，缓缓地漫步在这个时节的村子里面。一直到夜深了，在斜立的竹丛之外，飞过的云忽隐忽现。

对着镜子简单地描了一下画眉，修饰容貌的关键不在外表，而在能够洁身自好。花的光影映照了春天的痕迹，不怕被吹落到高楼之中。即使飘落了，流到海洋，仍像烛光一样摇曳，照亮了水底的珊瑚，仿佛仍有生命一般。也使我，在寒冷的天气里酒醒过来的时候，见到了铺满庭院的梅花。

【作法】

本调二十一句九韵一百一十字。上下片的差异在上片首句四字押韵，下片首句较上片多二字，且不押韵，其余基本一样。由是可知，过片中多出的两字，在音声上具有重要的作用，可将之视为层递，亦可将之视为转折。以本词为例，上片言"镜外"，下片"镜中"，即是说上片讲客观的风景，下片以梅花的自道来抒发作者的胸臆，"窥镜"这个动作即是对此一转折的展现，虽然它并不是全词的主旨，却是写作技巧的体现，可供习作者参考。

【例词】

（宋）姜夔："苔枝缀玉，有翠禽小小，枝上同宿。客里相逢，篱角黄昏，无言自倚修竹。昭君不惯胡沙远，但暗忆、江南江北。想佩环、月夜归来，化作此花幽独。　犹记深宫旧事，那人正睡里，飞近蛾绿。莫似春风，不管盈盈，早与安排金屋。还教一片随波去，又却怨、玉龙哀曲。等恁时、重觅幽香，已入小窗横幅。"

　　（宋）吴文英："占春压一。卷峭寒万里，平沙飞雪。数点酥钿，凌晓东风□吹裂。独曳横梢瘦影，入广平、裁冰词笔。记五湖、清夜推篷，临水一痕月。　何逊扬州旧事，五更梦半醒，胡调吹彻。若把南枝，图入凌烟，香满玉楼琼阙。相将初试红盐味，到烟雨、青黄时节。想雁空、北落冬深，澹墨晚天云阔。"

　　（宋）周密："冰条冻叶。又横斜照水，一花初发。素壁秋屏，招得芳魂，仿佛玉容明灭。疏疏满地珊瑚冷，全误却、扑花幽蝶。甚美人、忽到窗前，镜里好春难折。　闲想孤山旧事，浸清漪、倒映千树残雪。暗里东风，可惯无情，搅碎一帘香月。轻妆谁写崔徽面，认隐约、烟绡重叠。记梦回，纸帐残灯，瘦倚数枝清绝。"

七四、丑奴儿

春暮

嶂泥①油壁②人归后，满院花阴③。

⊙○⊙●　○○●，⊙●○△。

楼影沉沉。中有伤春④一片心。

⊙●○△。⊙●○○⊙●△。

闲穿绿树寻梅子，斜日⑤笼明。

⊙○⊙●○○●，⊙●　○△。

团扇⑥风轻。一径黄花不避人。

⊙●　○△。⊙●●○○⊙●△。

【题解】

《词律》：《全唐诗》作"采桑子"，此调为唐教坊大曲，一名"采桑"，一名"杨下采桑"；南卓《羯鼓录》作"凉下采桑"，属太簇角。冯正中词，名"罗敷艳歌"，李后主词，名"采桑子令"。宋初皆名"采桑子"，陈无己名"罗敷媚"，唯黄山谷名"丑奴儿"。唯黄庭坚的《丑奴儿》共六十二字，与本调大异，是以本词词牌应系"采桑子"，以免误会。《白香词谱》原书仍作"丑奴儿"，故仍从之，望读者多加注意。

【作者】

朱藻，生卒年不详，字元章，缙云人。两宋之际词人，南宋高宗绍兴三十年（1160 年）进士，官终焕章阁待制。有《西斋集》十卷，已佚，全宋词仅收录一首《采桑子》。

【注释】

①幛泥：垂于马腹两侧，用于遮挡尘土的东西。

②油壁：古人乘坐的一种车子。因车壁用油涂饰，故名。

③花阴：为花丛遮蔽而不见日光之处。

④伤春：因春天到来而引起忧伤、苦闷。

⑤斜日：傍晚时西斜的太阳。

⑥团扇：圆形有柄的扇子。古代宫内多用之，又称宫扇。

【译文】

骑着马、驾着车，回到了这里，此时的庭院已经被花树遮盖住了。暗暗的楼影中，可以见到伤怀春天的一颗心。

我悠闲地穿过绿树寻找梅子，西斜的太阳渐渐照亮了这里。用扇子扇起了微风，整条小路都是黄花、也不躲避人。

【作法】

本调八句六韵共四十四字，上下片完全相同，是早期词常见的形式。

196

从音声结构上来看，各片首、次两句基本是近体诗的结构，音调平和，适宜写景。若欲抒情，则应利用第三、四句，其中第三句应营造一种欲说还休的感觉，直到第四句再将剩余的内容和盘托出，制造戏剧性的张力，同时也能更添文字的韵味。

【例词】

（五代）冯延巳："花前失却游春侣，极目寻芳。满眼悲凉，纵有笙歌亦断肠。　林间戏蝶帘间燕，各自双双。忍更思量，绿树青苔半夕阳。"

（宋）晏殊："时光只解催人老，不信多情。长恨离亭，泪滴春衫酒易醒。　梧桐昨夜西风急，淡月胧明。好梦频惊，何处高楼雁一声。"

（宋）朱敦儒："一番海角凄凉梦，却到长安。翠帐犀帘。依旧屏斜十二山。　玉人为我调琴瑟，颦黛低鬟。云散香残。风雨蛮溪半夜寒。"

七五、荆州亭

题柱

帘卷曲栏独倚。江展暮云①无际②。

⊙●⊙○○▲。⊙●⊙○ ⊙▲。

泪眼不曾晴，家在吴头楚尾③。

⊙●○○，⊙●⊙○○▲。

数点雪花乱委。扑漉④沙鸥惊起。

⊙●○○▲。⊙●● ○○▲。

诗句欲成时，没入⑤苍烟⑥丛里。

⊙●●○○，⊙● ○○ ⊙▲。

【题解】

本词旧传题于荆州江亭柱间，因以为名，又称"江亭怨"。《异闻总录》云："荆州江亭柱间有词，黄鲁直读之，凄然曰：'似为予与也。'是夕梦女子曰：'吾家豫章吴城山，附客舟至此，堕水死，不得归，登江亭有感而作，不意公能识之。'鲁直惊窹曰：'此吴城小龙女也。'"神鬼之事毕竟不可考，故有人认为本调系黄庭坚所创，特托诸鬼神耳。本调又名"清平乐令"。

【作者】

吴城小龙女，宋代传说中的女鬼。据《异闻总录》：乾道六年（1170），吴明可莅守豫章，命朱景文负责修葺府中吴城龙王庙。及更塑偶像，朱景文指壁间所绘神女容相曰："必肖此乃佳。"凡三四易，然后可。夜间，朱景文梦有一女来谒，曰："君前身本南海广利王幼子，妾实奉箕帚。君今阳禄且尽，当复谐佳耦。"言毕，怆然而去。又有一说谓此词为黄庭坚所作，但皆不可考。

【注释】

①暮云：傍晚的天空。

②无际：犹无边、无涯。

③吴头楚尾：指古豫章（今江西省）一带。其地位于春秋吴的上游，楚的下游，故称。

④扑漉：象声词。形容拍翅声。

⑤没入：隐没，渐渐看不见。

⑥苍烟：苍茫的云雾。

【译文】

卷起帘幕，独自站在弯曲的栏干处。此时江上的彩霞无边无际。眼睛从来没有停止带着泪，我的家在豫章那一带。

一些雪花乱飞，落到沙洲上惊起了水鸟。吟成了几句诗句，随后隐没在苍茫的烟雾里面。

【作法】

本调共八句六韵四十六字，皆为仄起仄韵，显见声调上较为起伏、收尾时的感情也渐为激切。从结构上来看，本调与前面已经介绍过的《如梦令》很像，差别只在截去其尾、叠作双调，以及韵脚更密而已，似乎是同类的曲子，事实上却大谬不然。韵脚的加密，显示了音声的急促；《如梦令》的结处在音声上本是较为舒缓的，但本调将之删去，复叠之以前面四个逼仄的句子，更加强调了音声中的凄切不平，因此如果说《如梦令》的抒情是微笑低语的话，本调则是如泣如诉的。另外，《如梦令》首次两句必须对偶，本调则无此要求。

【例词】

（清）过春山："寒翠湿衣欲暮。烟际乱山无数。露滴宿鸥惊，飞过沙洲自语。　欲摘白苹寄与。几点鸣蓑丝雨。双桨趁潮平，载取江云归去。"

（清）邹弢："秋在芦花深处。瑟瑟凉波微度。明月可怜生，还照离人小住。　欲把心期细诉。隔着遥天云树。便说梦中寻，梦也何曾来去。"

（民国）杨圻："肠断无人无酒。人共残秋消瘦。秋雨有时晴，泪眼有时晴否。　楼外笙歌依旧。薄暮空房独守。小婢拭银釭，又是点灯时候。"

七六、醉花阴

重九

薄雾①浓云愁永昼②。瑞脑③销金兽④。

⊙●　⊙○○●▲　。⊙●　○○▲　。

佳节又重阳，玉枕⑤纱厨⑥，昨夜凉初透。

⊙●●○○，⊙●　○○，⊙○●○○▲。

东篱把酒⑦黄昏后。有暗香盈袖。

⊙○○●　○○▲。⊙●○○▲。

莫道不销魂⑧，帘卷西风，人比黄花⑨瘦。

⊙●●○○　，⊙●○○，⊙●○○　▲。

【题解】

《古杭杂记》："太学服膺斋上舍郑文，秀州人；其妻寄以《忆秦娥》云：'花深深，一勾罗袜行花阴；行花阴，闲将钿带结同心。'此调为同舍见者传播，酒楼妓馆皆歌之。"即本词命名之本。又《瑯嬛记》云："李易安作重阳《醉花阴》词，函致赵明诚。"可知本调为李清照所创。

【作者】

李清照（1084—1155），北宋齐州人，自号易安居士。李清照前后期作品风格迥异。宋室南渡前，李清照生活美满，作品热情活泼，明快天真，多写少女生活的无忧无虑，以及婚后的离别相思，充分表现女性闺阁的感情。宋室南渡之后，丈夫病死，又逢国家破亡，都一一映入词作之中，李清照多写颠沛流离之苦，孤独无依之悲，缠绵凄苦，而入于深沉的伤感。李清照对诗词的分界看的很严格，她在《词论》中提出"词，别是一家"之说。主张词必须尚文雅，协音律，铺叙，典重，故实。李清照将婉约词派推向了新的高峰。同时通过描写个人的苦难遭遇，反映出两宋之交整个国家、民族的历史悲剧，创造了"易安体"风格特点：以寻常语入词；格调凄婉悲怆；倜傥有丈夫气。

【注释】

①薄雾：淡薄的雾气。

②永昼：漫长的白天。

③瑞脑：香料名。即龙脑。

④金兽：兽形香炉。

⑤玉枕：玉制或玉饰的枕头。亦用作瓷枕、石枕的美称。

⑥纱厨：纱帐。室内张施用以隔层或避蚊。

⑦把酒：手执酒杯。谓饮酒。

⑧销魂：灵魂离散。形容极度的悲愁。

⑨黄花：指菊花。

【译文】

天气为云雾笼罩，我为此整日哀愁，香炉中的薰香也渐渐用尽了。又到了重阳佳节，躺卧室里的枕头之上、帘幕之中，还是感觉得到夜来阵阵的寒气。

黄昏时，我在东边的竹篱下持酒细酌，将菊花采摘放到袖中。别说我没有感到伤心，当西风将帘幕卷起的时候，你会发现我比菊花更消瘦。

【作法】

本调十句六韵共五十二字，上下片基本相同。这是北宋末期李清照创造的词牌，虽然十句中有九句是仄起句式，情感较为激动，但收尾有平有仄、韵脚有密有疏，其哀凄之感便显得不那么明显。又，本词的关键有二：（一）各片的结处三句，虽然韵脚较疏，但三句平仄结构相仿，故在写作时十四字需一气呵成，层层递进，对同一件事以不同的层面进行描写，通过排比的方式引出主题。（二）下片首句是全词唯一的平起句，因此节奏在此应放缓，不应急着进入抒情的部分。

【例词】

（宋）王庭珪："玉妃谪堕烟村远。犹似瑶池见。缺月挂寒梢，时有幽香，飞到朱帘畔。 春风岭上淮南岸。曾为谁魂断。依旧瘦棱棱，天若有

情，天也应须管。"

（宋）辛弃疾："黄花谩说年年好。也趁秋光老。绿鬓不惊秋，若斗尊前，人好花堪笑。 蟠桃结子知多少。家住三山岛。何日跨飞鸾，沧海飞尘，人世因缘了。"

（清）黄景仁："烟外钟声飘数杵。风过凉生苎。隔竹卷珠帘，几个明星，切切如私语。 灭烛坐，沉香一缕。怅好闲庭户。和泪嘱流萤，莫近莲塘，照见双栖羽。"

七七、凤凰台上忆吹箫

别情

香冷金猊①，被翻红浪，起来慵自梳头。

⊙●○○，⊙○○●，⊙○○●○△。

任宝奁②尘满，日上帘钩③。

●●○○　○●，⊙○●○△。

生怕④离怀⑤别苦，多少事、欲说还休。

⊙●○○●●，○●●、⊙●○△。

新来⑥瘦，非干病酒⑦，不是悲秋⑧。

○○●，○○●●，⊙●○△。

休休⑨。这回去也，千万遍阳关⑩，也则⑪难留。

○△。　⊙○●●，⊙●●○○，⊙●　○△。

念武陵人⑫远，烟锁⑬秦楼⑭。

●⊙○○　●，⊙●　○△　。

惟有楼前流水，应念我、终日^⑮凝眸^⑯。

⊙●⊙○⊙●，○⊙●、⊙● ○△。

凝眸处，从今又添，一段新愁。

○○●，○○●○，⊙●○△。

【题解】

《填词名解》："《列仙传》载秦弄玉事，词取以名。"按《列仙传》："萧史者，秦穆公时人，善吹箫，能致孔雀、白鹤，穆公女弄玉好之，公妻焉。一旦随凤飞去，故秦人为作凤女祠于雍宫中，时有箫声云。"又《水经注》："雍有凤台、凤女祠，秦穆公女弄玉好吹箫，公为筑凤台以居之。"故事相传，每入于诗，词名于焉以创。

【作者】

李清照，参见本书第200页。

【注释】

①金猊：香炉的一种。炉盖作狻猊形，空腹。焚香时，烟从口出。

②宝奁（lián）：梳妆镜匣的美称。

③帘钩：卷帘所用的钩子。

④生怕：只怕，唯恐。

⑤离怀：离人的思绪，离别的情怀。

⑥新来：近来。

⑦病酒：谓饮酒过量而生病。

⑧悲秋：对萧瑟秋景而伤感。

⑨休休：犹言不要。表示禁止或劝阻。

⑩阳关：古曲《阳关三迭》的省称。亦泛指离别时唱的歌曲。

⑪也则：亦是。

⑫武陵人：语出陶渊明《桃花源记》："晋太元中，武陵人捕鱼为业。一日，缘溪行，忽逢桃花林……"后世遂以武陵人为发现世外桃源之称。

⑬烟锁：烟雾笼罩。

⑭秦楼：见本词题解。

⑮终日：整天。

⑯凝眸：注视，目不转睛地看。

【译文】

香炉已经冷了，翻来覆去将红色的被子翻出了浪花，起来独自懒洋洋地梳头。任由镜匣上堆满灰尘、太阳日上三竿。我最怕离别的悲苦，有多少事想说却又最终还是没说。近来又变瘦了，不是因为酒喝得太多，也不是为秋天到来感到悲伤。

算了吧！这次离别，就算唱了千万遍《阳关》，也难以挽留。想到桃花源的故事已经过去了很久，秦楼现在也已隐没在烟雾之中。只有楼前淙淙而过的流水还会记得我整天在此闭目冥想。在我怀想的地方，从现在起，又多添了一份新的愁怨。

【作法】

本调共二十一句九韵共九十五字，虽然句子长度有许多变化，但在运用声律上仍坚持近体诗的基本法则，即是两句之间平仄相对，使得音节特别和谐。上下片的差异在于过片两字，以及首段的句式。上片首段是三个四、四、六言句，平仄相对，是古体诗常用的句型，显示开篇的音调是较为平和的；下片首段，撤除过片，是四、五、四言句，其中五、四言句虽然例有一顿，但合成一个九言句在文法上也能说得通，这就显示了情绪到了下片变得急凑了。而这种急骤感并非始于下片，事实上在上片的第二句，以领字带出两个四言句时，全曲的音调就已经加快了，这就形成了本调以直抒胸臆为主体的文字结构。正是这种轻写景、重抒情的要求，特别考验作者的功力，作者如何在不写实物的情况下令读者不会感到一头雾水，同时能够理解同情这种心情，李清照选择的方式是不断地先诉说一句，再自我否定，再立新说，再行否定，其实这些否定仍是肯定，终于形成一种愁肠千结、难以疏通的氛围。另外，下片结句"添"字虽是平声，但此为李清照为了将末两个四言句读成八言句时做的音声改动，初学者慎勿模仿。

【例词】

（明）马如玉："清夜无眠，湘帘不卷，潇潇雨打蕉窗。听秋声几点，滴碎秋肠。望断天涯芳讯，人寂寞、偏觉更长。灯花落，枕屏斜倚，睡鸭销香。　思量。旧欢团扇，只等闲抛却，尘冷兰房。数楼头征雁，影去潇湘。隔院吹来玉笛，声幽咽、渐入伊凉。桐叶响，金风阵阵，寒透罗裳。"

七八、声声慢

秋情

寻寻觅觅，冷冷清清①，凄凄②惨惨③戚戚。

○○○●，●●○○，　○○　●●　○▲。

乍暖乍寒④时候，最难将息⑤。

⊙●⊙○　⊙●，⊙○○▲。

三杯两盏淡酒，怎敌他、晚来风急。

○○●●○●，●●○、●○○▲。

雁过也，正伤心、却是旧时⑥相识⑦。

●●●，●○○、⊙●⊙　⊙▲。

满地黄花堆积⑧。憔悴⑨损，而今有谁堪摘。

⊙●⊙○⊙▲　。○●●　●，⊙○⊙●○○▲。

守着窗儿，独自怎生⑩得黑。

●●○○，⊙●○○　⊙▲。

梧桐更兼⑪细雨，到黄昏、点点滴滴。

○○●○　⊙●，●○○、●○○▲。

这次第，怎一个、愁字了得⑫。

●●●，●○○、○●●▲。

【题解】

《填词名解》："词以'慢'名者，慢曲也；拖音裊娜，不欲辄尽。"

【作者】

李清照，参见本书第 200 页。

【注释】

①冷冷清清：形容冷落寂寞。

②凄凄：悲伤，凄惨。

③惨惨：忧闷，忧愁。

④乍暖还寒：形容冬末春初气候忽冷忽热，冷热不定。

⑤将息：养息，休息。

⑥旧时：过去，昔日。

⑦相识：指彼此认识的人。

⑧堆积：聚集成堆。

⑨憔悴：凋零，枯萎。

⑩怎生：犹怎样，如何。

⑪更兼：更加上。

⑫了得：完成，了结。

【译文】

我寻觅着，寻觅着，只见一片冷冷清清，悲伤！愁闷！凄酸！在这忽暖忽寒的季节，实在很难静心休息。两三杯淡淡的酒，又怎么能抵得住晚来的秋风呢？大雁飞过去了，最令我伤心的是，原来我们是旧时的相识。

地面上堆满了菊花，现在都已经凋零了，还有谁愿意采摘呢？守着窗户，一个人怎么能够忍受黑夜？梧桐叶落，又有细雨飘飘，到了黄昏，一点一滴地落着。这样的情况，又岂止是一个"愁"字可以说尽的？

【作法】

本调十八句九韵共九十七字。开篇连用五对叠字，是本词脍炙人口之处，唯词谱中首句第三字例用平声，李清照使用了"觅"字（或下片的"点"等等），本是仄声，亦非多音字，故词学上称此种处理方式为"变声"——正如中学语文课堂上曾经听过的那样：古人写错字叫作"别字"，你得记住这些"别字"，考试会考；你写错字那就是"错字"，要扣分。——故读者欣赏则可，习作时仍应多加注意。本调正如词牌中的"慢"字，音调特别缓慢，因此搭配的文字节奏也应放慢，营造一种清冷寂静的感觉，像是自言自语，到了上片结处的连续三言句稍微奋起，但随后又归于平静，继续酝酿情绪，直到下片结束，再一气爆发。

【例词】

（宋）奚㴌："秋声淅沥，楚棹吴鞭，相逢易老颜色。桐竹鸣骚音韵，水云空觅。炎凉自今自古，信浮生、有谁禁得。漫回首，问黄花，还念故人犹客。　莫管红香狼藉。兰蕙冷，偏他露知霜识。木落山空，心事对秋明白。征衣暗尘易染，算江湖、随人宽窄。正无据，看寒蟾、飞上暮碧。"

（宋）辛弃疾："征埃成阵，行客相逢，都道幻出层楼。指点檐牙高处，浪涌云浮。今年太平万里，罢长淮、千骑临秋。凭栏望，有东南佳气，西北神州。　千古怀嵩人去，还笑我、身在楚尾吴头。看取弓刀，陌上车马如流。从今赏心乐事，剩安排、酒令诗筹。华胥梦，愿年年、人似旧游。"

七九、南乡子

春闺

晓日压重檐①，斗帐②春寒起未忺③。

⊙●●○△，　⊙○○●●△。

天气困人④梳洗⑤懒，眉尖⑥。淡画春山⑦不喜添。

⊙●○○　○●　●，　○△　。⊙○●○　●●△。

闲把绣丝挦⑧，认得金针又倒拈⑨。

⊙●●○△，⊙●●○●●△。

陌上游人归也未，忺忺⑩。满院杨花不卷帘⑪。

⊙●⊙○○●●，○△。⊙●○○●●△。

【题解】

南乡即南国，本为单调，为欧阳炯所创，冯延巳时添作双调，欧阳修则曾将前后俱减为四字，调名"减字南乡子"。

【作者】

孙道绚，生卒年不详，自号冲虚居士，南宋建安（今福建建瓯）人，平生所作诗词丰富，晚年遭焚毁，所剩诗词无几，仅存赵万里《校辑宋金元人词》本《冲虚词》一卷，共八首。

【注释】

①重檐：两层屋檐。

②斗帐：小帐。形如覆斗，故称。

③忺（xiān）：高兴，适意。

④困人：使人困倦。

⑤梳洗：梳头洗脸。也泛指妆扮。

⑥眉尖：双眉附近处。

⑦春山：春日山色黛青，因喻指妇人姣好的眉毛。

⑧挦（xún）：拉扯，拔取。

⑨拈（niǎn）：用手指搓揉。

⑩忺忺：懒倦貌，精神不振貌。

⑪卷帘：卷起或掀起帘子。

【译文】

破晓的太阳升到了屋檐上，小帐中仍然感觉到初春的寒冷，所以起来的时候我不太高兴。这种天气令人想睡，所以我也懒得梳洗，在眉毛上，简单地画了画眉，不想画得太复杂。

我无聊地拿起针线，一针又一针地绣着。远行的人到底还回不回来呢？真没意思。院子里落满了杨花，我却不想掀开帘幕。

【作法】

本调十句八韵共五十六字，上下片完全相同。除二字句外，全为仄起句式，韵脚则都押平韵，这在音声上展现的是一张一弛的效果，体现在文字上便应是一句之中或是名词起、动词收，抑或反之。总之，就是在这动静之间拿捏节奏，营造早期词牌最常描写的春闺之类的温柔的主题，以本调怀古或言志则恐怕力有未逮。此外，二字句要能做到不看后面的七言句、与前面七言句连着读却依然能够通顺，又要做到不看前面的七言句，与后面七言句并列在语义上亦可完满，三句合在一起又不能有重复，这是填本阕词的最大考验。

【例词】

（唐）李演："芳水戏桃英。小滴燕支浸绿云。待觅琼觚藏彩信，流春。不似题红易得沉。　天上许飞琼。吹下蓉笙染玉尘。可惜素鸾留不得，更深。误剪灯花断了心。"

（宋）晏几道："新月又如眉，长笛谁教月下吹。楼倚暮云初见雁，南飞。谩道行人雁后归。　意欲梦佳期，梦里关山路不知。却待短书来破恨，应迟。还是凉生玉枕时。"

（宋）苏轼："回首乱山横。不见居人只见城。谁似临平山上塔，亭亭。迎客西来送客行。　临路晚风清。一枕初寒梦不成。今夜残灯斜照处，荧荧。秋雨晴时泪不晴。"

八十、生查子

元夕

去年元夜①时，花市②灯如昼。月上柳梢头③，人约黄昏后。

⊙○○●● ，⊙●○○▲。⊙●●○○ ，⊙●○○▲。

今年元夜时，月与灯依旧。不见去年人，泪湿春衫袖。

⊙○○●● ，⊙●○○▲。○●●○○ ，⊙●○○▲。

【题解】

唐教坊曲。《填词名解》："查，古槎字；词名采海客事。"《博物志》："旧说天河与海通，近世有人乘槎西去，十余日中，犹睹日月星辰，后忽忽不觉昼夜。至一处，遥望宫中多织妇，一丈夫牵牛引之因还。后至蜀，问严君平，曰：'某年月日，有客星犯牵牛宿。'计年月正此人到天河时也。"又"生"可读作"星"，故"生查"即"星槎"。此为古代神话，民间多有吟咏，后来被收入乐府，五代以后则以之为词。

【作者】

朱淑真（1135—1180），号幽栖居士，南宋女词人。出身仕宦家庭，其父即临安知府朱晞颜，家境富足，受过良好的教育，通音律、能绘画。相传朱淑真婚后生活不幸福，离婚再嫁，最后仍抑郁而终，其词"含思凄婉，能道人意中事。"

【注释】

①元夜：即元宵。

②花市：卖花的集市。

③梢头：树枝的顶端。

【译文】

去年元宵节的时候，集市里的灯火像白天一样光亮。此时月亮升上了柳树的顶端，我们约在黄昏过后见面。

今年元宵节的时候，月亮和花灯仍和去年一样。但是没能见到去年的那个人，我的眼泪沾湿了衣袖。

【作法】

本调八句四韵共四十字，上下片完全相同。乍看很像两首五言绝句叠合而成，所不同者在于各片的结句平仄与前一句并不相对。这种调式说明了它虽然整体而言有着平和的语气，但在收尾之处情绪仍然稍有起伏。加上本调押的是仄声韵，更加显得平淡中带有不安定的因子。故而在情感色彩上，不若传统五言诗最终要回归中正平和那般，本调的感情是逐渐加强的，然后全文收在情感的最高潮处。

【例词】

（五代）魏承班："烟雨晚晴天，零落花无语。难话此时心，梁燕双来去。 琴韵对熏风，有恨和情抚。肠断断弦频，泪滴黄金缕。"

（宋）欧阳修："含羞整翠鬟，得意频相顾。雁柱十三弦，一一春莺语。 娇云容易飞，梦断知何处。深院锁黄昏，阵阵芭蕉雨。"

（宋）贺铸："风清月正圆，信是佳时节。不会长年来，处处愁风月。心将熏麝焦，吟伴寒虫切。欲遮就床眠，解带翻成结。"

八一、鹧鸪天

别情

玉惨花愁①出凤城②，莲花楼下柳青青。

⊙●○○ ●●△，⊙○⊙●●○△。

尊前③一唱④阳关⑤曲，别个⑥人人⑦第五程⑧。

⊙○⊙●○○●，⊙●○○●●△。

寻好梦，梦难成，有谁知我⑨此时情。

○●●，●○△，⊙○⊙●●○△。

枕前泪共阶前雨，隔个窗儿滴到明。

⊙○⊙●○○●，⊙●○○●●△。

【题解】

《填词名解》："鹧鸪天，一名'思佳客'，一名'于中好'，采郑嵎诗：'春游鸡鹿塞，家在鹧鸪天'。"又《宋史·乐志》引姜夔言："今大乐外，有曰夏笛鹧鸪，沉滞郁抑，失之太浊。"故鹧鸪亦可指一种类似笙笛的乐器。

【作者】

聂胜琼，生卒年不详，北宋汴京名妓、女词人。

【注释】

①玉惨花愁：形容女子忧愁貌。

②凤城：京都的美称。

③尊前：在酒樽之前。指酒筵上。

④一唱：谓一声歌唱。

⑤阳关：古曲《阳关三叠》的省称。亦泛指离别时唱的歌曲。

⑥别个：别过，与之分别。

⑦人人：用以称亲昵者。

⑧第五程：程，里程，古人称一站为一程。第五程，极言路程之远。

⑨知我：深切了解我。

【译文】

我悲伤地走出了京城，此时原本居住的楼下柳树正青青绿绿的。在酒杯前唱了一曲《阳关》，然后将你送到很远的地方。

我寻找着美梦，却又没能梦到。有谁知道我现在的心情？枕头上的泪和台阶上的雨，虽然隔着窗户，却一样都一直滴到天明。

【作法】

本调九句六韵共五十五字。上片基本是七言绝句的格式，下片除首句拆成两个三言句外，亦仍是七言绝句的格式。这样的安排，适合以温婉的方式抒情，万不可用太过激烈的字词，否则音声与文字便不能和谐。相较于近体诗，本调唯一的差别在于过片的两个三言句，这也是词与诗不同的地方——词的抒情性更强，而这两个三言句的形式，就是给作者在一片和谐之中，高呼两声之用，借由情感的一激一缓，烘托出作者的主旨。

【例词】

（宋）宋祁："画毂雕鞍狭路逢。一声肠断绣帘中。身无彩凤双飞翼，心有灵犀一点通。　金作屋，玉为笼。车如流水马游龙。刘郎已恨蓬山远，更隔蓬山几万重。"

（宋）晏几道："彩袖殷勤捧玉钟，当年拼却醉颜红。舞低杨柳楼心月，歌尽桃花扇底风。　从别后，忆相逢，几回魂梦与君同。今宵剩把银釭照，犹恐相逢是梦中。"

（宋）贺铸："重过阊门万事非。同来何事不同归。梧桐半死清霜后，头白鸳鸯失伴飞。　原上草，露初晞。旧栖新垅两依依。空床卧听南窗雨，谁复挑灯夜补衣。"

八二、人月圆

有感

南朝①千古②伤心事，还唱后庭花③。
⊙○⊙●　○○●，⊙●●○△。

旧时④王谢⑤，堂前⑥燕子，飞向谁家。⑦
⊙○⊙●，○○●●，⊙●○△。

恍然⑧一梦，仙肌胜雪⑨，宫鬓堆鸦⑩。
○○　⊙●，○○○●，⊙●○△。

江州司马，青衫泪湿，同是天涯。⑪
⊙○○●，○○●●，⊙●○△。

【题解】

王晋卿《元宵词》中有"华灯盛照，人月圆时"，即本词的由来。又因为本作末句化用白居易《琵琶行》的"江州司马青衫湿"句，故又名"青衫湿"。

【作者】

吴激（？—1142），字彦高，号东山，瓯宁人。北宋末年出使金，被金人留下，后仕金为翰林待制。金熙宗皇统二年（1142年）出知深州，到官三日卒。有《东山集》十卷，已佚。词与蔡松年齐名，时号"吴蔡体"，元好问推为"国朝第一作手"。

【注释】

①南朝：南北朝时期，据有江南地区的宋、齐、梁、陈四朝的总称。

②千古：久远的年代。

③后庭花：乐府清商曲吴声歌曲名。唐为教坊曲名。本名《玉树后庭花》，南朝陈后主制。其辞轻荡，而其音甚哀，故后多用以称亡国之音。

④旧时：过去，昔日。

⑤王谢：六朝望族王氏、谢氏的并称。

⑥堂前：正房前面。

⑦"旧时"三句：化用刘禹锡诗："旧时王谢堂前燕，飞入寻常百姓家。"

⑧恍然：猛然领悟貌。

⑨仙肌胜雪：喻肌肤白皙逾于雪，代指后妃，语出白居易《长恨歌》："中有一人字太真，雪肤花貌参差是。"

⑩宫鬟堆鸦：谓宫中梳妆两鬟堆作青鸦色，代指宫人，语出《古诗》："单衫杏子红，鸦鬟青雏色。"

⑪"江州"三句：化用白居易《琵琶行》："同是天涯沦落人，相逢何必曾相识……江州司马青衫湿。"

【译文】

南朝千年来令人伤心的那些事情，都化在《后庭花》曲中了。当年的豪门，如今都散落到了何方？

就好像梦一场，那美好的容颜，华贵的妇女。最终都和被贬谪的失意人一般，一同流落到了天涯，不由得潸然泪下。

【作法】

本调十一句四韵共四十八字。除去首二句外，全是四言句。四言句的特点就是文字应以直朴为主，不应加上太多的雕饰。而三个并置的四言句，前两个平仄相同，末个则相反，在音声上显示的便是前两句其实是一组层层递进的句子，可以对偶，不对亦可，终句则是对前二句的收束，意思应该要能更进一步地升华才是。

【例词】

（宋）王诜："小桃枝上春来早，初试薄罗衣。年年此夜，华灯盛照，人月圆时。　禁街箫鼓，寒轻夜永，纤手同携。更阑人静，千门笑语，声在帘帏。"

　　（金）元好问："玄都观里桃千树，花落水空流。凭君莫问，清泾浊渭，去马来牛。　谢公扶病，羊昙挥涕，一醉都休。古今几度，生存华屋，零落山丘。"

　　（元）张可久："小楼还被青山碍，隔断楚天遥。昨宵入梦，那人如玉，何处吹箫。　门前朝暮，无情秋月，有信春潮。看看憔悴，飞花心事，残柳眉梢。"

八三、望海潮

凯旋舟次

地雄河岳①，疆分韩晋，潼关②高压③秦头④。
⊙○○●，○○○●，⊙○ ⊙● ○△ 。
山倚断霞⑤，江吞绝壁⑥，野烟⑦萦带⑧沧洲⑨。
⊙●●○， ○○●●， ⊙○ ⊙● ○△ 。
虎旆拥貔貅⑩，看阵云⑪截岸，霜气横秋。
⊙●●○△， ●○○ ●● ， ⊙●○△ 。
千雉⑫严城⑬，五更残角⑭月如钩。
⊙● ○○， ●○○● ●○△ 。

西风晓入貂裘⑮。恨儒冠⑯误我，却羡兜牟⑰。
○○●●○△ 。●○○●● ，⊙●○△ 。
六郡⑱少年，三关⑲老将，贺兰⑳烽火㉑新收。
⊙● ●○， ○○ ●● ， ⊙○ ⊙● ○△ 。

天外^㉒岳莲楼，挂几行雁字，指引归舟^㉓。

○● ●○○，●⊙○⊙●，⊙●○△。

正好黄金^㉔换酒，羯鼓^㉕醉凉州^㉖。

⊙●○○ ●●● ●● ●○△。

【题解】

"望潮"，又名"招潮"，本来指的是海中的一种螃蟹，传说它在海浪来临时会举螯，有如招望。可知本调最初是咏物，其后才渐渐扩展到其他主题。

【作者】

折元礼（？—1221）金代词人。字安上。世为麟抚经略使。明昌五年（1194）两科擢第。学问该洽，为文有法度。官至延安治中。兴定五年（1221）蒙古军陷葭州，死于难。

【注释】

①河岳：黄河和五岳的并称。

②潼关：关隘名。在今陕西省潼关县东南，处陕西、山西、河南三省要冲，素称险要。

③高压：高高遮盖。

④秦头：指今陕西省汉中地区。

⑤断霞：片段的云霞。

⑥绝壁：陡峭的山壁。

⑦野烟：指荒僻处的霭霭雾气。

⑧萦带：环绕。

⑨沧洲：滨水的地方。

⑩貔貅（pí xiū）：古籍中的两种猛兽。多连用以比喻勇猛的战士。

⑪阵云：浓重厚积形似战阵的云。古人以为战争之兆。

⑫千雉：形容城墙高大。墙长三丈，高一丈为一雉。

⑬严城：戒备森严的城池。

⑭残角：远处隐约的角声。

⑮貂裘：貂皮制成的衣裘。

⑯儒冠：古代儒生戴的帽子。借指儒生。

⑰兜牟：古代战士戴的头盔。比喻士兵。

⑱六郡：原指汉的陇西、天水、安定、北地、上郡、西河六郡。喻边疆。

⑲三关：古代常以"三关"指国防要地，具体地点随时间而变，如汉以上党、壶口、石陉（皆在今之山西东南部）为"三关"，宋以溢津、瓦桥、淤口（皆在今河北雄县一带）为"三关"，明则以雁门、宁武、偏头为"外三关"，居庸、紫荆、倒马为"内三关"。

⑳贺兰：山名。一称阿拉善山。在宁夏回族自治区西北边境和内蒙古自治区接界处。

㉑烽火：指战争、战乱。

㉒天外：谓极远的地方。

㉓归舟：返航的船。

㉔黄金：比喻功名事业。

㉕羯鼓：古代打击乐器的一种。

㉖凉州：乐府名，属宫调曲。原是凉州一带的地方歌曲。

【译文】

潼关在黄河、五岳一带是最雄壮的，它划分了韩、晋两地，还高高地压制住了汉中平原。关隘旁的山壁倚靠着彩霞、吞没了渭水，水边的沙洲上烟雾缭绕。勇猛的战士们高举着军旗，有如云彩一般截断了河岸，刀剑上的寒气比秋天更加肃杀。千丈城墙围绕的要塞，在五更时分、新月如钩的时候响起了号角的声音。

清晨的时候，西风吹动了我的毛皮大衣。只恨我是个书生，真是太羡慕那些士兵了。征发自六郡地区的少年、镇守过三关的老将，贺兰山的烽火才刚刚熄灭。遥远的岳莲楼那里，正飞过几行大雁，指引着返乡的方向。

正好可以将我的功名事业换成美酒，在羯鼓的伴奏下，在凉州大醉一场。

【作法】

本调二十二句九韵共一百零七字，历来用于描写壮阔的景象，以及豪放的感情。之前每阕词都有的平仄分析也说得有点烦了，因为本调没有特别的平仄安排，所以这里就不再说了，只说结论：从篇章安排来看，上片起首三句应极言所述对象的波澜壮阔，以强烈的文字抓住读者的视线，其后情绪暂时舒缓，文字内容主要是对起首三句的补充，除第八句是带领字的"一——四"结构可以带入作者此时的动作之外，余皆以描述景物为宜。过片一转，带来了以抒情为主的下片。下片次句的领字是全篇情感的主旨，不宜草草带过，其后亦如上片一般，只是补充。直到结处二句，连着五个仄声字，标志着声情再度归于激越，与之前所描述的壮阔景象相结合，此处适合以强烈的动作收尾，表现出作者坚定的意志及对未来的希望。

【例词】

（宋）柳永："东南形胜，三吴都会，钱塘自古繁华。烟柳画桥，风帘翠幕，参差十万人家。云树绕堤沙，怒涛卷霜雪，天堑无涯。市列珠玑，户盈罗绮竞豪奢。　重湖叠巘清嘉，有三秋桂子，十里荷花。羌管弄晴，菱歌泛夜，嬉嬉钓叟莲娃。千骑拥高牙，乘醉听箫鼓，吟赏烟霞。异日图将好景，归去凤池夸。"

（宋）秦观："秦峰苍翠，耶溪潇洒，千岩万壑争流。鸳瓦雉城，谯门画戟，蓬莱燕阁三休。天际识归舟，泛五湖烟月，西子同游。茂草台荒，苎萝村冷起闲愁。何人览古凝眸。怅朱颜易失，翠被难留。梅市旧书，兰亭古墨，依稀风韵生秋。

狂客鉴湖头，有百年台沼，终日夷犹。最好金龟换酒，相与醉沧州。"

（宋）张元干："苍山烟澹，寒溪风定，玉簪罗带绸缪。轻霭暮飞，青冥远净，珠星璧月光浮。城际涌层楼。正翠帘高卷，绿琐低钩。影落尊罍，气和歌管共清游。　使君冠世风流。拥香鬟凭槛，雾鬓凝眸。银烛暖宵，花光照席，谯门莫报更筹。逸兴醉无休。赋探梅芳信，翻曲新讴。想见疏枝冷蕊，春意到沙洲。"

八四、玉漏迟

咏怀

浙江①归路②杳。西南却羡，投林③高鸟④。
●○　○● ▲。○○●●，⊙○　○▲。

升斗⑤微官⑥，世累⑦苦相萦绕⑧。
⊙● ○○，　●⊙　●○○ ▲。

不似麒麟殿⑨里，又不与、巢由⑩同调⑪。
⊙●○○○里，●⊙●、○○　○▲。

时自笑，虚名⑫负我，半生吟啸⑬。
○●●，⊙○　●●　○○▲。

扰扰⑭马足车尘⑮，被岁月⑯无情，暗消年少。
⊙○　●●○○，　●⊙　○○，⊙○○▲。

钟鼎山林⑰，一事几时曾了。
⊙●○○ ，　⊙●●○○▲。

四壁⑱秋虫夜雨，更一点、残灯⑲斜照⑳。
⊙●　○○●●，⊙●●、　○▲。

清镜晓，白发又添多少。

○●●，⊙●●○○▲。

【题解】

《宋史·乐志》："真宗《封禅六州》：'良夜永，玉漏正迟迟。'"当为本调之起源，最早应是庙堂乐章。

【作者】

元好问（1190—1257），字裕之，号遗山，山西秀容人，世称遗山先生。金、元之际著名文学家。其诗刚健、其文弘肆、其词清隽，缺点是"往往自蹈窠臼"。元好问的诗词可以说是金元两代诗词的代表。今存词377首，艺术上以苏、辛为典范，兼有豪放、婉约诸种风格，当为金代词坛第一人。

【注释】

①淅江：即淅水，源出河南卢氏，南流经内乡、淅川，与丹水合流入均水。

②归路：归途，往回走的道路。

③投林：谓鸟兽入林。借喻栖身或归隐。

④高鸟：高飞的鸟。

⑤升斗：比喻微薄的薪俸。

⑥微官：小官。

⑦世累：世俗的牵累。

⑧萦绕：萦回。

⑨麒麟殿：麒麟阁，汉代阁名。在未央宫中。汉宣帝时曾图霍光等十一功臣像于阁上，以表扬其功绩。古时多以画像于"麒麟阁"表示卓越功勋和最高的荣誉。

⑩巢由：巢父和许由的并称。相传皆为尧时隐士，尧让位于二人，皆不受。因用以指隐居不仕者。

⑪同调：音调相同，比喻有相同的志趣或主张。

⑫虚名：没有实际内容或与实际内容不合的名称、名义等。

⑬吟啸：悲叹，哀号。

⑭扰扰：纷乱貌，烦乱貌。

⑮马足车尘：喻四处奔波，生活动荡不定。

⑯岁月：年月。泛指时间。

⑰钟鼎山林：比喻富贵和隐逸。

⑱四壁：形容家境贫寒，一无所有。

⑲残灯：将熄的灯。

⑳斜照：光线从侧面照射。

【译文】

回到浙江一带大概是没什么希望了。往西南一带行路时，我是多么羡慕那些归隐的人。身为薪俸低微的小官，被各种世俗杂务捆绑住。不像皇城里的那些大官，也不像隐居山林的隐士。我常常自嘲，被这无意义的头衔绑住了，大半辈子只能悲叹。

纷扰的四处调动，被无情的时光偷偷带走了我的青春。富贵和隐逸，我都没能得到。四面的墙壁爬满了秋天的虫子、漏进了秋天的夜雨，只剩下一点蜡烛的光芒。到了清晨，对着镜子，我又长了多少白发？

【作法】

本调十九句九韵共九十三字。上片以一个音节逼仄的五字仄韵句开篇，以沉郁的音调开始全文，奠定本词情感低回、欲吐还吞的基调。由于声情上的这个特性，本调不适合写作欢快的主题。而在文章结构上，开篇五字最为重要，后续八十八字，皆只是对此五字的说明，因此填词时应先充分考虑全词想要表达什么情感后，将这种情感凝结成五个字放在此处，再行展开。另外，本调大量使用四、六言句，文字上应尽量质朴，不宜有过多的雕饰。本调的妙处便在于用最质朴的语言，传达最深厚的情感。

【例词】

（宋）宋祁："杏香飘禁苑，须知自昔，皇都春早。燕子来时，绣陌渐熏芳草。蕙圃夭桃过雨，弄碎影、红筛清沼。深院悄。绿杨巷陌，莺声争巧。

早是赋得多情，更遇酒临花，镇辜欢笑。数曲阑干，故国漫劳登眺。汉外微云尽处，乱峰锁、一竿斜照。归路杳。东风泪零多少。"

（宋）吴文英："雁边风讯小，飞琼望杳，碧云先晚。露冷阑干，定怯藕丝冰腕。净洗浮空片玉，胜花影、春灯相乱。秦镜满。素娥未肯，分秋一半。　每圆处即良宵，甚此夕偏饶，对歌临怨。万里婵娟，几许雾屏云幔。孤兔凄凉照水，晓风起、银河西转。摩泪眼。瑶台梦回人远。"

（宋）周密："老来欢意少。锦鲸仙去，紫霞声杳。怕展金奁，依旧故人怀抱。犹想乌丝醉墨，惊俊语、香红围绕。闲自笑。与君共是，承平年少。

雨窗短梦难凭，是几番宫商，几番吟啸。泪眼东风，回首四桥烟草。载酒倦游甚处，已换却、花间啼鸟。春恨悄。天涯暮云残照。"

八五、点绛唇

闺情

一夜东风，枕边吹散愁多少。数声啼鸟，梦转纱窗①晓。
●●○○，⊙○○⊙●○▲。●○○▲，⊙●○○▲。

来是春初，去是春将老。长亭②道，一般③芳草，只有归时好。
⊙●○○，⊙●○○▲。○○▲，●○○▲，⊙●○○▲。

【题解】

江淹诗："白雪凝琼貌，明珠点绛唇"，即本调名称之由来。又有"点樱桃""南浦月""消头雨"等别名。

【作者】

曾允元，字舜卿，号鸥江，元江西太和人，生平不详。

【注释】

①纱窗：蒙纱的窗户。

②长亭：古时于道路每隔十里设长亭，故亦称"十里长亭"。供行旅停息。近城者常为送别之处。

③一般：一样，同样。

【译文】

吹了一夜的东风，枕边的愁被吹走了多少？几声鸟鸣，梦醒了，见到窗外已是清晨。

春初的时候你来了，春尽的时候你走了。送别的道路上，长满了青草，但只有你再回来时这些青草才是美好的。

【作法】

本调九句七韵共四十一字。从数字来看，韵脚甚密，说明所表达的情感是较为急促的。但急促不等于直白，从上片各句的平仄粘对情况来看，依然还是较为平和的。这样一来，体现在文字上，首先应该要形成一种似在说着别人的故事的感觉，但又不能如此平淡，因为那其实是自己的事，因此会形成一种开始时平淡，说到后来渐渐控制不住、想要把情绪都发泄出来的感觉。因此，到了下片，文字风格会变得与上片大异，直接且剧烈地书写感情，不再如上片一般假装成别人故事那种扭扭捏捏的口吻。正是透过这样的对比，作者的感情由是得到彰显。

【例词】

（五代）冯延巳："荫绿围红，梦琼家在桃源住。画桥当路，临水开朱户。　柳径春深，行到关情处。翠不语，意凭风絮，吹向郎边去。"

（宋）王禹偁："雨恨云愁，江南依旧称佳丽。水村渔市。一缕孤烟细。天际征鸿，遥认行如缀。平生事。此时凝睇。谁会凭阑意。"

（宋）晏几道："花信来时，恨无人似花依旧。又成春瘦，折断门前柳。天与多情，不与长相守。分飞后，泪痕和酒，占了双罗袖。"

八六、满江红

金陵怀古

六代①豪华，春去也、更无消息。

⊙● 　○○，⊙⊙●、⊙○⊙▲。

空怅望②，山川③形胜④，已非畴昔⑤。

⊙⊙● ，　○○ ○●，●○○▲。

王谢堂前双燕子，乌衣巷口曾相识。⑥

⊙●○○●● ，　○○●○○▲。

听夜深寂寞打孤城，春潮⑦急。

●⊙○○⊙●● ，　○○ ▲。

思往事，愁如织。怀故国，空陈迹⑧。

○⊙● ，○○▲。⊙○● ，○○▲。

但荒烟⑨衰草⑩，乱鸦斜日⑪。

●○○ ○● ，　●○○▲。

玉树⑫歌残秋露冷，胭脂井⑬坏寒螀⑭泣。

⊙● 　⊙○○●● ，⊙○○ ●○○ 　▲。

到如今只有蒋山⑮青，秦淮⑯碧。

●⊙○○⊙●○ ○，　○○ ▲。

【题解】

《填词名解》：“唐《冥音录》载曲名《上江虹》，后转二字，得今名。”唯“上”与“满”发音差异极大，故未知中间有何转折。

白香词谱全鉴

【作者】

萨都剌（1272—1355），字天锡，庵号直斋，元代著名诗人、画家、书法家。蒙古化色目人。幼年家贫。早年科举不顺，以经商为业。到泰定四年（1327）才中进士，一生只做过一些卑微的官职。萨都剌的诗词以娴熟的艺术手段，广泛而深刻地反映了元代的社会生活，为中国历史提供了线索；艺术成就较高，但也有论者认为思想性不高。

【注释】

①六代：指三国吴、东晋和南朝之宋、齐、梁、陈。

②怅望：惆怅地看望或想望。

③山川：山岳，江河。借指景色。

④形胜：谓地理位置优越，地势险要。

⑤畴昔：往日，从前。

⑥"王谢"两句：语出刘禹锡《乌衣巷》："朱雀桥边野草花，乌衣巷口夕阳斜。旧时王谢堂前燕，飞入寻常百姓家。"

⑦春潮：春天的潮水。

⑧陈迹：旧迹，遗迹。

⑨荒烟：荒野的烟雾。常指荒凉的地方。

⑩衰草：枯草。

⑪斜日：傍晚时西斜的太阳。

⑫玉树：南朝陈后主所作歌曲《玉树后庭花》的省称。

⑬胭脂井：即南朝陈景阳宫的景阳井，故址在今南京市。隋兵南下，后主与妃张丽华、孔贵嫔并投此井，卒为隋人牵出，故又名辱井。井有石栏，呈红色，好事者附会为胭脂所染，呼为胭脂井。

⑭寒螀（jiāng）：即寒蝉。借指深秋的鸣虫。

⑮蒋山：即钟山。又名紫金山，在南京东北。汉末有秣陵尉蒋子文逐盗死于此，三国吴孙权为立庙于钟山，因改称蒋山。

⑯秦淮：河名。流经南京。相传秦始皇南巡至龙藏浦，发现有王气，

于是凿方山，断长垄为渎入于江，以泄王气，故名秦淮。

【译文】

六朝的繁华，随着春天的离去，都没有消息了。我只能徒劳地看着，那些早无英雄驰骋的山川和风景。王谢堂前的燕子，我似乎在乌衣巷口还曾经见过。但夜深了，这座城池显得如此寂寞，只剩下长江春天的潮水拍打的声音。

想起过去的事情，哀愁变得绵延不绝。怀念当年的邦国，如今只剩下遗迹。在一片烟雾和枯草之中，夕阳西下之时，乌鸦乱飞。听罢了《玉树后庭花》的曲子，露水已经十分寒冷了，当年的胭脂井也已经崩坏，剩下寒蝉的哀鸣。这里所剩下的只有长满树木的紫金山，及水呈碧色的秦淮河。

【作法】

本调十九句八韵共九十三字。拜岳飞之赐，后世许多人将本调重新加上音乐然后演唱，读者可以自行搜寻相关版本，自行体会音声结构，从而判断在什么地方应填上什么类型的文字、何处应急何处应缓等，此处不再饶舌。需要一提的是，历来填写本调者韵脚一般使用短促的入声韵，藉此抒写激壮情感。当然，诗词名家偶尔也会变些花样，如姜夔曾将此一词牌改为平声韵以作为迎神送神的歌曲，使得全词音节上不再那么短促，但同时保有热闹雄壮的特质，很好地展现了祭典的场景。详情请参考"例词"的部分。

【例词】

（宋）柳永："暮雨初收，长川静、征帆夜落。临岛屿、蓼烟疏淡，苇风萧索。几许渔人飞短艇，尽载灯火归村落。遣行客、当此念回程，伤漂泊。

桐江好，烟漠漠。波似染，山如削。绕严陵滩畔，鹭飞鱼跃。游宦区区成底事，平生况有云泉约。归去来、一曲仲宣吟，从军乐。"

（宋）岳飞："怒发冲冠，凭阑处、潇潇雨歇。抬望眼、仰天长啸，壮怀激烈。三十功名尘与土，八千里路云和月。莫等闲、白了少年头，空悲切。

靖康耻，犹未雪。臣子恨，何时灭。驾长车踏破，贺兰山缺。壮志饥餐胡虏肉，笑谈渴饮匈奴血。待从头、收拾旧山河，朝天阙。"

（宋）姜夔："仙姥来时，正一望、千顷翠澜。旌旗共、乱云俱下，依约前山。命驾群龙金作轭，相从诸娣玉为冠。向夜深、风定悄无人，闻佩环。

神奇处，君试看。奠淮右，阻江南。遣六丁雷电，别守东关。却笑英雄无好手，一篙春水走曹瞒。又怎知、人在小红楼，帘影间。"

八七、念奴娇

石头城

石头城①上，望天低、吴楚②眼空无物。
●○○ ●，●○○、⊙● ●○○▲。
指点六朝③形胜④地，惟有青山如壁。
⊙●⊙○ ○● ●，⊙○●○○▲。
蔽日⑤旌旗，连云⑥樯橹⑦，白骨纷如雪。
⊙● ○○，○○ ⊙●，⊙●●○▲。
一江南北，消磨⑧多少豪杰。
⊙○○●，⊙○ ⊙●○▲。

寂寞避暑离宫⑨，东风辇路⑩，芳草年年发。
⊙●⊙●○○，○○○●，⊙○●○▲。
落日无人松径⑪冷，鬼火⑫高低明灭。
⊙●⊙○●●●，⊙●⊙○○▲。
歌舞尊前，繁华⑬镜里，暗换⑭青青⑮发。
⊙●○○，⊙○●●，⊙●○○▲。

伤心⑯千古，秦淮一片明月。

⊙○　○●，⊙○○●○▲。

【题解】

又名《百字令》《酹江月》《大江东去》《壶中天》《湘月》。元稹《连昌宫词》自注："念奴，天宝中名倡，善歌。每岁楼下酺宴，累日之后，万众喧隘，严安之、韦黄裳辈辟易不能禁，众乐为之罢奏。玄宗遣高力士大呼于楼上曰：'欲遣念奴唱歌，邠二十五郎吹小管逐，看人能听否？'未尝不悄然奉诏。"王灼《碧鸡漫志》卷五又引《开元天宝遗事》："念奴每执板当席，声出朝霞之上。"曲名本此。

【作者】

萨都剌，参见本书第226页。

【注释】

①石头城：古城名。又名石首城。故址在今江苏省南京市清凉山。本楚金陵城，汉建安十七年孙权重筑改名。城负山面江，南临秦淮河口，当交通要冲，六朝时为建康军事重镇。唐以后，城废。

②吴楚：泛指春秋吴楚之故地。即今长江中、下游一带。

③六朝：指三国吴、东晋和南朝之宋、齐、梁、陈。

④形胜：谓地理位置优越，地势险要。

⑤蔽日：遮蔽日光。

⑥连云：与天空之云相连。形容高远，众多。

⑦樯橹：樯与船桨。

⑧消磨：消耗，磨灭。

⑨离宫：正宫之外供帝王出巡时居住的宫室。

⑩辇路：天子车驾所经的道路。

⑪松径：松间小路。

⑫鬼火：磷火。迷信者以为是幽灵之火，故称。

⑬繁华：比喻青春年华。

⑭暗换：不知不觉地更换。

⑮青青：浓黑貌。

⑯伤心：极甚之词，犹言万分。

【译文】

我在南京城的城墙上，觉得天是那么低、长江下游一带什么都没有。想想当年六朝那些险要的地方，现在只剩下陡峭的青山而已。当年遮挡住日光的旗帜、有如云朵般的战船，尸横遍野形成雪地一般的白骨堆积，在这条长江的两岸，消耗掉了多少英雄才俊。

在寂寞的离宫那里，本应是君王出行时走的道路上吹着东风，年复一年地长着青草。太阳西下，没有行人的小径是如此寒冷，磷火还忽高忽低忽明忽暗地飘荡着。在饮酒作乐之中，在曾经年轻的镜中倒影里，本来的黑发渐渐变白了。令人痛心的是，自古以来从未改变的秦淮河上的那轮明月。

【作法】

本调十九句八韵共一百字，音节高亢，英雄豪杰之士多喜用之。俞文豹《吹剑录》称："学士（苏轼）词，须关西大汉，铜琵琶，铁绰板，唱《大江东去》。"亦其音节有然也。它的音节又是怎么样的呢？关键在于它的韵脚，除了上下片两个四言偶句中的前句，以及下片起始处的一个六言单句，使用平声收尾外，其余全用仄收，就自然显示音节的拗怒；同时所用韵脚，一般选用短促的入声韵部，可使感情尽量发泄，不带含蓄意味。但从整体的韵位安排上来看，是相当匀称的，没有连续急促的押韵，因此能够取得拗怒与和谐的矛盾的统一，适宜表达激壮慷慨的豪迈感情。

【例词】

（宋）苏轼："大江东去，浪淘尽、千古风流人物。故垒西边，人道是，三国周郎赤壁。乱石穿空，惊涛拍岸，卷起千堆雪。江山如画，一时多少豪杰。　遥想公瑾当年，小乔初嫁了，雄姿英发。羽扇纶巾，谈笑间，樯橹灰飞烟灭。故国神游，多情应笑我，早生华发。人间如梦，一樽还酹江月。"

（宋）黄庭坚："断虹霁雨，净秋空，山染修眉新绿。桂影扶疏，谁便道，今夕清辉不足。万里青天，姮娥何处，驾此一轮玉。寒光零乱，为谁偏照醽醁。　年少从我追游，晚凉幽径，绕张园森木。共倒金荷家万里，难得尊前相属。老子平生，江南江北，最爱临风笛。孙郎微笑，坐来声喷霜竹。"

（宋）秦观："千门明月，天如水，正是人间佳节。开尽小梅，春气透，花烛家家罗列。来往绮罗，喧阗箫鼓，达旦何曾歇。少年当此，风光真是殊绝。　遥想二十年前，此时此夜，共绾同心结。窗外冰轮依旧在，玉貌已成长别。旧着罗衣，不堪触目，洒泪都成血。细思往事，只添镜里华发。"

八八、陌上花

有怀

关山①梦里，归来还又，岁华②催晚。
⊙〇 ●●，⊙〇⊙●，⊙〇 〇▲。

马影鸡声，谙尽倦邮荒馆。
⊙●〇〇，〇●●〇〇▲。

绿笺③密记多情事，一看一回肠断。
⊙〇 ⊙●〇〇●，〇●●〇〇▲。

待殷勤④寄与，旧游⑤莺燕⑥，水流云散⑦。
●⊙〇 ●●，⊙〇 〇●，●〇〇▲。

满罗衫⑧是酒，香痕凝处，唾碧啼红⑨相半⑩。
●〇〇 ●●，⊙〇〇●，⊙●⊙〇 〇▲。

只恐梅花，瘦倚夜寒谁暖。

⊙●○○，⊙●●○○▲。

不成⑪便没相逢日，重整钗鸾⑫等雁⑬。

⊙○　⊙●○○●，○●⊙○　○▲。

但何郎⑭纵有，春风词笔⑮，病怀浑懒。

●⊙○　●●，⊙○○●，●○○▲。

【题解】

五代钱镠有"陌上花开缓缓归"句，遂以"陌上花开"为游子归来之意。苏轼《陌上花》自序云："游九仙山，闻里中儿歌《陌上花》含思宛转，听之凄然。"可知本调始于民间歌谣。

【作者】

张翥（1287—1368），字仲举，世称蜕庵先生，晋宁（今山西临汾）人，元朝诗人。其诗工于近体，有些篇章对当时社会矛盾有所反映。而所自负者则在文，常谓其文系任意属笔，已入化境。有《蜕庵集》。又能词，有《蜕岩词》。

【注释】

①关山：关隘山岭。

②岁华：时光，年华。

③绿笺：同"绿简"，旧称仙家用笺。

④殷勤：恳切丁宁。

⑤旧游：昔日交游的友人。

⑥莺燕：俱春时之鸟，用喻时序。

⑦水流云散：喻时过境迁，人各一方。

⑧罗衫：丝织衣衫。

⑨唾碧啼红：代指凋零的花叶。

⑩相半：各半，相等。

⑪不成：助词。用于句首，表示反诘。

⑫钗鸾：首端有鸾状镶饰物的钗。

⑬筝雁：筝柱。因筝柱斜列如雁行，故称。

⑭何郎：指南朝梁诗人何逊。何逊青年时即以文学著称，为当时名流所称道。后以之借指才高的年轻男子。

⑮春风词笔：何逊《洛水祖王公应诏诗》："春风动衿，归雁和鸣。"

【译文】

关隘和山岭都只在梦里出现了，当我归来的时候，年纪已经不小了。看惯了马的影子，听惯了鸡的叫声，走惯了疲惫的旅程，住惯了荒野竹坊的驿站。日记中记满了一路以来的种种感情，每次阅读都是伤心。想要将这些内容交给旧日的朋友和春天的莺燕，无奈我们现在都已经分离了。

衣服上沾满了酒，在花瓣曾经飘落过的那个地方，一半是落花，一半是落叶。只怕梅花落尽，在寒冷的夜里有谁能安慰我那冰冷的心？难道就没有再重逢的一天了吗？重新插上发簪，重新调好琴瑟。但是尽管我仍然才华还未用尽，却已经没有心情再做这些事了。

【作法】

本调二十句八韵共九十九字，上片较下片少三字，差异在于各片的首段。上片以三个四言句开篇，不加雕饰，直抒情景，接着的四、六言句则是承题展开。到第六句，语气稍微缓和，但到了使用大量仄声字的第七句时情感再度激切，进入结处，以领字带出三个四言句，颇有质问苍天何以如此待我之味道。过片又以领字起首，虽然此一领字不要求去声，但仍然紧缩了节奏，使得原本具有舒缓作用的四言偶句及六言单句显现出转瞬即逝之感，曲调再度急凑，直到全词结束。综上，可以看出，这是一阕声调甚为逼仄的词牌，适合用于表达强烈的情感。但这种持续不断的高亢音声容易显得过于浓重，故在笔调上应思考如何化解胸中的不平或者使之转于低沉，从而与乐曲之间形成张力，便是作者所应注意的。

【例词】

（清）王敬之："当时水调，从头歌起，夜篷凄韵。廿四桥边，吹到几番风信。落红一点燕支泪，先付渌波流恨。恨而今、枉是二分眉月，照余潘鬓。　更余醒晓枕，疏钟撞梦，梦里繁华都尽。惋晚年光，细雨暗愁催促。欲寻燕外春归路，应待夕阳晴稳。料多情，只有隋堤风絮，趁人飞紧。"

（清）汤贻汾："纤红一捻，堪怜漫问、掌中轻燕。何处春游，犹带落红几点。栏边帐底湘帘下，除是玉郎曾见。恨东风为底，轻将双凤，恁般飘远。　记红楼初下，风裙婉转，怕流莺偷眼。立月西厢，一步一回低眄。者时便没相逢处，眼下心头能免。算秋千、影里苔痕犹在，赚人肠断。"

（清）易顺鼎："峭寒阑角销魂，曾记玉笙吹暖。摇梦天涯，瘦尽东风如箭。花边蝴蝶飞成阵，茜色满衣初剪。算伤春、困酒年年等是，病黄生面。　江南晴未稳，钿车过也，陌上人归应缓。官路斜阳，画出一程程远。几家篱落和愁闭，有个翠鬟低颤。甚迷离、催换园亭烟雨，嫩莺坐晚。"

八九、东风第一枝

忆梅

老树浑苔，横枝未叶，青春①肯误芳约。
●●○○，○○●●，○○ ●●○▲。

背阴②未返冰魂③，阳梢已含红蕚。
⊙○ ●●○○，⊙○●●⊙▲。

佳人寒怯，谁惊起、晓来梳掠④。
○○○●，⊙⊙●、⊙○○▲。

是月斜、花外幺禽⑤，霜冷竹间幽鹤。
●●⊙、⊙⊙●○○，⊙●●○○▲。

云淡淡⑥，粉痕渐薄。风细细，冻香又落。

○●● ， ●○○●▲ 。○●● ， ●○○●▲ 。

叩门⑦喜伴金樽⑧，倚栏怕听画角⑨。

●○ ●●○ ， ⊙○●○⊙▲ 。

依稀梦里，记半面⑩、浅窥珠箔⑪。

○○⊙● ， ⊙○● 、 ○○○▲ 。

凭时得、重写鸾笺⑫，去访旧游东阁⑬。

●○⊙ 、 ⊙●●○ ， ⊙○●●○▲ 。

【题解】

东风即春风，第一枝应指梅花，如朱熹诗："今日清江路，寒梅第一枝。"故本调最初应是歌咏春初梅花初成之歌曲。

【作者】

张翥，参见本书第 232 页。

【注释】

①青春：指春天。春季草木茂盛，其色青绿，故称。

②背阴：阳光照不到的地方。

③冰魂：借指梅花。

④梳掠：梳理，梳妆。

⑤幺禽：小鸟。

⑥淡淡：形容颜色浅淡。

⑦叩门：敲门。

⑧金樽：酒尊的美称。

⑨画角：古管乐器。形如竹筒，本细末大，以竹木或皮革等制成，因表面有彩绘，故称。发声哀厉高亢，古时军中多用以警昏晓，振士气，肃军容。帝王出巡，亦用以报警戒严。

⑩半面：脸面的一半或部分。

⑪珠箔：珠帘。

⑫鸾笺：彩色的信纸。

⑬东阁：阁名。指东亭。故址在今四川崇州市东。杜甫《和裴迪登蜀州东亭送客逢早梅相忆见寄》诗"东阁官梅动诗兴"，后遂以"东阁"代指梅花。

【译文】

老树的树干上长满了青苔，它的枝桠还没长出叶子，今年的春天似乎失约了。在朝北的那一面花的魂魄还没归来，朝南的那一面似乎有几点红色的花苞。在这寒冷的时节，闺中的美人在清晨被冷醒了，正在那里梳妆打扮。此时月亮还没落下，树梢已经有小鸟飞舞，带着霜的竹林里似乎还有几只鹤在那里。

云的颜色很淡，薄薄的霜就快要消散了。风很轻，吹落了几株初生的花朵。当年我曾经高兴地拿着酒樽来这里拍门，到如今我只能倚着栏杆，不愿听到画角的声音。此时我似乎还记得梦里面隔着珠帘窥望的那张脸。什么时候才能重新得到音信，再到当年游览的地方赏梅？

【作法】

本调十九句九韵共一百字。上片开篇四句为对句，下片开篇两组句子亦应对偶，句法为上三下四。从平仄结构来看，本调开篇处节奏较为平缓，但第三句第五字孤平形成拗句，一下就将音调拉起来。但是音调突起突灭，随后又归于低沉，似有欲振乏力的感情。或许，营造无力感，就是本调上片的特点。过片的两组对句是本调情感上的高潮处，十四字里十个仄声字、再押两个仄声韵，加上文字的对偶，在在具有强调的作用，适合将全文的主旨安排在此处展现，其余部分平铺直叙即可。

【例词】

（宋）吴则礼："经国谋猷，补天气力，岳祗来佐兴运。王当华阙春融，共仰相门地峻。清台占象，见璧月、珠星明润。对一百五日风光，二十四番花信。　勋共德、继增篆鼎。今共古、问谁比并。广乐初出，层霄寿罍，旋颁紫叶，湘桃浓杏。映彩服、朱颜青鬓。看千岁，桀阁飞楼，燕赏太平光景。"

（宋）高观国："玉洁生英，冰清孕秀，一枝天地春早。素盟江国芳寒，旧约汉宫梦晓。溪桥独步，看洒落、仙人风表。似妙句、何逊扬州，最惜细吟清峭。　香暗度、照影波渺。春暗寄、付情云杳。爱随青女横陈，更怜素娥窈窕。调羹雅意，好赞助、清时廊庙。美韵高、只有松筠，共结岁寒难老。"

（宋）史达祖："巧沁兰心，偷黏草甲，东风欲障新暖。谩凝碧瓦难留，信知暮寒轻浅。行天入镜，做弄出、轻松纤软。料故园、不卷重帘，误了乍来双燕。　青未了、柳回白眼。红欲断、杏开素面。旧游忆着山阴，厚盟遂妨上苑。寒炉重暖，便放慢春衫针线。恐凤靴、挑菜归来，万一灞桥相见。"

九十、摸鱼儿

送春

涨西湖、半篙新雨①，曲尘波外风软。
●○○、⊙○○○●，⊙○○○●○▲。

兰舟②同上鸳鸯浦③，天气嫩寒④轻暖⑤。
○○、⊙●○●，⊙●○○　○▲。

帘半卷。度一缕、歌云⑥不碍⑦桃花扇⑧。
○●▲。⊙●●、○○⊙○○▲。

莺娇⑨燕婉⑩。任狂客⑪无肠⑫，王孙⑬有恨，莫放酒杯浅。
○○　●▲。●⊙●　○○，⊙○　●●，⊙●●○▲。

垂杨岸，何处红亭翠馆⑭。如今游兴⑮全懒。
○○●，⊙●○○●▲。⊙○○●　○▲。

山容⑯水态⑰依然好，惟有绮罗⑱云散⑲。

〇〇　⊙● 〇〇●，⊙●●〇 〇▲。

君不见。歌舞地、青芜⑳满目㉑成秋苑。

〇●▲。⊙●●、〇〇 〇● 〇〇▲。

斜阳又晚。正落絮飞花，将春欲去，目送水天㉒远。

〇〇●▲。●〇〇●〇，⊙〇〇●，⊙●●〇 ▲。

【题解】

宋代俚语，"摸鱼"即为捕鱼。"儿"，为摹仿乐府曲名。因晁无咎词有"买陂塘，旋栽杨柳"句，故本调又有"买陂塘""迈陂塘""陂塘柳"等别名。

【作者】

张翥，参见本书第 232 页。

【注释】

①新雨：刚下过雨。亦指刚下的雨。

②兰舟：木兰舟。亦用为小舟的美称。

③鸳鸯浦：鸳鸯栖息的水滨。比喻美色荟萃之所。

④嫩寒：轻寒。

⑤轻暖：微暖。

⑥歌云：指动听的歌声。

⑦不碍：无妨碍，没关系。

⑧桃花扇：绘有桃花的扇子。旧时多为女子所持，相映成美。

⑨莺娇：谓莺娇媚的啼声。

⑩燕婉：仪态安详温顺。

⑪狂客：放荡不羁的人。又可代指诗人。

⑫无肠：犹言没有心肠或心思。

⑬王孙：旧时对人的尊称。

⑭红亭翠馆：谓华美之园亭馆阁。

⑮游兴：游览的兴致。

⑯山容：山的姿容。

⑰水态：犹言水上景色。

⑱绮罗：泛指华贵的丝织品或丝绸衣服。代指繁华的生活。

⑲云散：像天空的云那样四处散开。比喻曾经在一起的人分散到各个地方。

⑳青芜：形容杂草丛生貌。

㉑满目：充满视野。

㉒水天：水与天。多指水天交接处。

【译文】

西湖的水上涨了，在这新下的雨过后，湖面上微微的波涛伴随着细细的微风。我驾着小船和你一同前往湖中风景美妙的地方，此时的天气忽寒忽暖，正是初春时节。画舫中的帘幕只卷起一半，推测里面应该正在载歌载舞吧。在这黄莺燕子鸣叫的时分，就算我已经没有心思欣赏，你也怀抱着忧愁，先放在一边，先把酒喝了吧。

长满垂杨的岸边，为什么有那么些亭台楼阁呢？如今我已经没有兴趣去游览了。因为山水的景色虽然仍然美好，但当年的繁华生活已经不在了。你没看到吗？当年人们歌舞的地方，现在长满了杂草。夕阳又要西下了，此时正是杨絮乱飞的时候，是春天将要离去的时候，我只能目送春天和落花飞向遥远的天边。

【作法】

本调二十二句十三韵共一百一十六字。这个长调的音节用"欲吞还吐"的吞咽式组成，关键在开端就使用了一个上三下四的逆挽句式，再加以各片都使用三言短句、后接上三下七的特殊长句，从而呈现一种低回往复、掩抑零乱的姿态。韵位安排忽疏忽密，藉以展示作者情感的一收一张，有时似乎已经忍住了，有时却又如水银泻地一般不吐不快。正是因为词律上预设这样的矛盾性质，因此韵脚应选用上声或去声的韵——对于懂得粤语的读者，建议更进一步选用阳上、阳去的字为韵脚，添增低沉压抑的气氛——而不能使用高亢响亮的入声韵，这是习作时应特别注意的。

【例词】

（宋）晁补之："买陂塘、旋栽杨柳，依稀淮岸江浦。东皋新雨新痕涨，沙嘴鹭来鸥聚。堪爱处。最好是、一川夜月光流渚。无人独舞。任翠幄张天，柔茵藉地，酒尽未能去。　青绫被，莫忆金闺故步。儒冠曾把身误。弓刀千骑成何事，荒了邵平瓜圃。君试觑。满青镜、星星鬓影今如许。功名浪语。便似得班超，封侯万里，归计恐迟暮。"

（宋）辛弃疾："更能消，几番风雨？匆匆春又归去。惜春长怕花开早，何况落红无数。春且住，见说道，天涯芳草迷归路。怨春不语，算只有殷勤，画檐蛛网，尽日惹飞絮。　长门事，准拟佳期又误，蛾眉曾有人妒。千金纵买相如赋，脉脉此情谁诉？君莫舞，君不见，玉环飞燕皆尘土。闲愁最苦，休去倚危栏，斜阳正在，烟柳断肠处。"

（金）元好问："问人间、情是何物，直教生死相许。天南地北双飞客，老翅几回寒暑。欢乐趣。离别苦。是中更有痴儿女。君应有语。渺万里层云，千山暮景，只影为谁去。　横汾路。寂寞当年箫鼓。荒烟依旧平楚。招魂楚些何嗟及，山鬼自啼风雨。天也妒。未信与、莺儿燕子俱黄土。千秋万古。为留待骚人，狂歌痛饮，来访雁丘处。"

九一、多丽

西湖

晚山青，一川①云树②冥冥③。

●○△，●○ ⊙● ○△。

正参差④、烟凝紫翠，斜阳⑤画出南屏⑥。

●○○ 、⊙○⊙●，⊙○ ⊙●○△。

馆娃⑦归、吴台⑧游鹿，铜仙⑨去、汉苑飞萤。

●○ ○、⊙○ ⊙●，⊙○ ●、⊙●○△。

怀古⑩情多，凭高⑪望极，且将樽酒慰飘零。

⊙● ○○，⊙○ ⊙●，⊙○○⊙●●○△。

自湖上、爱梅仙远，鹤梦⑫几时醒。

●⊙●、⊙○⊙●，⊙● ●○△。

空留得、六桥⑬疏柳，孤屿危亭⑭。

○○●、⊙○ ○●，⊙●○△。

待苏堤⑮、歌声散尽，更须携妓西泠⑯。

●○○ 、⊙○○●，⊙○○⊙●○△。

藕花⑰深，雨凉⑱翡翠⑲，菰蒲⑳软、风弄蜻蜓。

●○ ○○，⊙○⊙● ，⊙○ ●、⊙●○△。

澄碧㉑生秋，闹红驻景㉒，采菱㉓新唱㉔最堪听。

⊙● ○○，⊙○○● ，⊙○ ⊙● ●○△。

见一片，水天无际，渔火㉕两三星。

●⊙●，⊙○○●，⊙●　●○△。

多情月，为人留照，未过前汀。

○○●，⊙○○●，⊙●○△。

【题解】

《填词名解》云："张均妓，名多丽，善琵琶，词采以名。一名'绿头鸭'。"又曰："此调平韵者名'绿头鸭'，仄韵者名'多丽'。"故本书录者，或应标作"绿头鸭"？

【作者】

张翥，参见本书第 232 页。

【注释】

①一川：一片平川，满地。多用于形容自然景色。

②云树：云和树。

③冥冥：昏暗貌。

④参差：纷纭繁杂。

⑤斜阳：傍晚西斜的太阳。

⑥南屏：山名。西湖胜景之一。

⑦馆娃：故宫。春秋时吴王夫差为西施建造。吴人呼美女为娃，馆娃宫为美女所居之宫。后借指西施。

⑧吴台：指春秋吴王阖闾（一说夫差）所筑之姑苏台（在江苏吴县西南）。

⑨铜仙："金铜仙人"的省称。《三辅黄图·建章宫》："神明台在建章宫中，祀仙人处，上有铜仙舒掌捧铜盘承云表之露。"

⑩怀古：思念古代的人和事。

⑪凭高：登临高处。

⑫鹤梦：谓超凡脱俗的向往。

⑬六桥：西湖外湖苏堤上之六桥：映波、锁澜、望山、压堤、东浦、跨虹。苏轼所建。

⑭孤屿危亭：孤立的岛屿、耸立于高处的亭子。指西湖中之孤山，及孤山北麓的放鹤亭。

⑮苏堤：在西湖中。北宋元祐年间苏轼知杭州时所建。

⑯西泠：桥名。在孤山西北尽头处，是由孤山入北山的必经之路。

⑰藕花：即荷花。

⑱雨凉：雨后的凉快天气。

⑲翡翠：鸟名。嘴长而直，生活在水边，吃鱼虾之类。

⑳菰蒲：菰和蒲，湖泽边的水草。

㉑澄碧：清澈而碧绿。

㉒驻景：犹驻颜。

㉓采菱：乐府清商曲名。又称《采菱歌》。

㉔新唱：新写的诗词曲作品。

㉕渔火：渔船上的灯火。

【译文】

向晚时分，山色依然青绿，满地的云和树已经昏暗下来了。这些云和树高低参差不齐，但其上有烟雾笼罩，形成紫色和绿色交杂的色彩，此时夕阳从南屏山边露了出来。馆娃宫已成陈迹，春秋时期的姑苏台成为野兽漫游的废墟；金铜仙人已经走了，汉代的宫苑也只剩下萤火虫飞舞。我怀想古代的种种，感情十分充沛，站在高处望向远方，暂且拿起一樽酒来安慰这些飘零的命运。西湖上的仙人已经远去了，我想要离开这尘世的梦想何时才能醒过来？只剩下六桥边稀疏的柳树，以及孤山上的一座亭子。

等到苏堤的宴会结束之后，我一定要带着歌妓一同到西泠桥去。在藕花深处，新雨过后，看着翡翠鸟在此飞舞，还有当风吹过时湖边水草与蜻蜓一同摇曳的风景。在这一片绿意中，秋天来了，红叶的景观在此长留，此时采菱的歌曲响起，是最好听的。那时将能看到西湖与青天一样蔚蓝，其中有两三点渔火荡漾。充满感情的月亮，留下来为我照明，但却没法照过前边的沙洲。

【作法】

本调上片十三句七韵，下片十四句五韵，全词共一百三十九字，是《白香词谱》所收录诸词中字数最多者。在技术要求上，上片首句可以不押韵，其余需注意的是本调使用九个"三—四"结构的七字句，与前调一样，形成的是"欲吞还吐"的语气。而本调对于这种句式的使用远较前调更多，于是在声调上形成一种紧张状态，在听觉上极具强调性。而在这些逆挽句式中，平仄又都比较宽松，这就给作者极大的自由（甚至连韵脚也有平韵和仄韵两种体例，足见本调自由度之大，而本书所选者为平韵），由作者自行选择想要表达的究竟是喜、是怒、是哀或是乐——但无论表达的是什么情绪，口气上都是直接的，是要"吐"的，切忌单纯使用多个意象进行排比希冀达成情在景中的效果，即是说本调并非婉约一系的词，作者本人的意象必须在场。

【例词】

（宋）晁端礼："锦堂深，兽炉轻喷沉烟。紫檀槽、金泥花面，美人斜抱当筵。挂罗绶、素肌莹玉，近鸾翅、云鬓梳蝉。玉笋轻拢，龙香细抹，凤凰飞出四条弦。碎牙板、烦襟消尽，秋气满庭轩。今宵月，依稀向人，欲斗婵娟。　变新声、能翻往事，眼前风景依然。路漫漫、汉妃出塞，夜悄悄、商妇移船。马上愁思，江边怨感，分明都向曲中传。困无力、劝人金盏，须要倒垂莲。拚沉醉，身世恍然，一梦游仙。"

（宋）李清照："小楼寒，夜长帘幕低垂。恨潇潇、无情风雨，夜来揉损琼肌。也不似、贵妃醉脸，也不似孙寿愁眉。韩令偷香，徐娘傅粉，莫将比拟未新奇，细看取、屈平陶令，风韵正相宜。微风起，清芬酝藉，不减酴醾。　渐秋阑，雪清玉瘦，向人无限依依。似愁凝、汉皋解佩，似泪洒、纨扇题诗。朗月清风，浓烟暗雨，天教憔悴瘦芳姿。纵爱惜，不知从此，留得几多时。人情好，何须更忆，泽畔东篱。"

（宋）辛弃疾："叹飘零。离多会少堪惊。又争如、天人有信，不同浮世难凭。占秋初、桂花散彩，向夜久、银汉无声。凤驾催云，红帷卷月，泠泠一水会双星。素杼冷，临风休织，深诉隔年诚。飞光浅，青童语款，丹鹊桥平。　　看人间、争求新巧，纷纷女伴欢迎。避灯时、彩丝未整，拜月处、蛛网先成。谁念监州，萧条官舍，烛摇秋扇坐中庭。笑此夕、金钗无据，遗恨满蓬瀛。欹高枕，梧桐听雨，如是天明。"

九二、夺锦标

七夕

凉月①横舟，银潢②浸练，万里秋容③如拭。

⊙●　○○，○○　●●，●●○○　○▲。

冉冉④鸾骖⑤鹤驭⑥，桥倚高寒⑦，鹊飞空碧⑧。

●●　●○　⊙●，○●○●，○○○▲。

问欢情⑨几许，早收拾、新愁重织。

●○○　●●，●○⊙、○○○▲。

恨人间、会少离多⑩，万古千秋⑪　今夕⑫。

●○○、●●○○　，●●○○　○▲　。

谁念文园⑬病客。夜色沉沉，独抱一天岑寂⑭。

⊙●○○　●▲。●●○○，●●○○○▲。

忍记穿针⑮亭榭⑯，金鸭⑰香寒，玉徽⑱尘积。

●●○○　⊙●，○○○●，●○　○▲。

凭新凉⑲半枕，又依稀、行云⑳消息。

●○○　●●，●○⊙、○○　○▲。

听窗前、泪雨浪浪，梦里檐声㉑犹滴。

●○○、●●○○，●○○○　○▲。

【题解】

本书在《离亭燕》中引述过《全唐诗话》中的一则故事："黄颇，宜春人，与卢肇同乡，颇富而肇贫。同日遵路赴举，邵牧宴颇离亭，肇驻蹇十里以俟。"这个故事的后续是："明年，肇以第一名还袁，因竞渡，即席赋诗云：'向道是龙刚不信，果然夺得锦标归。'"其中所谓"夺锦标"，即中状元之义。此本调名之来源。

【作者】

张埜，生卒年不详，元代词人。字野夫，号古山，邯郸人。官至翰林修撰，作品收入《古山乐府》。

【注释】

①凉月：秋月。

②银潢：天河，银河。

③秋容：犹秋色。

④冉冉：渐进貌。形容事物慢慢变化或移动。

⑤鸾骖（cān）：仙人的车乘。

⑥鹤驭：指仙人。传说成仙得道者多骑鹤，故名。

⑦高寒：指月光、月亮。

⑧空碧：指澄碧的天空。

⑨欢情：欢爱的感情，欢乐的心情。

⑩会少离多：相会少，别离多。感慨人生聚散无常或别离之苦。

⑪万古千秋：形容经历的时间极久。

⑫今夕：今晚，当晚。

⑬文园：汉司马相如曾任孝文园令，"常有消渴疾"。因此称病闲居。

⑭岑寂：寂寞，孤独冷清。

⑮穿针：旧时风俗，农历七月七日夜妇女穿七孔针向织女星乞求智巧。

⑯亭榭：亭阁台榭。

⑰金鸭：一种镀金的鸭形铜香炉。

⑱玉徽：玉制的琴徽。亦为琴的美称。

⑲新凉：指初秋凉爽的天气。

⑳行云：用巫山神女之典。比喻人行踪不定。

㉑檐声：下雨时屋檐的流水声。

【译文】

秋天的月亮如同一叶扁舟，银河也如同染了色的布匹，广阔的秋景像是被抹上天空画布上一般。慢慢地仙人乘车驾鹤来了，在高高的天空上筑起了桥梁，一群喜鹊在空中飞舞。试问牛郎织女有过多少欢乐呢？那都已经过去了，现在剩下的只是不断的哀愁。最遗憾的是人间也一样聚少离多，不管是过去，或是未来，或是今天。

有谁还记得司马相如闲居文园的故事？当时夜色是那么暗沉，他只能整天一个人守着寂寞。在七夕的时候他只能在亭台里独自向织女星祈祷，香炉早已燃尽，琴瑟也已堆满了灰尘。在初秋凉爽的夜晚睡下，又似乎听到了故人的消息。但也只能任由窗前如同眼泪一般的雨水不断滴落，他的梦里也充满了这样的声音。

【作法】

本调二十句九韵共一百零八字，上下片除了首二句外完全相同。上片开篇例用对句，各片第五、六句亦应对偶。本调的重点是在各片将近尾声之处，先是带领字的"一——四"五言句，再连用两个"三—四"的逆挽句式，构成全词情感的高潮——是一种具有情感力度的高潮，用以表达作者本人正在进行的动作、或欲吐露的主要情感，是写作时需着力的地方。

【例词】

（元）白朴："孤影长嗟，凭高眺远，落日新亭西北。幸有山河在眼，风景留人，楚囚何泣。尽纷华蜗角，算都输、林泉闲适。澹悠悠、流水行云，任我平生踪迹。　谁念江州司马，沦落天涯，青衫未免沾湿。梦里封龙旧隐，经卷琴囊，酒樽诗笔。对中天凉月，且高歌、徘徊今夕。陇头人、应也相思，万里梅花消息。"

（清）孙荪意："麂眼篱边，蛩声阶畔，又见凤仙开矣。寻遍露丛轻摘，碎捣金盆，染成霞腻。似唾绒点点，早一夜、春生纤指。惹檀郎、时泥人看，惊笑是弹红泪。　七夕星期又是。乞巧筵前，女伴穿针偷比。更较唇间脂晕，臂上砂痕，一般妍媚。怕猩红易褪，遮莫向、银塘频洗。试瑶琴、月底携来，弹作落花流水。"

九三、眼儿媚

秋闺

萋萋①烟草②小楼西，云压雁声低。

⊙○　⊙●　●○△，⊙●●○△。

两行疏柳，一丝残照③，万点鸦栖。

⊙○⊙●，⊙○⊙●，⊙●○△。

春山碧树秋重绿，人在武陵溪④。

⊙○○●○○●，⊙●●○△。

无情明月，有情归梦⑤，同到幽闺⑥。

⊙○○●，⊙○○●，⊙●○△。

【题解】

白居易《长恨歌》："回眸一笑百媚生，六宫粉黛无颜色。"即所谓"眼儿媚"。别名"秋波媚"。

【作者】

刘基（1311—1375），字伯温，以字行，浙江省青田县人，祖籍陕西保安，南宋抗金将领刘光世的后人。元末明初军事家、政治家，文学家及诗人，通经史、晓天文、精兵法。和宋濂、方孝儒合称"明初散文三大家"，亦和宋濂、高启合称"明初诗文三大家"。

【注释】

①萋萋：草木茂盛貌。

②烟草：烟雾笼罩的草丛。亦泛指蔓草。

③残照：落日余晖。

④武陵溪：东汉刘晨、阮肇入天台山迷不得返，饥食桃果，寻水得大溪，溪边遇仙女，并获款留。及出，已历七世，复往，不知何所。后成文人经常援引的典故。

⑤归梦：归乡之梦。

⑥幽闺：深闺。多指女子的卧室。

【译文】

小楼西边的草木和雾气是如此的茂盛，白云低垂，雁子也在低处飞行。两排稀疏的柳树，挂着一缕的夕阳光芒，乌鸦纷纷归巢。

春天的时候有青青的树木，到了秋天它又变绿了，想念的人则已经到了桃花源里。无情的明月带着我满怀情思的梦，一同进入到那人的闺房之中。

【作法】

本调十句五韵共四十八字。本调的音声是较为和谐的，适宜表达和缓的情绪。上下片看似相同，但有两点需要注意：（一）下片首句不韵；（二）上片结处三个四言句，前两个需对偶，下片结处亦是三个四言句，但不要求对偶。这样的差异，使得下片的语调相较于上片，变得更为舒缓。体现在情感上，便是一种平和的感情，即使诗人在写作时可能较为激动，但通过文字的抒发，终于恢复了平静。因此，本词适合写些疗愈式的内容——当然，读者也可以将下片写得与上片一样，甚至结处连续三个对句，都是可以接受的，其产生的效果如何，比较起来亦是很有趣的问题。

【例词】

（宋）陈诜："鬓边一点似飞鸦。休把翠钿遮。二年三载，千拦百就，今日天涯。 杨花又逐东风去，随分入人家。要不思量，除非酒醒，休照菱花。"

（宋）赵佶："玉京曾忆旧繁华。万里帝王家。琼林玉殿，朝喧弦管，暮列笙琶。 花城人去今萧索，春梦绕胡沙。家山何处，忍听羌笛，吹彻梅花。"

（宋）陈阅："楼上黄昏杏花寒。斜月小栏干。一双燕子，两行征雁，画角声残。 绮窗人在东风里，洒泪对春闲。也应似旧，盈盈秋水，淡淡春山。"

九四、误佳期

闺怨

寒气暗侵帘幕，孤负芳春①小约。
⊙●⊙○○▲，⊙●⊙ ●▲。
庭梅开遍不归来，直恁②心情恶。
⊙○○●●○○，●● ○○▲。

独抱影儿眠，背看灯花③落。
⊙●●○○，⊙●○○ ▲。
待他重与画眉④时，细数⑤郎轻薄⑥。
⊙○⊙●●○ ○，●● ○○▲。

【题解】

《九歌》："与佳人期兮夕张"，谢庄《月赋》："佳期可以还，微霜霑人衣"，于是"佳期"沿为男女欢会之称。本调名取乎此，至于年代则不可考。

【作者】

汪懋麟（1640—1688），字季角，号蛟门，江南江都县人，清代诗人、历史学家。

【注释】

①芳春：春天。比喻妙龄、青春。

②直恁：犹言竟然如此。

③灯花：灯芯余烬结成的花状物。

④画眉：以黛描饰眉毛。

⑤细数：仔细计数。

⑥轻薄：轻佻浮薄。

【译文】

寒冷的空气悄悄地进入帘幕，白白辜负了春天的音信。庭院中的梅花都已经开遍了你却还不回来，真令人心情郁闷。

独自抱着自己的影子睡下，别过头去不看蜡烛的余烬落下。等到你再回来帮我画眉的时候，我一定要狠狠地抱怨你有多么轻佻浮薄。

【作法】

本调八句五韵共四十六字。虽然是难得的小令，排版上看起来也很整齐，但从平仄来看，它正好与近体诗的平仄粘对完全相反，故而它在语调上是相当不平静的。正如词牌名"误佳期"所说的，是一种表达悔恨、遗憾的曲调，在写作上亦应抓住这种特点。

【例词】

（明）杨慎："今夜风光堪爱。可惜那人不在。临行多是不曾留，故意将人怪。　双木架秋千，两下深深拜。条香烧尽纸成灰，莫把心儿坏。"

（清）徐钒："深锁沉沉院落，睡起鬟丝慵掠。从头细诉订山盟，侬意原非错。　地久与天长，谁料成担阁。呢喃双燕语雕梁，也骂郎情薄。"

（民国）溥儒："梅雨暗穿帘幕。柳沼菱塘萧索。篱边红豆已相思，莫负花时约。　锦字望佳期，怨煞南风恶。天津朝暮起秋声，翠袖应愁薄。"

九五、柳梢青

纪游

障羞罗扇。花时①犹记，这边曾见。

●○○▲。⊙○ ○●，⊙○○▲。

曲录②栏干，玲珑③窗户，也都寻遍。

⊙● ○○，⊙○ ○●，⊙○○▲。

两峰④依旧青青，但不比、眉梢⑤平远⑥。

⊙○ ⊙●○○，●⊙●、⊙○ ○▲。

第一难忘，重来崔护，去年人面⑦。

⊙●○○，⊙○○●，⊙○○▲。

【题解】

词牌名取自杜甫诗："白花檐外朵，青柳槛前梢。"又李白诗："春风知别苦，不遣柳条青。"杨万里诗："天欲做春无去处，只堆浓绿柳梢头。"故本词牌又名"早春怨"。

【作者】

朱彝尊（1629—1709），字锡鬯，号竹垞，又号醧舫、小长芦钓鱼师、金风亭长，浙江嘉兴人，祖籍江苏吴江。年轻时曾经参与反清复明，事败后游幕四方，至康熙十七年举博学鸿词，授翰林院检讨，入直南书房。康熙二十三年一月，因携带楷书手私入禁中抄录四方所进图书，为掌院学士牛钮所劾，降级谪官。后数年，康熙驾巡河上，至江浙，赐御书"研经博物"四字。曾与修《明史》。藏书八万卷。《清史稿·朱彝尊传》称："当时王士祯工诗，汪琬工文，毛奇龄工考据，独彝尊兼有众长。"

【注释】

①花时：百花盛开的时节。常指春日。

②曲录：弯曲貌。

③玲珑：明彻貌。

④两峰：西湖南北对峙两峰——南高峰、北高峰。"双峰插云"为当地著名风景。

⑤眉梢：眉毛的末尾。

⑥平远：画家称平面的远澹景致为"平远山水"。《梦溪笔谈》："宋度支员外郎宋迪，善为平远山水。"此以喻眉。

⑦"重来崔护"二句：孟棨《本事诗》："博陵崔护，资质甚美，而孤洁寡合，举进士第。清明日，独游都城南，得居人庄。一亩之宫，花木丛草，寂若无人。扣门久之，有女子自门隙窥之，问曰：'谁耶？'护以姓字对，曰：'寻春独行，酒渴求饮。'女入，以杯水至。开门，设床命坐。独倚小桃斜柯伫立，而意属殊厚，妖姿媚态，绰有余妍。崔以言挑之，不对，彼此目注者久之。崔辞去，送至门，如不胜情而入。崔亦睠盼而归，尔后绝不复至。及来岁清明日，忽思之，情不可抑，径往寻之。门院如故，而已扃锁之。崔因题诗于左扉曰：'去年今日此门中，人面桃花相映红。人面不知何处去，桃花依旧笑春风。'"

【译文】

那时你用扇子遮住脸掩盖你的

害羞。还记得春天的时候，我是这么见过你的。在弯弯曲曲的栏干，以及明亮通透的窗户，我在这些地方找着你。

远处的两座山峰依旧青翠，但它却仍然比不上你的眉毛。在我重来此处的时候，最令我难忘的是当年见过的你。

【作法】

本调十四句五韵共六十一字，除过片六言、七言句外，其余十二句皆是四言句，在行文上适合较为直白的表达方式——当然直白不等于鄙陋，只是要求不要那么多雕琢而已；而如果觉得四字篇幅太少难以叙事，古人往往是通过用典在言外塞进更多的意思，这就有赖读者诸君平日多读书了。

【例词】

（宋）谢逸："香肩轻拍。尊前忍听，一声将息。昨夜浓欢，今朝别酒，明日行客。　后回来则须来，便去也、如何去得。无限离情，无穷江水，无边山色。"

（宋）朱敦儒："狂踪怪迹。谁料半老，天涯为客。帆展霜风，船随江月，山寒波碧。　如今着处添愁，怎忍看、参西雁北。洛浦莺花，伊川云水，何时归得。"

（宋）杨无咎："茅舍疏篱。半飘残雪，斜卧低枝。可更相宜，烟笼修竹，月在寒溪。　亭亭伫立移时。判瘦损、无妨为伊。谁赋才情，画成幽思，写入新诗。"

九六、解佩令

自题词集

十年磨剑，五陵①结客，把平生②、涕泪都飘尽。

⊙○○●，⊙○ ⊙●，●○○ 、⊙●●○▲。

老去填词，一半是、空中传恨。

⊙●○○、●⊙○、、⊙○○▲。

几曾围，燕钗③蝉鬓④。

⊙○○，⊙○ ⊙▲。

不师秦七⑤，不师黄九⑥，倚新声⑦、玉田⑧差近。

⊙○○●，⊙○○●，●○○、●○○▲。

落拓⑨江湖⑩，且分付⑪、歌筵⑫红粉⑬。

⊙● ○○，●⊙●、⊙○ ○▲。

料封侯⑭、白头无分。

●○○ 、●○⊙▲。

【题解】

《填词名解》云："解佩令，取汉皋解佩事。"《列仙传》："江妃二女，游于江滨，见郑交甫，遂解佩与之。交甫受佩而去，数十步，怀中无佩，女亦不见。"后世因此以"解佩"为男女定情之词。本词牌系之以"令"字，表示其曲调的类别，与《如梦令》《调笑令》等相同。朱彝尊此词为变格，正格中"把平生、涕泪都抛尽"一句应只有七字。初学填词者当以正格为主，故后面所附例词与朱彝尊正文略有不同，读者当注意。

【作者】

朱彝尊，参见本书第252页。

【注释】

①五陵：长陵、安陵、阳陵、茂陵、平陵五县的合称。均在渭水北岸今陕西咸阳市附近。为西汉五个皇帝陵墓所在地。汉元帝以前，每立陵墓，辄迁徙四方富豪及外戚于此居住，令供奉园陵，称为陵县。《汉书·游侠传·原涉》："郡国诸豪及长安五陵诸为气节者，皆归慕之。"

②平生：一生，此生，有生以来。

③燕钗：旧时妇女别在发髻上的一种燕子形的钗。

④蝉鬓：古代妇女的一种发式。两鬓薄如蝉翼，故称。亦借指妇女。

⑤秦七：秦观，见本书第90页。

⑥黄九：黄庭坚，见本书第84页。

⑦新声：指新乐府辞或其他不能入乐的诗歌。

⑧玉田：张炎，见本书第184页。

⑨落拓：放浪不羁。

⑩江湖：江河湖海。指民间，引申为退隐。

⑪分付：付托，寄意。

⑫歌筵：有歌者唱歌劝酒的宴席。

⑬红粉：妇女化妆用的胭脂和铅粉。借指美女。

⑭封侯：封拜侯爵。泛指显赫功名。

【译文】

我曾经用了多年磨炼自己的宝剑，也曾经与天下的英雄豪杰相交往，在此已经把今生的眼泪都流干了。年老之后开始学填词，一半是为了将自己的遗恨传递出去。又岂止是为了怀念灯红酒绿的生活呢？

我不学秦观，也不学黄庭坚，我新填的这些词，真要说，与张炎比较像。填词的这几年我在江湖中随意游荡，把一切都托付在酒宴和美女之上了。我估量着，建功立业这种事情，即使等到我的头发都白了，也没有机会。

【赏析】

读者应该会感到疑惑，为什么本书的其他词都没有"赏析"，唯有本词有此栏目？这并不是因为本书编者对这阕词有特殊的偏爱，而是因为这阕词看起来是诗人本人的自传，但同时也是朱彝尊对文学、词学的认知，而这样的认知，又是《白香词谱》的编者、清代文人舒梦兰在编写本书时（可能是为了避免文字狱而自我审察）未曾明言，但借由选辑中所不断强调的一种词学观点。当然，本书大可以十来字总结这种观点是什么，但这未免也太过乏味了，而且也是对朱彝尊、舒梦兰的不敬，因此就对这阕词进行一些赏析，希望读者能够了解朱彝尊的生平与心情，进而从中窥得——当然不一定要赞同——朱、舒等人对文学、词学的理解与期许。

这一阕词可以说是朱彝尊本人的自传。无论是谁，总有壮志凌云的青春时刻。而当朱彝尊十六岁正同学年少之时，却遭逢大明王朝的灭亡，随后清军入关，嘉定三屠、金华之屠等残暴的战争罪行就发生在他的身边。民族大义，加上亲历亲闻，自然使得他立下了反清复明的志向。"十年磨剑，五陵结客"，都是他当时行迹的文学化描述。然而，我们都知道，反清复明毕竟失败了，朱彝尊半生的志业也因此付诸流水。时势如此，无力的个人除了痛哭流涕之外，又能做什么呢？朱彝尊于是在这样的心情下逐渐老去，并将他的涕泪渐渐化为文字。这些文字所传达的，都是他毕生的憾恨，是英雄志气，是家国情怀，绝非秦观、黄庭坚等以描写儿女情长为主的北宋词人那样的情感。如果真要说朱彝尊有哪个认同的前辈词家的话，那大概就是同样经历过亡国之恨的南宋词人张炎了吧。然而，在异族的压迫之下，朱彝尊只能折节应召以苟全性命。要一个厌恶满清的江南士人进入朝廷向清帝称臣，此间的愁苦，自是生不如死。为了消磨这样的愁苦，尽管朱彝尊看不起那些整日泡在"燕钗蝉鬓"温柔乡之中的人，但他自己也终于不得不沦落至"歌筵红粉"之中，以醇酒美人麻痹自己。尽管如此，当年反清复明的雄心壮志却仍然在胸中回荡、一日未曾忘却。只是这样的功业，怕是今生都难以得见了。

【作法】

本调六十七字，以两个四字对句开篇，不用韵。正体的第三句共七字，而朱彝尊为了突显自己激切的感情，加快了此一乐句的节奏，使得该句共有八个字。这种作法固然是对词的音乐性的回归，但在曲谱皆已流失的今日，这样的作法可能有点冒险，读者当自行拿捏。第四句四字，第五句七字，上三下四，其中上三可全是仄声，在原曲中当是情绪忽然拉高之处，体现在文字上便是情节的转折之处。其后第六句亦是上三下四结构，作为情节转折之后的补充描写。进入下片，结构类似，不再复述。

（宋）晏几道："玉阶秋感，年华暗去。掩深宫、团扇无绪。记得当时，自翦下、机中轻素。点丹青，尽成秦女。　凉襟犹在，朱弦未改，忍霜纨、飘零何处。自古悲凉，是情事、轻如云雨。倚幺弦，恨长难诉。"

（宋）史达祖："人行花坞。衣沾香雾。有新词、逢春分付。屡欲传情，奈燕子、不曾飞去。倚珠帘、咏郎秀句。　相思一度。浓愁一度。最难忘、遮灯私语。澹月梨花，借梦来、花边廊庑。指春衫、泪曾溅处。"

九七、暗香

咏红豆

凝珠①吹黍②，似早梅乍萼，新桐初乳。
⊙○○▲，●⊙○○●●，⊙○○▲。

莫是③珊瑚，零乱敲残石家树④。
●●⊙○，●○●○○●○▲。

记得南中旧事⑤，金齿屐⑥、小鬟⑦蛮语⑧。
⊙●○○●●，⊙●○　、⊙○　○▲。

向两岸、树底盈盈⑨，素手⑩摘新雨。
●●●、⊙○●○，●●○▲。

延伫⑪。碧云暮。休逗入茜裙⑫，欲寻无处。
○▲　。●○▲。⊙●●○○，●○○▲。

唱歌归去，先向绿窗⑬饲鹦鹉。
●○⊙▲，○●●○　●○▲。

惆怅檀郎⑭终远，待寄与、相思犹阻。

⊙●○○　⊙●，⊙●●、⊙○○▲。

烛影下，开玉合⑮，背人⑯偷数。

●●●，○●●●，●○　○▲。

【题解】

林逋《山园小梅》诗："疏影横斜水清浅，暗香浮动月黄昏"，后遂以"疏影""暗香"代指梅花。《词源》云："词之赋梅，惟白石《暗香》《疏影》二曲，前无古人，后无来者"。可知本调为姜夔所创，且姜词名声亦较著，唯坊间有些著作据此批评《白香词谱》收录张炎之作而选材不当，则大可不必。

【作者】

朱彝尊，参见本书第 252 页。

【注释】

①凝珠：《玉海》："乾德四年，荆南进甘露，作《甘露曲》曰：'其甘如醴，其凝如珠。'"李贺诗："粉泪凝珠滴红线。"

②吹黍：指春风吹拂万物。黍谷，又称寒谷、燕谷山，在今北京密云西南，传为战国时期阴阳家邹衍的居处。刘向《别录》："传言邹衍在燕，有谷地美而寒，不生五谷。邹子居之，吹律而温至生黍，到今名黍谷焉。"

③莫是：莫非是，或许是。

④石家树：王恺与石崇斗富，不胜，晋武帝赐王恺三尺高的珊瑚树一只，石崇取过来将它击碎。晋武帝震怒，石崇取出六尺高的珊瑚树作为赔偿，事见《世说新语·汰侈类》。

⑤南中旧事：南中即南国，因红豆产于岭南，相传有人殁于此，其妻于红豆树下痛哭、悲伤而死，故又名"相思子"。王维《红豆诗》："红豆生南国，春来发几枝。愿君多采撷，此物最相思。"即本于此。

⑥屐：木鞋。

⑦小鬟：小发髻，孩童的发髻。

⑧蛮语：南方少数民族的言语。

⑨盈盈：仪态美好貌。

⑩素手：洁白的手。多形容女子之手。

⑪延伫：久立，久留。

⑫茜裙：绛红色的裙子。

⑬绿窗：绿色纱窗。指女子居室。

⑭檀郎：古时著名美男子潘安小字檀奴，故妇人称思慕的对象为檀郎。

⑮玉合：即玉盒，指装红豆的盒子。

⑯背人：避开别人。

【译文】

像是春风吹过来的露水，又像刚要开放的梅花，或是方始结果的梧桐。这莫非是珊瑚，在被那石崇在斗富时敲碎后的样子？还记得当年在南方的种种情事，你穿着木鞋、梳着小发髻，还说着南方的方言，在河流两岸那些美好的树下，用你洁白的手摘下的如同雨露一般的红豆。

我在这里站立了许久。此时天色已经向晚。可千万别把这些红豆落到你那红色的围裙上啊，不然就再也找不到了。你唱着歌回家去了，回去的时候你先喂养你闺房里的鹦鹉。遗憾的是我终究还是得离开，虽然想要寄信给你诉说我的相思，但却受到种种阻碍。想来你应该也是在烛光闪烁的夜里，打开盒子，避开别人偷偷数着红豆吧。

【作法】

本调为姜夔自度曲，结构可以简记为A—B—C—D—B—E，亦即除了四句二韵共二十四字的B段会重复出现两次外，其余音声基本没有反复。这就使得B段——借用当今流行音乐的用语——是本词的"高潮"所在，填词时应注意将主旨放在此处。又，本调大量使用连续仄声或拗句，在情感上形成逼仄的效果，适合表达不平凄切的情感内容。故而即使是如姜夔一般用于咏梅，咏的也是梅花凋谢之后的哀伤，而不是梅花盛开的美好。

【例词】

（宋）姜夔："旧时月色，算几番照我，梅边吹笛。唤起玉人，不管清寒与攀摘。何逊而今渐老，都忘却春风词笔。但怪得竹外疏花，香冷入瑶席。

江国，正寂寂。叹寄与路遥，夜雪初积。翠尊易泣，红萼无言耿相忆。长记曾携手处，千树压西湖寒碧。又片片、吹尽也，几时见得。"

（宋）吴文英："县花谁茸。记满庭燕麦，朱扉斜阖。妙手作新，公馆青红晓云湿。天际疏星趁马，帘昼隙、冰弦三叠。尽换却、吴水吴烟，桃李靓春靥。　风急。送帆叶。正雁水夜清，卧虹平帖。软红路接。涂粉闹深早催入。怀暖天香宴果，花队簇、轻轩银蜡。更问讯、湖上柳，两堤翠匝。"

（宋）张炎："羽音辽邈。怪四檐昼悄，近来无鹊。木叶吹寒，极目凝思倚江阁。不信相如便老，犹未减、当时游乐。但趁他、斗草簇花，终是带离索。　忆昨。更情恶。谩认着梅花，是君还错。石床冷落。闲扫松阴与谁酌。一自飘零去远，几误了、灯前深约。纵到此、归未得，几曾忘却。"

九八、庆春泽

纪恨

桥影流虹①，湖光映雪②，翠帘③不卷春深④。
○●○○，○○●●，　⊙○　⊙●○△。
一寸横波⑤，断肠人在楼阴⑥。
⊙●○○，　○○○⊙●○△。
游丝⑦不系羊车⑧住，倩何人、传语青禽⑨。
⊙○　⊙●○○　●，　●○○、⊙●○△。

最难禁，倚遍雕栏，梦遍罗衾⑩。

●○△，⊙●○○，⊙●○△。

重来已是朝云散，怅明珠佩冷，紫玉烟沉⑪。

○○●○○●，⊙●○○，⊙●○△。

前度桃花，依然开满江浔⑫。

⊙●○○，⊙○○⊙●○△。

钟情怕到相思路，盼长堤、草尽红心⑬。

⊙○⊙●○○●，●○○、⊙●○△。

动愁吟⑭，碧落⑮黄泉⑯，两处谁寻。

●○△ ，⊙●●　○○ ，⊙●○△。

【题解】

本调又名"高阳台"，源于宋玉《高唐赋》："旦为朝云，暮为行雨，朝朝暮暮，阳台之下。"

【作者】

朱彝尊，参见本书第 252 页。

【注释】

①流虹：指流虹桥，在吴江县东门之外。朱彝尊《江湖载酒集·高阳台》题曰："吴江叶元礼，少日过流虹桥，有女在楼上，见而慕之，竟至病死。气方绝，适元礼复过其门，女之母以女临终之言告叶，叶入哭，女目始瞑。"

②映雪：映射雪光。

③翠帘：绿色的帘幕。

④春深：春意浓郁。

⑤横波：横流的水波。比喻女子眼神流动，如水横流。

⑥楼阴：楼房的影子。

⑦游丝：指蜘蛛等布吐的飘荡在空中的丝。

⑧羊车：古代一种装饰精美的车子。《晋书·后妃传上·胡贵嫔》：

"〔晋武帝〕常乘羊车，恣其所之，至便宴寝。宫人乃取竹叶插户，以盐汁洒地，而引帝车。"《南史·后妃传上·潘淑妃》亦载此，则以为潘淑妃事。后常以羊车降临表示宫人得宠；不见羊车表示宫怨。

⑨青禽：即青鸟。喻信使。

⑩罗衾：绸被。

⑪"明珠"二句：传说中春秋时吴王夫差小女名，亦名小玉。据晋干宝《搜神记》载：吴王夫差小女紫玉，年十八，悦童子韩重，欲嫁而为父所阻，气结而死。重游学归，吊紫玉墓。玉形现，并赠重明珠。玉托梦于王，夫人闻之，出而抱之，玉如烟而没。后遂用以指多情少女。

⑫江浔：江边。

⑬草尽红心：《异闻录》："王生梦侍吴王，闻葬西施，生应敕为诗曰：'满地红心草，三层碧玉阶。春风无处所，凄恨不胜怀。'"

⑭愁吟：哀吟。

⑮碧落：青天，天空。

⑯黄泉：地下泉水，此泛指地下。

【译文】

流虹桥的影子倒映在水面上，雪光也照耀在水面上，绿色的帘幕却没有卷起，此时春天已经降临。只见女子的眼睛像水波一样流动，她正在楼房的背光处伤心。蜘蛛丝没办法将情郎的车驾系住，她能请谁将心中的思念转达翠鸟好送到情郎那里呢？最令人难以忍受的是，她已经在栏杆那里待了许久、也在被窝中梦了许久了。

再度见面的时候恐怕一切都已经变了吧，最惆怅的是多情的少女总是容易消逝。当年的桃花依然在江边盛开着。但这样的痴心人最怕独自走到这充满回忆的地方了，看着江边的堤岸，意中人已经长眠于此。这不由得令人哀吟，不管是天上或是地下，都再也见不到了。

【作法】

本调二十句十韵共一百字。起首二句为四言对句，不用韵；第七句本书印作"三—四"句式，但亦可作"一—六"句式；第八句本作押平韵，亦可不用韵，但节奏需加快，此时结处不再分成三句，而应作成一个十一字句一气呵成；下片次句以领字起始，不再多作说明。一般而言，本调的文字应以平淡为主，在平淡中述说自己的情怀，特别是对过往的怀念，口气上应似老人回忆自己的青春岁月一般，使用的文辞应注意不宜太过激越。

【例词】

（宋）刘镇："灯火烘春，楼台浸月，良宵一刻千金。锦步承莲，彩云簇仗难寻，蓬壶影动星球转，映两行、宝珥瑶簪。恣嬉游，玉漏声催，未歇芳心。　笙歌十里夸张地，记年时行乐，憔悴而今。客里情怀，伴人闲笑闲吟。小桃未静刘郎老，把相思、细写瑶琴。怕归来，红紫欺风，三径成阴。"

（宋）陈著："春困时光，风流昨梦，逢花便自醒醒。回首宣和，宫莺披燕相迎。归来只恋春山好，到上林、枉是亲曾。又谁知，自有蟠松，相与论盟。　阑干可是妨飞去，怕惊尘浣却，翠羽红翎。舞态亭亭，浑疑暗折韶声。忺人眼处还看破，道凤来、难与真争。醉扶归，但见啼鹃，怨夕阳亭。"

（清）梁清标："晓幕飞花，同云做冷，开帘舞雪纷纷。手把残书，寒烟昼闭闲门。茅堂高士犹僵卧，有几人、驴背孤村。想朱楼、绿鬓相偎，笑引芳樽。　当时气暖兰釭夜，傺温柔乡里，私语殷勤。憔悴今宵，旅灯伴我黄昏。雁鸿屡爽刀头约，问腰肢、又减三分。拥香衾、欲诉梅华，谁与温存。"

九九、春风袅娜

游丝

倩东君①着力，系住韶华②。穿小径，漾晴沙③。

●○○ ⊙● ，●●○△ 。○●● ，●○△ 。

正阴云笼日，难寻野马④，轻飐⑤染草⑥，细绾⑦秋蛇。

●○○○⊙● ，⊙○○⊙● ，○○ ●● ，●● ○△ 。

燕蹴还低，莺衔忽溜⑧，惹却黄须⑨无数花。

●○○○ ，○○○⊙● ，●●○ ○●△ 。

纵许悠扬⑩度朱户⑪，终愁人影隔窗纱⑫。

●●○○ ●●● ， ○○○●●○△ 。

惆怅谢娘⑬池阁，湘帘⑭乍卷，凝斜盼、近拂檐牙。

⊙●○○ ⊙● ，○○ ●● ，⊙○●、●○○△ 。

疏篱罥⑮，短垣⑯遮。微风别院，好景谁家。

○○● ，●○ △ ○○●● ，⊙○●△ 。

红袖⑰招时，偏随罗扇，玉鞭堕处，又逐香车⑱。

⊙● ○○ ，○○○ ●● ，●○○● ，●●○△ 。

休憎轻薄⑲，笑多情似我，春心⑳不定，飞梦天涯。

○○⊙● ，●○○○⊙● ，○○ ●● ，⊙●○△ 。

【题解】

本词为宋人冯伟寿所创。可能取义自李白诗："池南柳色半青青，萦烟袅娜拂绮城。"又可能取自苏辙《元日》："春风娜娜还吹霰，岁事骎骎已发机",则以"娜娜"喻春风。唯于创始时,内容则系咏杨柳,故当以前说为是。

【作者】

朱彝尊,参见本书第252页。

【注释】

①东君:亦称"东皇",司春之神。

②韶华:美好的时光。常指春光。

③晴沙:阳光照耀下的沙滩。

④野马:田野间蒸腾的水汽,语出《庄子·逍遥游》:"野马也,尘埃也。"成元英注:"青春之时阳气发动,遥望薮泽,犹如奔马,故谓之野马。"

⑤轻飏:轻轻飘扬。

⑥染草:可作染料的草本植物。

⑦绾(wǎn):盘绕,系结。绾秋蛇:像蛇一样地屈曲盘绕。

⑧忽溜:转动貌。

⑨黄须:黄色花须。

⑩悠扬:飘扬,飞扬。

⑪朱户:古代帝王赏赐诸侯或有功大臣的朱红色的大门,泛指富贵人家。

⑫窗纱:糊在窗上的纱。

⑬谢娘:本谓谢道韫,因晚唐政治家、文学家李德裕有妾名谢秋娘,制有《谢秋娘曲》,故妓妾亦称作"谢娘"。

⑭湘帘:用湘妃竹做的帘子。

⑮罥(juàn):捕捉小动物(如小鸟、小鼠之类)的网。

⑯垣(yuán):矮墙。

⑰红袖:女子的红色衣袖。后沿以指妓妾。

⑱香车:用香木做的车。泛指华美的车或轿。

⑲轻薄：指物体分量轻、厚度薄。

⑳春心：春景所引发的意兴或情怀。

【译文】

请春神出点力，将时间给留下来。我走过小路，到了阳光照耀下的沙滩。可是乌云突然遮住了阳光，我也因此见不到田边升起的水汽，只见到染草轻轻飘扬，有如蛇一般地屈曲盘绕。燕子从低空掠过，黄莺的喙在不断地动着，激起了无数的黄色花须。纵然这些飞丝能够高高地飞过朱色的门墙，却终究还是与思念中的伊人隔了一层窗纱。

她应该正在居处哀叹吧，刚卷起帘幕，注视着附近的屋檐，有着稀疏的网，还有矮墙遮住了视线。微风吹过院子，良辰美景在哪里呢？想当年红色的袖子随风飞舞，拿着罗扇，追逐着快马离去的车骑。别说我轻薄，我还笑你和我一样感情丰富、没法定下来，于是只能在天地之间四处飘泊。

【作法】

本调二十八句十韵共一百二十五字，中有三言句四个、四言句十六个、五言句三个、六言句一个、七言句三个、逆挽七言句一个，可谓是五彩缤纷，目不暇给，难以找出特定的语句模式。但考虑到其五言句俱是"一—四"结构，六言句亦是"二—四"结构，皆以动词领字、领词，故归根结底仍是四言句。可知本调四言句占了绝大多数，而四言句的特点就是不应太过修饰，写景即直接写景，抒情即直接抒情，叙事即直接叙事，且最好做到一句一事、一句一情、一句一景，使得本阕词具有极大的信息含量，从而构成立体的文字场景，是填写本词的最大挑战。

【例词】

（宋）冯伟寿："被梁间双燕，话尽春愁。朝粉谢，午花柔。倚红阑故与，蝶围蜂绕，柳绵无数，飞上搔头。凤管声圆，蚕房香暖，笑挽罗衫须少留。隔院兰馨趁风远，邻墙桃影伴烟收。　些子风情未减，眉头眼尾，万千事、欲说还休。蔷薇露，牡丹球。殷勤记省，前度绸缪。梦里飞红，觉来无觅，望中新绿，别后空稠。相思难偶，叹无情明月，今年已是，三度如钩。"

（清）查慎行："笑东君何意，断送芳华。吹堕粉、走喷沙。向蜘蛛窠里，巧粘密网，萦成金缕，展出缲车。细欲无痕，长能比发，牵惹游人眼界花。安得天机纤素手，织将雾縠与冰纱。　千丈晴空不碍，日光斜映，见闪闪、轻胃檐牙。无风绰、被云遮。瞥然摇曳，又过邻家。一笔难描，来踪去影，寸丝难绾，春蚓秋蛇。无情有恨，任花南水北，定谁怜取，飘荡生涯。"

一百、翠楼吟

魂

月魄①荒唐②，花灵③仿佛，相携④最无人处。
●● 〇〇， 〇〇 ●●， 〇〇 ●〇〇▲。

栏干芳草外，忽惊转、几声啼宇。
⊙〇〇●●， ●〇●、⊙〇〇▲。

飘零⑤何许。
〇〇 ⊙▲。

似一缕游丝⑥，因风吹去。
●●●〇〇， 〇〇〇⊙▲。

浑无据⑦。想应凄断⑧，路旁酸雨。
〇〇▲ 。 ●〇〇●， ●〇〇▲。

日暮。
●▲。

渺渺⑨愁予⑩，觉黯然⑪ 销却，别情离绪⑫。

○● ○○，●●○ ○●，●○○▲。

春阴⑬ 楼外远，入烟柳⑭、和莺私语。

⊙○ ○●● ●○● 、⊙○○▲。

连江暝树。

○○○⊙▲。

欲打点⑮ 幽香，随郎黏住。

●●● ○○，○○○⊙▲。

能留否。

○○▲。

只愁轻绝⑯，化为飞絮。

●○○● ，●○○▲。

【题解】

本调为南宋姜夔所创。所谓翠楼，指的是妆楼，出自王昌龄《闺怨》"闺中少妇不知愁，春日凝妆上翠楼"、杜牧《南楼夜》"歌声袅袅彻清夜，月色娟娟当翠楼"。"吟"字但仿乐府，无关腔律，亦与题义无涉。

【作者】

黄之隽（1668—1748），初名兆森，字若木、石牧，号吾堂，晚号石翁、老牧。松江府华亭县人，清朝官员。早年科举不顺。康熙五十年在广西巡抚陈元龙家教书为生。康熙六十年（1721）中式丁丑科进士，选庶吉士，散馆授翰林院编修。雍正元年（1723）提督福建学政。四年被劾降职。次年被革职。回乡任《江南通志》总裁。乾隆十三年（1748）卒。黄之隽嗜读书，有藏书二万余卷。工诗，喜爱戏曲，《随园诗话》谓其诗"生新超隽，美不胜收"，《清诗别裁集》称他为"诗学中兴"。

【注释】

①月魄：道家以日为阳，称"日魂"；以月为阴，称"月魄"。泛指月亮、月光。

②荒唐：广大，漫无边际。

③花灵：花之精灵。《博异记》："崔元徽月下见青衣女伴，曰杨氏、李氏、陶氏，又有绯衣小女曰石醋。报封家十八姨来，言辞泠泠，有林下风致……崔乃悟女伴即众花之精灵，十八姨乃风神也。"

④相携：互相搀扶，相伴。

⑤飘零：指轻柔物随风自空中降落。

⑥游丝：指缭绕的炉烟。

⑦无据：无所依凭。

⑧凄断：谓极其凄凉或伤心。

⑨渺渺：邈远貌。

⑩愁予：使我发愁。

⑪黯然：感伤沮丧貌。

⑫离绪：惜别时的绵绵情思。

⑬春阴：春季天阴时空中的阴气。

⑭烟柳：烟雾笼罩的柳林。亦泛指柳林、柳树。

⑮打点：收拾，整理。

⑯轻绝：轻易弃绝。

【译文】

月亮的光芒广大无边，鲜花的精灵若隐若现，我们在悄无人声的地方相互扶持着。栏干外面的草地，忽然传来几声杜鹃鸟啼叫的声音。于是只能飘零。就像一缕炊烟，被风吹走。没有地方可以依凭。想一想，还真是伤心，连天空都为此降下了眼泪。

天要黑了。我的愁怨如此深重，只觉得十分沮丧，在这离别时分。在一个春日的阴天，我飞入柳树丛中，和着黄莺的歌声。江边生长了许多茂密的树木。我想要带着香气，永远留在这里。我留得下吗？最遗憾的是，我太轻了，只能化作飞絮，不知道飞到何处。

【作法】

本调上片十一句六韵共五十字，下片十二句七韵共五十一字。相比本书之前九十九阕词，本词好像在排版上分成比较多行，这并不是为了凑篇幅，而是因为本调一韵即是一个独立段落，在吟唱时凡有韵脚处就要停顿歇息。为了强调这种调式特点，所以才采用了这种排版方式。这种明显的断开，说明了本调是慢词中的慢词，节奏缓慢反映了作者情绪低沉，因此本调适合填写悲伤的内容，而这种悲伤亦是低沉的悲伤，并不是大喊大叫的悲伤。在使用文字时，应把握好分寸才是。

【例词】

（宋）姜夔："月冷龙沙，尘清虎落，今年汉酺初赐。新翻胡部曲，听毡幕元戎歌吹。层楼高峙。看槛曲萦红，檐牙飞翠。人姝丽，粉香吹下，夜寒风细。　此地。宜有词仙，拥素云黄鹤，与君游戏。玉梯凝望久，叹芳草萋萋千里。天涯情味。仗酒祓清愁，花销英气。西山外。晚来还卷、一帘秋霁。"

（清）文廷式："石马沉烟，银凫蔽海，击残哀筑谁和。旗亭沽酒处，看大艑、风樯轲峨。元龙高卧。便冷眼丹霄，难忘青琐。真无那。冷灰寒析，笑谈江左。　一等。能下聊城，算不如呵手，试拈梅朵。苕鸠栖未稳，更休说、山居清课。沉吟今我。只拂剑星寒，欹瓶花妥。清辉堕。望穷烟浦，数星渔火。"

（清）易顺鼎："胆怯昏黄，身愁冷翠，依然葬花旧处。断魂飞不远，料还在秋边庭宇。三生何许。便此后仙尘，听凭伊去。犹留据。绿衣半角，洗霜吹雨。　欲暮。杨柳楼台，曾唤侬分理，碧云头绪。画阑无影到，向斜月如闻痴语。华年春树。甚薄命人间，玉笼难住。君知否。婵娟有例，一般风絮。"

附录、词林正韵

第一部

平声

【一东】风中空红同东翁宫通公穷功雄工丛鸿蓬终融丰（丰收）蒙虹童虫桐弓蒙匆戎珑崇忠隆桅衷穹躬篷攻骢葱筒笼充聋枫铜瞳聪熊胧逢（鼓声）洪仲峒（崆峒）嵩烘夆嵸晛芃窿茏冲（深远、淡泊）菘僮癃茸蒙瞳恫恩艟（艨艟，战船）箭（竹筒）仝冯（姓也）崬讧蒙盅璁瀜崧鬃梦（音蒙）漎绒汎朦螽翀曹（目不明）霏狨猰嵏蒪鬅咙潼荭蘢棕渶橦龓侗（空侗）烽朦懵（懵懵，无知貌）豵燼痌龙毦拢（音聋。理也）置鬷溕蝀疯酆芎曚朣蚣駥韄朦总（缝也）衕沣髻蕠茷髳缒（缕也，缒罟也）泷（雨泷泷）崆酮璁娥琼悾种（音虫。稚也）蓊獐鳆堫逢（鼓声）哄（同吽，言语嘈杂）漴（水声）𧕤匔惚（惺惚）瀽碽肜浲稯犝铜浊罶玒夆鬃艭堫笾㦬玒（毂铁）泛（音冯。亦浮也）庞（充实）涷奉鏦（釜属）囟炯（热貌）董箜峒髼泽氄橳町鏒襱苘憹霿控鬈朣（肥貌）蒙橦（木名）䍦嗡倥倥（空侗）潨（水会也）狪撞峒柊芄桐鏦檬罞憁薹鏓朡菄鲖（鱼名）狐碵爖䇶铣沖荻蓮舡絧蟛獴震鸿鸹𩆜倲烘㯶榳烔堹鹲鷾虹碂踪蕄熜伻蓬蘁緫围啁蛓礲㹁焢逄悰杗䗐熢婡红仜浲佩翁熔瓨箐嫛羧闍樋焙痓顁汝飌䑡銅峚（山名）絧泽硡豅葱椶鹙鄸潀揔爞愩紃鍊粈勤

【二冬】峰龙容松重（重复）踪浓钟从（服从）封蓉宗逢胸冬农钟慵筇锋春庸茸凶供（供给）恭溶冲（要冲）惊雍蜂墉蛩秾松缝（缝

衣）镕淙佣酿烽凶镛邛松邕淞颙琼龚冬纵（纵横）憧（意不定）饔喁（喁喁）鬃笼（音龙。竹名）肜榕眬叩跫汹痈共（敬也）噰噰蚕（通作蚕）苀宾葑（菜名）匌鳙臃壅（与雍通）讻胧丰（丰采）镕咚恟禺（音颙，越地名）惷（矒昏也。或作憧）艟（艨艟）縱璁枞叶揯埇媶蕹麒瑽蹱苁（肉苁蓉）鍾佟裕踵
鬡磫憹橦躘灉彸绋桻媥瞛讻黐潍（水名）葑稝冬錅松哝伀攟傛淞蚣澎逢螽臃浦妼鏊夆姅蕠傯禂搈徸鹭捀炂禭踪樬毱桶幪（虑也）諫椰燹櫷烾暰鹭苓媶鹏蕶笲鍽嵱（山名）髭鑫髶泽烛縱琮蚼笭崇刨隀鈯倧緟媰椿埄鍃铵趀鲧緝禭

仄声

【一董】孔董笼蠓总渱懂荤动桶蓊颟捧峒懞拢壅垌洞唪嵷硐空（孔）纵（急遽趋事貌）汞偬曚懵捅侗（傝侗）暳埲窜荃惚（惚侗）墥统諫蝀龓儱瀔董哄峒聪摠唝勏控（倥惚）嵡瞑槭詷熥琀龓㥪悾（悾惚）庞鹭鬏（草名）逢棇繱峒嗡（闇声）箽苁（捧苁，草貌）鹨儱惚勏毱珪錴䑏愩楻

【二肿】冢宠涌勇拥陇耸垄拱踵汹捧冗竦肿踊悚种（种子）壅重（郑重）巩栱恐蛹俑茸（草生貌）氄栱恿奉甬緟畟拲慂溶蚕（蟋蟀）嵷渢（水浊也）蚣（音拱。虫名，百足也）軶讻恟軵傱騹鲖（鱼名）湩埇㥬跫躘苁（衝苁，相入貌）臃桶坈埪埇嵱（山峰貌）緝捒愓傛熥搈喠鲧稝箐（箭室）硐神揣媖淞（淞淞，疾貌）倩傛

【一送】梦凤送洞弄冻众瓮痛贡仲栋恸鞚中（击中）讽控咔动哄関粽哄（唱声）峒（山穴）霘衷（当也）矼恫空（空缺）碞偬曹（与梦同）淞蝀赗涷渱（乳汁也）蕻赣鼿汞铳胴衕咔愣唝䁝缌（缌罘）俗絧迵瀔惚虫泽騆眮霘莄詷怱懵（悗也）陈荭龓摠蕻筛熢神峒埵霥癀趥樬愩謥飌㛃焗悚繱崈（山脊）棇槗碃媡烔（火貌）惚（惚侗）

【二宋】用共颂诵供（供养，名词）宋从（仆从）统讼俸缝（隙也）综重（轻重）葑（菰根）种（种植）雍（九州名）纵（放纵）封奉恋（与恋同）恐雺瘲壅躘

緷氊揰灘捧偅謥澍褈（繒缕）甫昜緝䜌綜矓碂縦䶆灖（与灘同）

第二部

平声

【三江】江窗 双邦降（降伏，降下）缸幢腔庞（高屋，又姓）撞扛䑱厐淙釭（镫也，一曰榖铁）矼泷（奔湍，又州名）杠桩龙摐噥茳鏦憃（愚也）逄（塞也）駹竮璁箜厐玒枞（通摐）羫肛漎（水会也）梆栙泽噇狵疦蚫橦（帐极）豇尛倥（音腔）觟妛鬡哝（嗔语，语不明）哐肍淙跭栙魟慷肬憹凷埄泷犅膧（膧腔）倊㜪塝鷞瓨樬讧

【七阳】香长光阳凉乡堂霜方黄章肠郎芳茫场忙觞狂伤床荒裳苍忘王行（行列）妆梁常藏墙房翔塘桑亡央皇扬囊傍（通旁）良尝量（衡量）羊冈张湘强（刚强）唐浆庄廊康旁昌装航商将（持也送也）杨浪（沧浪）疆当（应当）祥凰芒望昂妨鸯汤粮棠徨洋娘琅狼详粱徉坊纲箱煌刚僵珰骧仓簧防篁樯偿彰臧殃慷遑襄缰铓锵筐糠秧羌铓穰姜殇肓滂厢榔蚄岗疮潢戕闰惶璋枪猖庠杭颃隍扬跄强攘缃旸相膛漳邙钢璜肪魟骦匡蝗笒丧（丧葬）倡鹴姜汪吭瀼（露浓貌）嫜裆禳摩伥螗螂尪创（伤也）枋泱嫱嬬芗勷湟糖娼鸰硍踉纕浕眶伧（悲也）鎗樟盲沧横逄（音房）稂赃筤霙蹡佯疡蒋（芐蒋）庆（福也）殭瓟卬镗雱铴（银铴）障帮洸蜣罡粮螳腔痒馕舱砀慌粮鞅（马颈革）搪镶徨菖㝂肮膀炀苌玱鳡亢（人颈也）忼（同慷）鳇礓钖桁痒（病也）鄣磅喤辌磺堈嫦埕瑭鶈样（槌也）恇框远锽胪鞯鲳抢（突也）驤蚄鉠囊崀僮艆笽彷（与傍通）饯茛蔷（同藏，蔷薇）軒螗场柣（桃椰）螃畺塘饕烊蒋洭胱趤蝎盎熿蔼柳彭（多貌）易㳽蔛隍荡（地名，水名）萇任烫啷呛彷溏曦镑禳蹬鳉阆锒踢劻彳筹偉躟俍藏蟥傤艖徜橿椋蠰娜樘楒抶楝蛘魧滴惝㾠箐韹郎符戙襄葙螗樓牄獽姎甶鸼弜虹匪郎蓎磄莌鷃琉菁垟犅鳉褐胦鏸汸褌佚砍簜鶶偘鵲芫禳珺鰊烺矘尚（尚书）脲瑞綡荅邖猼哴鄘鳟忙祁崌撗映粇堲騼歂甌氜瓨眏㯟姁

艆垙胖霷嵢垟絴漮詤瑝蚢綍匚硄債峀鼜滄鴦盳邊糃杭棡钀譫
皀暲榺钫樌亯闣褯笁任溰姚撐軭萏騯肮仰萋劻崵映锠鸉芫鍚
螗膅驝眻螊閬牥灙跡駺紻柍彩雵抂葟肪欓糖獽斻撕涓唱嫝邟
嫎鏥疒邡婸愓諹

仄声

【三讲】讲港项蚌蚌傋棒耩硥夯漎（水会也）稖顜玤慃庬勨

【二十二养】赏往响想象丈网爽掌壤像桨党朗幌敞上鞅长（长幼）莽享仰广枉蟞奨恍惘罔漭痒养飨魉俩两顡荡仿曩苍（莽苍）攘（扰也）杖榜坱鑋晃仿蟒簜强（勉强）帑盎晌谠镪昉沆纺橡瀁瀼（水淤也）怏蒋放襁辆强仗驵傥慷穰昶辋鮝泱（泱漭，广大貌）向魍惝髣誷蛧愰彷滉榥厂抢档吭嗓脏（骯脏）磢磉奘緉向嚷骯懩駚厈瓬鋹谎犷（县名）氧倘躺潒搡曭迋蒡蛧慌塽灢潩扃怏逛诓垧攮家镶瀇愓灢菌抰襐矘岟旊欓儣灢裲糖横瓽膉壏蟓愤弜捬咉鞢鞅蔃崵慡鐌向誏仉鍌蚢鸗諿檥弨妜嵺俍緣腷柍鋧雵鴦酐鱌忹磉樉傷騯烺勨梛犺詤嘗躟兢紻詇蠰爙婸墭髈螗眪攁扙滰汻徃炴蚢麿譻宼魧爣邝韹鞝梛（木名）俠奤瞊熿

【三绛】巷降（升降）戆绛撞虹（音绛）幢憧（愚貌）哄淙洚胖艟（短船）惷（与戆同）漴（水所冲也）袶炐

【二十三漾】望壮相（卿相）浪怅唱帐恙旷状访将（将帅）涨嶂样障尙舫酿亮上让妄丧（丧失）漾况饷畅瘴匠量（数量）葬贶藏（库藏）谤王（霸王，又盛也）向忘傍（倚也，亦近也）放怆（伤也）宕抗杖纩谅当（适当）扬酱创荡诳幛旺阆行（辈行）倡圐桁（椸也）圹盎仗亢长（度长短）养（供养）两（车乘）仰（恃也。俟也，资也）颃扬（同扬）絖向张伉悢挡韔炕胀脏（内脏）吭砀妨账傥（幸也）偿怏强（倔强）防榜（进船也）鄣（与障同）广淌阆踼旁瀁喨醠炀艕烫镶暘向掠绑棓懹糡菪汤（与荡通。又与荡同）曠埌羕烺棒诓桄（横木、充满）晾挡戗爣迋還儣塝枊麏哴捞滰靰琼犺咣

緉囥岘横烡螗扃搵㨉諹滄爌盳姁焻揚畺曂嫎蠰邡锡趽撍妜䁲蟓嗙硠锡趪珦瀇爓瞕瓺侹蒗柍訣礵䃹攩睨霜倞蜣彷圵迋（欺也）檂邡蓄潢（与滉同）恦蚢俍眻誏擴

第三部

平声

【四支】时诗知枝期迟之奇悲丝师池姿思移垂离宜疑眉辞谁随持为（作为）驰词衰痴儿卮碑旗夷吹仪危祠篱私欺滋支棋巵遗湄窥披兹斯墀嬉帷漪芝疲追规资施颐卑差（参差）基羁涯饥（饿也）亏岐脂炊怡皮熙嗤麾肌陲维陂慈璃漓伊医茨螭曦蕤龟司累（系累）姬咨锥缁脾葵其歧髭雌攲彝尸厘饴疵飔巇痍推（顺迁也，类推）迤（委迤，自得貌）尼縻縻罴攲骑（跨马，动词）夔赀隳羸狸箕贻篪肢治（理也）逵而蓠萎（蔫也）鸱弥绥楣麋羲笞鹂凘（水索也）椎醨媸洟（鼻液）噫（恨声）綦陴尸嘻梨崎蛇（委蛇）洏匙嫠胝罳禅醾咿猗貔毗罹淄惟萁禧弥（水旷远之貌）鹚孜嵫蓍榱嵋比（比邻）菑蚩緌锤髻姨狮蘼牺隋絺祺鸶居（语助辞）祗耆丽（高丽）怩坻（水中高地）訾瓷骓祁圯庪嶷（九嶷）眵魑氏（月氏）耔（音兹）攲（以箸取物）齐（衣下曰齐。又与荠通）书（音诗）缡褫輀丕孳（生息）僛犂（牛驳）槌蛦祇琦骊篩崖邳凘坯攡䅟蜞葹熹锤提（翚飞貌）埤栀倕匜跜禅牦（牦牛尾也。又与厘通）踦（蹇也）鳍玭秠撝坩畸嫠罢厘厮粢锱馗（与逵同）磁蠡（谷蠡。瓠勺）睢琪菭痿辎娭犄淇僖嚱（口声）赍诒（相欺也。遗也）纰骐铍腓鲕戏（呜戏，叹辞）麒眙（举目貌。又县名）伾坨妫虉兹偲（偲偲，相切责也）厓茈踟黟袆戣鲥庳（下也）褫棰（节也）缧蚳蓰諆簃鼒垒（重也。又与累同）泜寅（音夷）埼觿妮酾栭俱胹猘髻鬃鸸秜纚蕲（蕲茝也。求也）絁壝餈虒骙榹雏椅（梓也）呞犧咦榿台（我也。悦也）呢逶虽椑（木名）狝觤宧魌镃郿稘委（委蛇）皲錤罙牦（牛黑色）眲濰劘黧琵霉趑酏唲彨峗沩鉟荽劙蓖縻郫鲻秠熺陑丌剂（翦齐也）锜蚭赍阰潍腄跂唯觜被（荷衣）缌枱詑狋饎鈚齍禨剞蛦觭棤駓嗞

褆褫覘鍉娸鳾榴螄蜻孩呹甄倠輚傺蚾悷諫頯蘲跠豰襴蘁嫛陭
岯頢岹芓阺嵯（嶒嵯）钚橘旀瓴疻鵬洃掜桾葹厍仳仔（克也，任也）吱
茬诐蚑虮杪胰蜘誃呲劵枇蠆跐觪鏖孋蜱鶙呸躨鯩鵞鳲圀（山名）
嫛腜虮甾禠皴蠪箭縒齝夂诶㩌嫠脁睍婓嗤鷉梋蟙姣茟魃狓愢
梍怑髲佳諀趾藨萱堪蒸洆鷗鰦婎滾辣楼鉏毕萑鰤軝棊桸蝠龐
碻柂（木名）䒟衹挊醚珤柯蚅烼鉒轙嘶攥莛謪莔爔浬鉴譩肶鰲芪
鯕鼺袘嫘厶檆糗蜆簮蝫攔苪瑠驉塴槻箌蟴桜嫛蠑輟翟繡嘻瀁
牪郪衹只鄸鸘諰岬（山足）攘�佀璚秾篘虸濱懏蘢獅鮏裍魮讁袚
橋齔鯉箈菂沆屎蘸草杋巉脐鉖怀狹娝鍿鶛黉茅昵倭俩餐穮恹
怆婆眭諀倚暚麒瞞虮邗蕛㥋驄嫡欄（屋栋）㤟拔憎垩賦攲鉆扤鑢
頔庇攄鴝郊刜鬵廲猬刞卨嬐雅峏橋智�����虸鏒窩秂恖騎鮨鏊鼺
猈萶徥泂菖鳺籽狍萑莜菿浸緺矮彡職呰旖曬瑚嚓訥椅駮珆鑠赵
（赵赵）惢聊鯏漩篆亓芏涛堕瞰瀄寁荎衹摹抔柀瞴鸐炎跢堇醨胂鎮
怭綨睆鶹鏺渻㮆秕猄刕伎豑夂覠她蔚炋瑂璽奞籍槥桨澌宋䞭㒓
鼙鶣鴿㜽八傔孖汶簟（捕鱼具）牴诶馸焯滋褺橺棋郫猉沘

【五微】归飞衣（衣服）微稀非机扉违晖机肥依辉围矶威霏闱薇
挥菲（芳菲）帏希畿妃晞徽玑几（微也）讥饥（谷不熟）旗欷祈骓圻機绯
韦腓沂巍翬唏洷誹颀豨 辉葷（与飞通）葳蛓诽猄祎痱（风病）叽埼
皈機澐俙譩岿斐鶲機厞㦜溦潍騑（山名）骦犩浠郗蜚姬烯裶虮鐖
圻菥械刉僟楎婍肵徽䲹毗㝾嶶珶勾樟嶂鍏潿媙岋癓湁煇蟣鲱
蠡澅隑皲屍獯瞲鹹黹郼鬈褌

【八齐】西啼低溪迷兮栖泥齐题鸡堤携蹄梯凄嘶藜蹊畦萋稽
闺鼙跻黎霓圭妻犀倪凄提犁（同犁）齑脐黄鹥鲵猊睽笄鞻璆梨奎
睽奚篦籿梯隋赍蚬醍稭挤绨鹏麝儿（音霓。姓也）鶀骐魔刲鞞撕鷖
批鎞氏鏖鬵觬袿狌栖輗坭（同泥）鳘䃀鼷蛴骊枅椢诋嘶（与嘶同）鱲
栖烓折（安舒貌）蠡（瓠瓢）鄳墼缇傒徯乩蠵窒繄霠情褆醍锑媞雟鑴
缔鲑牴褆婗堤缕递梯邦郳椑（圜榶）偍酈鮭蚬鸍蜺鹥漦岬（山貌）蟋

砒趑邋膗犀嶀鵬忚柷衹嫛騤蒛樑楹仾蛭麕妣謪盉廲睥臍鶂犀
胜猭逨溪鑅錍垒郪玭繡況聨舰鐕筢飍齜燍齎睼呢鶒衾衾猰儶
猤蓂鞋鬵鍗卟焞殴刕渧眱璕蚾鏊䄄襑檕鷝梋眭鐀赿堇睇礘鏵
睡愢徉嗖譲驪桂媂鍏脐槃釪碮螁桎郎

【十灰】(半)回杯梅催雷灰徊堆嵬隈摧陪媒颓叠魁瑰枚醅培
徊槐(守宫)厒推煤恢隤桅偎煨巍裴诙崔莓胚坏禖侗隈揌缑灌
霉抔魖锢匙虾啡赔玫傀崴脢座磓敦嗺焞盉酶輠蘋悝纮颏惟蓷
锤(锻也)櫑柸撮蛔恛咴膜羧镭朂堆毸诶偾弚茴挼鑴躓痞佄檑鑘
根漼璀浽恨爊徘茴蔹磓鏷蟹奾隓坏鞼淇烱箮䜣鏊烔缋樻鸓颔
鮠棓碨眭摵蕡蘬觥鰃麂洣脧坟讀阤偝(败坏)鸐膭瘖諻橛榷

仄声

【四纸】水子起士此死喜耳理美市矢是史尔止李己紫指里履
齿纸纪绮氏蕊旨垒(军垒)耻祀拟髓靡恃滓轨鲤毁里鄙驶矢已仕
峙趾迩徙梓委芷雉浼豕始以址砥几(几案)咫沚俟妓诡晷侈杞已
似兕比婢彼倚圮姊旎耔祉弛征(征羽)嘴弭豸舣玺秕箠(策也)苡枳
觜泚视蚁使跪汜逦你匕诔阤揆否(否泰)時鬼毁痏簋唯(诺也)癸俚
屣姒蠡蔂屺只宄骊迤(迤逦, 旁行连延)苣藚訾里址弥(水流貌)捶杧洧
蓻枲鲔瓯舐跱耔累(累日)箠骳技褫痞妣跽麂笫齮庋襹被(寝衣, 名
词)揣椅崺企秭痔攦机(木名)弥(止也, 息也)時髀諟庀饵蒌(药草)珥
扆儗疷莛苢檩抵阺馓酏肺欒屎佹籽壝縰偫娌岂礒跂蒽酾熹
佁蔦荠巇漇菓灖渼芈掎俾籹堁仳旖锜颍氿蟢您狔桯峙崔碣踦
(踦闾)改傀庌躧趾轵咪剀齮呰柂跳洱鷈飒哶庪縈婑毇越讍栭哆
儽剞圖阺(止也, 又场也)库(伏舍)薳靡阺侈踙侂蝪鞞唏傀匦吡婐锌
鞁抵唡呰鮖阤憘輢狘仳鹰舂濿碷欐吘諰曤娄孋伲疕好抳鮛秛
柀溪厹窝舊諆羠涘杌崎蚁菫漳貏籽竘灖蓷坭(地名)俶愒椓庱泝
泲秄褆膝剃诶翆鈶匁鈠砒扰逯脆枇(同枇)扸朂猇裒妎柹澤玭(玉

色鲜也）聹灐𥁕矵㳛愢蛫譩移改歀弫鋙汉铈崥（山足）腂敼䙡媥劧㞒杝嵃㢈䏡朏虉抧孈忮（行喘息貌）唼惢㼙鉃芓釲沘骩儰氏烓葞踓悝搋伎杫芛嶰岿𨟖㠜秲噧訨諈鉠笕嘻徛邔樀蚔擨涖㟴铌噿壐洱雅鄎扅鴭薇矣攡㛘鉯纾旑崺鬑駃

【五尾】尾伟苇亹篚虺斐娓炜韡韪悱玮几（几多）顗鬼匪卉豨棐榧蚁胐虮菲（菲薄）浘偯飀䰭岂诽扆唏蜚蜰蘬蕃扆魕愇浒臜檵媁梶鍏陫偉𡁾𦬞奜椲蕜

【八荠】底礼体米启洗陛醴邸蠡（彭蠡）荠悌眯祢棨抵澧抵柢弟泚诋癠鲚济（水名）鳢鮆涕柢弥（水流貌）递綮茝徯髀齐（齐齐，恭悫貌）泥（露泥泥）缇坻（陇阪）盻欐（小船）呰謑醍鲕梐骴晲娣洣荲蕛阺沯移玭（玉色鲜也）娣媞镾赿衺性㒜卟盠畔匸檵弤朓鐕聜沛蔂蛏軧抳啓掜艆浓璾劙（丽上声。刀刺也）

【十贿】（半）罪餧蕾磊浼魂琲悔贿儡（傀儡）隗璀猥腿嵬皠每汇（盛器。水流汇合）頠磥礨漼瘣膄瘣磈鮾崑嶊餧俀（旧音妥）傀黀脵摧鍡鑵鑸鐳聉痗錞媛琣殨廆櫑潣㶸頧痱（风病）佸檌褱嗳朗頛蛔灅浽㰎焇誧陮湏礧儨鰖洡

【四寘】事地意醉至泪字志寺异翠寐思睡寄吏义记致器利弃坠媚戏骑（车骑，名词）瑞二避悴愧位类试秘赐遂议次置臂諰备吹（鼓吹）忌智骥治翅谊四腻侍值易（容易）鼻肆季邃笥闞稚瘁嗣祟自穗嗜伪魅炽帜秘驷泗馈粹庇示匮萃燧喟冀渍悸施（惠也，与也）踬恣帔屃芰遗（馈遗）隧贰懿为（因为）累（连累）谥伎志刺鸷畀贽伺挚识（记也）詈惴轾莉致痹迟（待也）觊贲㦸厕肄视饲被（覆也，及也）恚檖豉譬莳鞴（音备，本作絥）使啻食怼劓勚知（与智同）寘似芘帅饵诿赑洎出植（槌也。又通置）里莅篑积比缒觯糒已陂（倾也，邪也）忮毖弑牸骴始彗胔惎腿滋屣俐缢织企晒痢蒉几（未已也）眙（直视也）技睢襚瞶巇（声也）痣璲繸跂孳（乳化也）倚司珥屁饎㢡憒咡壹硾憻铒觗趩萎（同餧）德质瘘眦掎诐泌谇欬暨岿睟傺髲佽塈笓廙剚柲榈甀

磑偯瑼劮狜尯嶷埨惡刵蚑螠瀘近（已也。辞也）鷁錘（称锤）皷血蘱槌（蚕槌）踭餧率渐（亦水索也）厙（有厙，国名）唏眊饐哩咥蜼洱鐼誰懗床槂傳憙庇髶魅謼里概鸂㦸鞼垩瘁驦檇獘坌陌呬瀡摊欥䰟鱯蟁䵃橋峘蝐乿駤歘嘖嚊呗鋖袘溰糦螅蕚夎誷坴忥稰魄陁枊鏉惪芺筫溜脽（县名）瀓徛哉邔嬑睨翠鷸輢鄩睟涂妲璥姼覛㢟邲聊眭术嫛贀檍扴椝埴袘牺醨梯璧鐝朏凶龗恃苧豬茋（至也）薭幀捼攱（行喘息貌）鶍饖謻駮诒（遗也，貺也）浰璠祝砓柴唭俋恔㦿鵑摜幐螅孖轊踜潩憶胐刅畀羛婡誯瘆澤其（语已辞）襴狱洼蒈芋機値杹瘃詸塊娍泆鞎嚃繡媚德辅柴（积也）聰轈䏢膠蚝（同戴）鷟枇（细枇）豻㤋涑怪襑哆荣柴嫘晛

【五未】气贵味未畏慰沸费纬魏谓渭讳既毅猬胃尉欷气蔚衣（着衣，动词）尉苇霏汇（类也。聚集也）狒卉忾汽溉暨堲诽燨扉翡萤荆媦颖荬霨唏瞶痱（热疮）菲（菲薄）煟廗屮瞋概胏頮济薮伽蕙㫲蜃齎簊攍陫鲱緭刉美飙翬无昒嘷茞蚾概甶忥茋濰鲧巍𤋮機饙鱀滰犕蕙

【八霁】世计际岁细霁势丽桂袂逝第制帝系继滞砌裔翳惠厉系卫髻艺憩蔽蒂税替嗅荔制敝例脆锐诣弊闭慧契（契约）婿誓蕙睨砺隶曳疠睇赘噬戾谛励币毙缀杝禊葪溎俪剂毳嘒薢沏系曀祭虺蚋离（偶也）棣济瘈蜕笫厵谜剃涕濞殢偈呹睿殢羿嚏弟遰枘埝递鷙蛎媲猘说（游说）嬖泄眥哜泥（拘泥）瀱傺缔列柢蕛揭蜺穧渗褅踶薛屈瀱荙粝芮筓哕（鸟鸣也）愒蹶切掣槸瘱妻（以女妻人）挤彗薴轊�薵掭秵頍逮鱯题（视也）眦埶悦稧涗钛蟪蟐綟憏砯算瞖窭墆鲲欙（梁栋）悷嬒睥瘈齐（火齐）唑璇書蜗琜楔鐠𧸖鄪哲医（弓弩矢器）暳挷盭吞霓蜺娣盼祧絼鷖攡迾酨洟（与涕同）跐杈筲蜈憖蹄劙（音丽。义同）稧甏蘜嶰枌溳瞥迣簪獙霽擦檻畷㣧禨脐瘈聚翜僷焍鏼齌跇瀾殢婋僆蟹殴蘮樲鮨与别橇渧彐磬梯忯繄鴨撠袘衺鬎蚨祝柳詍疿拷浙（通作浙）狾妎鶡鈌銑懠丿劍櫅瞶說浰鑯鞢橞瘌

赽楤骶炔沵鏸指寋帠欐涚伕鰶鼇犡潎傒潓沸哾鱴暩瑅杝珊捭抗矋遾靪炅戴达（足滑也）暎謥噎（咽痛）戾嫛趧眭爄涗趚嗀艳楑猰捝璏瘛笍巁裚呭湗攁鞢瓕餀悘萿襔琺桀捥

【九泰】（半）外会旆最桧脍绘沛贝霈荟浍狈眛兑侩蕞翙蜕廥酹襘哕祋檜駾濊茷柹徻钡梖涀瘡璯鄶戾涚琾綐餯幆姵鑶鈂郥眛柭禯頪懀涚澮犡翌娧絉刽嬒駂瞺昁稡

【十一队】（半）辈内佩对碎背废退晦佩队吠秽块妹肺配溃喙耒昧诲阓碓刈乂愦焙痗回（音缋）颣淬倅沬硙憝酹悔瀣悖頪礌晬缋醊頪倍北濔抹晬綷儽镦邶穱澍葑圚儽孛擂眛敦朏昧谇禙茷掇脢癈憞箟繀胇唛蝐檓鲅殨猒崀茈犻巓砩鐬橃黷柭錸錊嬇焨韊噿柹櫑鼥膭桑葌螝檖哱埣怢獩㦤轛礧澮訇詯頪琗篒睟祽趃眊（好也）姵

第四部

平声

【六鱼】书余鱼居如疏庐初虚车除舒渠裾墟锄闾余蔬渔予（我也）舆徐胥躇储诸驴蕖梳欤嘘歔琚蜍玙摅誉（动词）鉏旟蘧畬猪樗狙袪于（叹辞）趄与（语辞）祛于菹蛆纾篨潴胪且苴据（拮据）雎沮茹淤櫚疽鶋滁袽蒢妤磲洳驢挐魖砠練箊帤槠鴽畬稰璩呿蘧蝫岨咀屠（休屠）虑（思虑）舁谞阹铻醵胠蕖涂藷湑腒蝑伃鸒雓疋租衙（衙衙，行貌）齬瘀鐻摴籧鶋莗蚷椐慵璩艅爈楈蜛抾蒘匷崌淭蟲狳豦俆騟嬩坥唹懙鵨菹伽挒娽嚧伹砛捈捒淲艅艣櫖筎麠謯篨璖偦篽蒢架狚娬郱稌劯蒩藸魼揟鴝郘紶

【七虞】无图湖夫孤珠都隅壶徒殊途枯须儒呼娱苏俱芜符愚扶衢乌趋躯吴奴株雏虞蒲炉区腴驹糊梧驱肤徂胡纡姑臾蹰吾凫吁迂涂乎涂沽厨敷模朱拘谟垆繻诛卢濡芦枢诬癯逋铺（铺盖）租榆鲈姝渝竽酥瑚晡臞狐辜岖鸪弧盂粗颅铢输孥摹需舻劬刍

污（污秽）孚呜趺愉毹谀巫铲屠于醐踰觚萸俞菟瑜逾揄殳雩酤桴俘菰痡繻歈郛盱蛛殂鼯嚅驽貙嵎蛄呱刳蒱玞蚨餔窬荼禺瘏酺觎矑苻鈇镂洙栌罛蟵趍（俗趋字）泸褕牾圩纑莩瓠跗鹕駼唔嫛橱阇柎筃喁（声相和）枹瞿稣旴圬毋芙麸絇罦玗摸（同摹）菇邾朱蝓莩稃懦獳葫茱莆于葅愈陬膜（拜也）诹蒌杅鸲娵瓿軥氍鰅羭戳帑邘洿箍鸬姁龉酴猢齁浯嫫箛痀醹鋘旟軱騟衾趎颢恶娄句毋喩趣（与趋通）嘟嘑蝴匍稌轱鸆趺跔鲚睮呋朐貗峬珸釪柧瓐粰獳荸郏愈畲膴殍滹腢幠鄜楰媀湡雩呕镼娄咕蠕菩葡侏煦隃謼虖朐歍钨砮孵謣滹榑慺扜蠼牏欨權攄鴮庯鑐蒢翢鱬蠦堣嫮尋氍廔膢袾蘛橅鯆鸆蜈鉥毺枎哌魱躍椡藅篘絑鸆桸跿陓菰鮢樟陠斪葕騟鸆鍝虷穿骷歈衦瞜胕憗郛鸆蒢鸆鸆怤泒橾醏溇嬬鸆庩崿鸈鶅譕鸥嚅裯眗豧騳筸菰糐芗昳絆媩墲柭誧蒤濯咮垺虍葃豴鸆膚犽埇貗鸆蜅跍部鲇蒩酐袧挎淏麈救鲥祦栒彄潳悴燸緰妋墿瑦袾扜袪紆芋桍鸆抗瑹捗緅踙伮怃嘘狙婷臑娽嵛妤陎鄜岣玴虘栬骀胍釪娪頫鉓钴黸捈垺秼紨颰啪菣竽衢毂晇瞒宇梌舒愈滹骬謼瘘莫裯（与幗通）鰸膴郚璷葽鸆郇瓳麌郚蚨鳌萬鲄璑樥篙

仄声

【六语】许侣暑渚举所汝旅绪阻序黍鼠伫俎屿煮墅杵吕语炬杼醑雨处拒御去贮楮苎纻础溆叙龉距膂予（赐予）籞与（给予）女筥圉苎圄楚篨巨羜巨褚咀抒鱮宁苣糈莒弆敔虡梠湑敉芧秬駏篽稆著（著任）跙谞榉铻（鉏铻）瘟岨柜茹岠峿溎泞（澄也，滀也）沮纾儢稰眝蓹浮漆怚黿作詝岠讵龃鐻齼欤袪椇蚷粔洰鱮眍肷鉏（鉏铻）秬紶憷埧盨聶铷萸绢楀祖疋苴諿麸部垺岠柠壴麖挔衙鮔眲胠

【七麌】古土舞主户府虎鼓浦宇武补缕父午五谱睹乳坞斧鲁堵伍祖甫虏取杜辅组雨鹉橹麈腑妩侮弩釜腐浒股抚禹否（音甫）苦簿矩竖庑脯拄罟俯愈数姥母卤吐庾扈莽诩瞽蛊羽圃普溥栩

拊祜窭部贾(商贾)亩怙肚下踽偻(偻佝)估聚赌窳诂怒岵牯盬黼努树(种植)柱貐膴羖稌伛簠俯掳楛瑀瓶怃煦粗煦剖仵沪寠拇琥褛酤愈醹嵝珇俣瘐珷茬篚牡咻龋莆眗尋邬鄠謱珝弣篓砮垭袓蔌帍粸滏砫萎祤瑦愈鹹娄昨槴宔氇嵨楰妈鏄撸莀雇噜炷钴蒟呒鳫掮偶鄜竘嗼枸麌蒀椇蚁婟蜅睹罣跓碔猤蝺萬鞘敄洿扰翑殕竬潕墲鯆貜觰匬滹劆、慺瑀傶溤誧膴岵烳芏弖暊玗楀苄鷜軀荐躣鞋隇楃窳蘆鄋菡補郙叟蓇麆熓譕湝帾熄堵椢籔

【六御】絮曙御驭助署据箸誉虑豫翥踞遽庶觑恕预洳饫去处灏锯倨语(告也)如(音茹)舆(舁车)蘛茹滤与(参与)除(去也)着淤薯醵舁铝鐻穥嘘诅懅悆櫖蟅楚讵呿瘀鐻憷沮欤礐悇麆豦忬爐澪櫡蕇楸蹽鸒椐睹藷女(以女妻人)勴澽粗嗻勴狙橡譃怚鏂僛坥墟嫭葋胠屼麩謶

【七遇】路暮住露赋雾步渡顾遇素故误具度(制度)护注悟慕妒墓固鹭布句驻诉趣兔屦戍务傅惧蠹树寓附付污(动词)晤铸骛疏(书疏)哺互屡赴库怖祚裤忤瘩负喻溯数冱裕孺措痼妇芋谕愫妪濩捕怒辂锢瓠富恶(憎恶)迕莫(同暮)雨娶鲋聚讣吐澍鹜婺仆(偃仆)醋嫭募赂塑護飓璐呼(号呼)炷亍胙铺(店铺)苦(困也)霔呴圃吁愬蛀柱嗉羽袝阼煦埠绔潞错副咐(嘱咐)簬斁赙酗庮擭镀驱厝傃埴顾输(送也)瞀酺柘捂裥菟酤茹餔(餹餔)謼彜属足瞿跗疰蚹堌袝作胍获(焦获，地名)雇

胗絢覵拀萳伍峿腧霺燹絭絓窬涸妊诅趶鲊挊鉒馑葃殳韄袾鹑
梱岷蒟叝婣裋芏佢尌誧鶷姁鱹鐒嫊猠忥孵槑怐鶕�誵瘘顣娊
鮜媧稛矱救旿瞜赋摅眛嫫鮦繏耗妮摒鈷篧禺（兽名，猴属）擄瞿嫐
秙蘁楺紷弖罜戁鹑秨恧胕迋涸嚛揀墿芆靯愯秅堅緅陠隃燹玗
姁郇

第五部

平声

【九佳】（半）怀佳阶斋谐乖排埋淮钗骸鞋街偕崖涯侪霾柴牌
槐喈揩豺俳挨荄皆差（差使）鲑歪捱筛薶（古同埋）楷徘齐（同斋）秸裰
箅（大栘也）蠆疨秸湝喠懷膎灕峐睚龇摋祡椑薆徍挥唻婳說条楷
排婎捏矲挩薢焌朣椺擓徥蜻鶅啡犎諰辈簰俳唻麜況脫傒溰

【十灰】（半）来开台（星名，山名）台才哀苔埃哉莱材猜裁栽胎灾
垓腮孩财咍皑该荄骀玑陔呆徕抬鰓縗能（三足鳖。又三能）鲐炱儓崍
赅駼侅邰颏接蓓（同灾）薹唉祓思（多须貌）峞騃偲（强力也）郲欸咳（咳
笑）台剀胲倈椑絯棶郊毃隑鹼簑跆愢慛棶毒台鯠摠嵦藯炫淶吴
珆媒�眀浽娭溰箂薆贼唻狭琜箈庩倈辈孩夌嫛

仄声

【九蟹】买蟹骇解澥矮洒摆奶楷妳拐獬罢駭掉罫伙嶰騋锴拐
廌矲薢曞荬躧簂鮭孩鸊矲筿婠攦橀襬釾抧疧徥喟犕

【十贿】（半）海改待彩宰彩在乃凯醅茝亥采殆剀载（岁也）寀给
恺倍怠蓓迨阃睬颏铠骀欸（欸乃）岂鼏歹飐诒（相欺）唻踩崽骸毐酼
娭鲐忲箈溰绲疧暚采烸嵦

【九泰】（半）外带霭赖籁泰濑艾害大鲙蔼蔡盖墥奈奈郐太汰
狯丐暍磕癞儋忕粭钛（地名）愒鈖瀣瞹藾檜朅嗳戤嘻跢忕廨籁忴
夳瞒擷匄餀鴶撦漆眿叼髇排胈簀娭肽瑷氞筏漆瘌

【十卦】(半) 界怪拜戒债快迈隘派败卖介坏芥械瘵湃炱薤寨诫懈呗届稗聩虿嘬疥癣砦蒯玠犗哙解晒夬邂韛瀣噎（饱食息也）价喟齘粺劢狤孬蚧鬣欼柴（柴藩）侜甏繲魪衸阨咶唏駃（快也）呝巕嶷鏊赗吤憎膪裂悈欬攦庍簀炌欯丰紒蕡楲排欸堺祭宋悫嚖猲衸噧帴浿骱睚烠眦（恨视貌）訤餲斺鹎砎喷价嫚繮諆妎瑌庎喝藆

【十一队】(半) 爱态代慨碍黛菜再概戴耐岱槩贷赛逮袋在眛嘅埭赉塞（边塞）暖柿瑷阂裁（制裁）载（载运）襶逮篹缋溉玳蔓霈徕（慰劳）欬繛铠忾咳怠劾睫瑁棌襶较暧采戴溉嫒畴爁蔡壒采蚍栽（筑板）杚儗懝㘴灙婇瑷侢㳈袃鹐

第六部

平声

【十一真】人春尘新身真神亲臣邻贫津频民巾辰轮宾珍滨秦鳞陈伦仁因辛麟晨沦伸嗔巡宸旬纶匀绅薪茵鲣银均钧莘驯峋醇旻申淳唇榛论（同伦）闉循闽筼莼邻椿囷缗莼屯臻珉纯询垠皲磷振（厚也）呻遵谆嚫姻寅瞋岷湮祵裡恂滑鹑瀕堙纫踆辿泯嫔彬甄莘嶙嚚辚蓁诜姰荀抡璘信（与申同）甡豳狺潾驎昀贞氤逡駪骃缤矄絪麏辒畚䌷嶙溱牲殷（众也，盛也）畛肫邠谞洵蓁菌（《博雅》菌，熏也）闉竣玢侁𦱡窀猭鄞矜（矛柄）闉斌郇莘蕈蠙殡鐏僎娠忞镔轮墐（黏土也）辏罠珢翸填槟瞵衬抻粦眃囧枸振苴䡝鹑笔霏禛囡圳赟札瓁瞵螾繗侲䴢椅傧盹箘批捘汃眒璘礥硱訾玟鞇嗪獜啓眹蓁鷦碅骥綗鷛莙洇衡崐鼈洷颎瘨榆𡶥錗螾嫔圎壿膊錀𦳝䡄黄姰駗笓悯砏扻忳椢阠捐闽鹍响敱鲟恖樌昀湮瀙桑帪裺㭪稇珢蓁镇宸儌啟肫蹲杶鸥殷敹馘搷瓶斳隣泿鲟㲉袍宅枞陎肂憗潾腀宰蚓枻踚稹㙟聊夋瘢莙姺娠份櫬妽㹤昫鹑瓂鈏芒屾洓簸嗔碵駍轮鸡徇槙臻肫辰蓺汋驹额礦螒鳞箕敁缗圁蠢囚猏㧬莀蘼潾欥阌昀抿揞嫀楝婞麎珅錯

【十二文】云君闻文分群军纷勤曛勋氛裙坟芬熏焚氲纹醺欣濆熏纭耘斤芹蚊汾芸懃荤筋沄忻殷（众也，盛也）棼雯缊蕡枌垠昕纁雰龈皲缊麇贲员曛熅狺鼢焄帉豮馩筠蕡勍麕慬蒀獯幩翂炘篔礅棻豮釿餴鄞瘽殷瘟（瘟瘟，小痛貌）郧麕蝹彣轒馧（馚馧）妘熉葐盼臐羒汶（黏唾也）馩闇葩衯澐鶱岎溵馚昡鍕涢橨芠桾妢搵肦妏蕡鲼秎辉所鸡惧蒖懄闅馼耺囩堇炆歑軥妡鶗檂欧芸楙弅窘蒕嚑歎邟鳻堇（黏土也）蚚緼蕲（山蕲，当归）玟昕訜隫鐼拚阌砏肦（大首貌）鲪錀鼢鈖

【十三元】（半）门存昏魂村尊孙根痕恩论温樽坤吞奔盆阍浑昆暾藩屯仑豚扪荪蹲飧敦墩鲲髡婚仑裈琨埙鹍惇跟喷贲惛垠磨炖沄抡臀璊猻哼辒焞溢饨报缊芚亹们瘟鲀蘡韗嶟軘蜳梡纯（纯束）囤焜吨蕴炖蜫馄憣搎糜殙殍缊忳吨渀（同奔）混汶（汶蒙，玷辱也）吩涒锟锛涽騉猛縛暾驐菎墫鹍吨荟殟榡瓮猑鷷（与蹲通）惀琂倴瘒撴蒠蒣睯芇螃庉豱喰鐼餫（与馄通）脝踚坉鞎鼖恨蓀梱裐橔溷（郁热也）睯潡黗訰縨轋惃潚辒媋惛珲闉橔园沐煾玧忳捹隂瘖涀憞娓顐晧

仄声

【十一轸】尽笋忍紧尹轸窘陨敏哂泯隼菌悯蚓准殒蠢（动词）牝闵肾允畛鬓引賔稹膑惷疹犹盾楯困赈嶙（嶙嶙，山峻貌）眹黰吮（舐也）稇诊蜃辚箘簨纼缜頣僯靷埻胗眕矧黾髌纯睯朕赈榫慜慜抎紾缙黰俸僶獜袗鶽螼嚧抮傛綧弞鳖駗蠠苾姫吲颟笉輪弫箘浕敓浕莙釰埨裖橉玧笄惧鋠爐簭撛舛（杂也）畛沇濱銑梱廴揗扆嘽睶囟鏄倶眕潤菌翌鶮蓍鸹欧瞵麎粦鋋阢湏蜖刡楨駺莻

【十二吻】粉愤吻谨槿辒殷（雷声）恽吾隐揾听（笑貌）近瘾缊刎蕴抿坟（土膏肥也）讔抆弅忿瑾抎攈堇磤（雷声）槼膹蠕蕰秎坋溳韗殒呡匀韗龀缊嘽惧黺鲂赾熉漌伆会

【十三阮】(半)稳本衮损沌阃混滚恳悃垦忖壶畚蓑遁鲩狠很辊噂浑(盛也)捆笨捆焜盾鳟蟎撙趸刌獖棍吨吨硘捆稛龈(啮也)坉苯绲狼庵裀傅䫀艮夵潵迤倱豚伅黗昀晖緷焜�媚沐椢呠棒顄翶稐睔奎栩齻丨喗墫锟䑛茛

【十二震】润信鬓印进阵讯仞峻俊镇焮晋骏顺刃舜震认吝振瞬迅闰慎觐衅殉轫浚椴衬疢胤殡徇赈荩摈馑蔺峻躏揫趁(追逐)汛仅磷磷馂牣陈(同阵)酆轫彻亲(亲疏)焌遴纫舜隽(同俊)堻(涂也)殣酳攱引璡晙傧赈堇揞旽娠衫昀瑱瑾彀楯圳诊蜃龀睃驎蜃缙辚焌靭骏凶攦瞷伥噀橉傸鈍坴葰櫘瓬阄楝塡鬃构押董琗扔闵稯鹺珊憍滑麇呻鳞錉駼蝰睍茆苞帐濵鳞夋谆瀹轪俶揞猭徇芥睃窥抯沟瞬(视不明貌)寯奄杤綧釰歆迥岴阰埈鲥嬞瑐潽乄楔潩蕊銍

【十三问】问郡韵运分(名分)训晕奋愠酝靳粪紊闻(名誉)近份偾晖瑿焌捃潂郓䡄汶(水名)隐蕴緼坋辉抎(埽除之名)忿堇(国名)扚攈坖韗憶繟秎浸鳞鹍骤员鳞檼珺晖奻浪抯歔忿鹔鐼芫緷椚镇歠缊駖斤(察也)脕枟臐鲼

【十四愿】(半)恨论困寸嫩闷顿钝逊褪㘭喷溷巽艮愿遁噢鐏固奔(急赴)诨搵滒捹睔硴碨攃媛憝殰讃烉敦(通作顿)圇瀿焌忳焌晖沦茛涠堵鐏裤䬴扽拫倌挤颟淬

第七部

平声

【十三元】(半)言园源原喧轩翻繁元垣猿烦冤辕暄藩樊蕃幡援(引也)萱鶱谖轓璠掀誼番鼋鸳蘩反(平反)湲鹓鞬袁沅宛媛蹯璠膰矾爰袢藩蚖怨蜿嫄智洹擘犍蕀煊芫咺骉蔓筭拚(与翻同)阮(五原)暖暖(柔貌)楥甄螈褖貆傏横咺鐇谖杬榞襎犿蕿蘩蒬鶊椫䡀婘旳喛臕笓瀎愃攘窬鶹琂簹嘽軒獂帵伔睻榬蝖猭勷褑瀎橎嫄

蔍翖嶓滾鋬叩撋梡叜襎袥祁駑悇鯺扞（连扞，宛转貌）媱媗

【十四寒】寒看安难（艰难）欢残宽官端阑盘冠（衣冠）干丹餐兰竿栏干（干燥）鸾鞍酸团观（观看）坛弹峦玕肝湍澜漫（水大貌）蟠桓滩丸珊完翰攒单叹韩銮盘岏栾刊殚般纨抟棺溥檀瞒郸跚圞箪瘢杆骊刓繁（马腹带）潘盘钻汗（可汗）谩姗剜拦谨胖謦襕梻曼（曼曼，长也）奸磻拚摊巑鼾（鼻鼾）髋狻貒啴番（番禺）綄汍博顸墁（同墙）鳗倌芄判（普官切，音潘，正作籿）瘫谰瘅莞滦禅敦岏钻镘邗崔婴嘴鞍貊馒颟鏄羱弁（乐也）搬剢掸（音檀。触也）蹒洹涫智槵剿潩萱迁幤拌（舍弃）榑挿嬗桉釬皖抚酂嘽犴垸恍鸬烷纙猭疼踠豌憪躏鹏挄㺉繁跰婠鶾躘蕳忏榋貒孌端澜帵忼貒韄欚裼喰㵎竉莧繹溥攼梡浣嬍犴瓛芉砖砑犴酇篙莠挲毌楈繾鞨螌端蠢袋㝱孿膐鱄叩嬏端雁綩嫮鹡叺孌葹偄轩跃髶馯犴鈝幓㵎櫊犊稉哾糷梀匷蹟崔

【十五删】山间（中间）关还颜闲闲攀斑环班湾艰寰悭鬟蛮顽删弯潺湲殷（赤黑色）菅潸颁鹇患奸扳阛斓镮屟（窄也）鳏瘝娴纶（纶巾）鬘般讪锾跧（伏也）蔄黵圜（绕也）睍澴闩擐猭憪嬽狮彪痫僝犴髥麒攽孌狠輚鸼螌眅訮矜（同瘝）澜掔薱盼（颁通作盼）叺盼嫴觊骬孌睧讏羟瞷顸顓榟贇邖糫嫛㵚螾硍

【一先】年天然前边仙船眠泉贤烟传田怜川篇钱缘圆弦连妍悬筵全先颠禅偏鲜鞭迁莲编千坚肩绵巅旋玄娟渊蝉笺翩牵宣权捐毡椽延鹃穿联便（安也）煎拳廛骞阡镌涎专旃焉涟燕（地名）缠躔愆僊虔膻涓鸢鞯燃还（与旋同）钿筌跹诠芊铅墥湲蜒痊研（研究）舷鋋遭埏蠲砖沿圎甄填溅（溅溅，水疾流貌）荃员乾（乾坤）挛千鹊埂悁铨棉筳鳣湔褊塞悛骿翩县瀍餰咽骈佺蔫癫遄搴平（平平，辨治也）嫣畋戋圈滇颧蚿蜷粢簆偓圜（与圆同）颛漩荃胼倦卷（曲也）璇胶篅鬈屟挺弮揎潺綖蚝梗璇犍湮蒿筻砖肰螼跧踬佃嚭烟瞋褝楄眩蜎粔嫚键扇攓扁（扁舟）汧梴鋗猨链煽谝蠉諓明豜譞婵拴澶蝙捆橼油蹁瑄零（先零，西羌也）嘕剶欯瑌滨轻仟单（单于）鲢篙儇开骈岍

鬍廯燀豲瞑（与眠通，又弓名、菜名）駩袄扦楄竣胭儃賔婘瓳孪娗騝嶙枅蜁濥栴媥蟺硟絟卷軿玹劯熧鱄磌莛鐉媔攘栓嗹攓鞙涎䲋端餅蝒琁緶猵輲謰緜瞍觠媋瞵豱蠸蹥琕㘕（㘕氏）彝鶠巏驙鷊鵳楥䤾茌蟤媥菒縺犏健荓蚈諯淽嚞鰹昀鄢脡孂棩掔榑顛帴磩屇獼軿葥玭锟嫙鍹瀿屾锩嬚鍽鯾腃轡玧瓆瑔肱槫肙妶鶤滈憪屭玭訮纯（犹全也）愃禤颴兹娫謜樠殹雃宀吅圙（同篇）縳焆縿犈婠豣篶鯿鼻蘿嚩槇碊篕姾揅鄟鈃橪頨鄰籈揙檈繎忓峑剸嫙津弲閍顧驠牑瑼鋑搷鋋垠甂騙囦濻剡杆汧鵑縄桊廾瞜鄽痃妕棩璇瞷熞睘黏禤瓆翧矔肻婩謚糄珚犿叀芇佺跰蓒膞稨鉴儋朘奷櫋郷孿璓嫎漧

仄声

【十三阮】（半）晚暖返苑坂偃阮碗远婉阪反幰娩饭宛蹇巘挽烜绻琬踠畹键揵鼴晼鶠夗菀蝘蜿（蜿蟮，蚯蚓）堰咺圈躽鰋楗缓匽皖沅畚菀寋夗愝俒嫈摅鋺肒梡嬔喛湕傿鄢（地名）薳梚䡝邧棬畹畬褑媗鲩愃菀腕晥蘿鐉綄犿橎擶鰎

【十四旱】满短管懒旱款暖诞椀坦伞罕管盌纂瓒疃潓袒窾缓卵馆断筦散蛋伴秆蛋浣缵趱算赶盌亶笴潬瘖悍（性急也）但侃脘嫙嘆纂熯柤瘅寏匰惮焊疸擀錧瘓畚垹徶梡皯輨纏澰芋狚皖鄿䡝玥艑裋衎忄靼衦皾壇厂鉡穳浮攋睅刜蘐嵃秚灡楳（断木也）粄鐵跘拌繟騷涎襸焌鏋畹埦糷捥簳綄

【十五潸】眼限简盏产板版赧莞睆柬嵯浐潸僩拣绾睅刬撰铲栈弗戁矕僝眅蝂钣撊轓拃驏輚撻板唍䡝棧舨眅孱掮橌晚硍皈鋎睅碊攌皖（明貌）鲩娨睐簻

【十六铣】浅展辨软典翦犬免篆显薛輂冕茧践勉卷（敛也）翦辩泫喘卷（舒卷）缅脔岘铉转演扁燹殄沔阐腼鲜（少也）琏腆捻湎遣畎褊葕舛巘衍跣善艑謇蹇狝鳝蜓（蝘蜓）俛笕輾选匾辩兖件睍涊癣

葳墠洗娈戳璪搴谦昕谫韅觍隽钱(铫也)饯铣敻筅毸栈键吭跰辉
揣鼖缱丏嵼襺恬涾鞭宴狷剸辗榩踺渷蚬煸单幝缐眠锓戴垷墡
蟺悁䌸圳勔趁(践也)挽撰铲踹蜎鬄黾(黾池)倦玹価襦甂谝硕戋
沆㑇娛团瀳燃鈵菶揙齞蟮琄䝨膥僎缏輲鮸鶼腾呟帴繟僊姼灏
梀谭瘨蓲碥瞖暎搌枧唈抮跣帀捷謇暎瑞豜吘倩㛆碏涴呪楗䓕
鞃躚樕潤骞鷤鳟膦打髀跈黄婳襈縛黻粫暎娾鄆飡悿熯坢牖烒
䴔扰缳捥娹觍瞩搴桿毴琂弄刬遄腶禒芫歞莌諣蠕駼谦倢瞯攐
眼颖鋆鄩塚㭊洇歂啴㫚鍗嫣

【十四愿】(半)健愿怨愿万万劝献蔓建宪券桜曼贩饭远(远之
也)鄢圈(地名)堰绻贩挽腱晥媛蟃番鍵键隁猨犖姕蹿褪諼綩娩健
腕褖鄤阐鬟虘桜偐赚卐鶂傆楥瓛褪藆跰泛楥牵坺滥漹嫣

【十五翰】乱汉岸半畔看换叹旦观(楼观)玩案烂漫唤粲翰干贯
段炭难(灾难)幔汗爨绊灿寠冠(冠军)熳腕赞泮焕灌散璨弹(名词)
判闬干断按惋涣叛鹳锻旰算奂懦瀚捍蒜逭伴㵦悍晏馆惮象澜
沜骭鑵瓘裸煅盨矸犴墁钻谩浣䬃鼾(卧息也)谰泩桉(同案)衍埠滩
杆揎缎暵驿爒悁谚宴豻顇抏破皔旰缦侃碳蓳犐抏鳴竿焊鞍傤
䩯摊(按也)胖蠸熯疸酁烷椵馂疢毂镨瓓悥獌𢃛饡鐗毌忨懁伴淡
鮟潊姅曈爈洝狚忓肒婵钎曤㻻殔拌魧鶒妲睅僕輚槫鑽漤妧腕
骭煖祿峻咹穳鑭渿溥孜臗坢仟逿舘鐇糯蹹蔡貚欑遣梡瓒晖岼
詳㦗衦灡瑕湴駻鱹硬樉嫛蠸厂欑鴠炋爒

【十六谏】雁幻涧惯宦患办谏盼绽慢间(间开)瓣鷃串羼苋赝卝
讪篡晏汕薍襻扮闲(隔也)虥觍嫚擐栈輚骭裥铲绾貌谩扮栅缦疝
僈涮划蕡羼铜赸孪槢轏卝曈骡鉚缳菱摄暖掼奻枧洝掼鴠覸梡
濽聤觊晏錾眬姣矊粯茼繝采统

【十七霰】见面变遍殿燕倦战贱院恋羡扇练彦片线县箭传(传
记)电荐荐砚甸便现霰眷馔啭椽茜膳奠绢颤炼擅炼绚宴眩弁炫
遣转钏衔禅(封禅)咽援(救助)溅咽汴卷(书卷)胃研(同砚)旋(打转、屡次）钿喧缮淀忭碾暗倩抃善缘（衣饰）选眄先（先之也）缠淀漩衍卞券楝瑗饯遣面靛牵（牵挽也）眴拚（抃本字）煎（甲煎）狷佃瑱窴煽劝撰骗堰谚晛惓媛饭穿（贯也）娈渲鞯嬿綪眩剸昪袨镟悁（躁急也）鄄湔鬋桊甗俔缱淃睊涀帣塡啓骗養鉴瘊弮这拣辗僝圈（猪圈）蚬樿騗諓浰縓莚綖涑莳獧饡豢鄯嵃萰栫婘瘢褑衎軓埢旋蜩噮烇甗孨閈玣褑瑓趼琁鵍勬哯愍迿汳姰繏抗枧婘僆臠牪敻琇偭襈裫覵堜瀳精汧嬉縳槠鰊梋戀刋糒弅琠焥覸湴涏檈槇驠瞜瞑（瞑眩剧也）呀怰惗豣篟僆攓闍養睼豫麵駒袸蒝婘肙碹幰諞楥汌姩揵欒頨繟牑庼諯匽逋婝檏槢帿鱄肈晴阗（于阗，国名）

第八部

平声

【二萧】朝遥桥消潮霄招寥条腰萧飘宵箫销骄摇饶樵苗凋瓢謡桡迢聊娇绡焦峣飙韶蕉标邀貂椒烧乔瑶翘尧潇调（调和）超雕寮浇姚嚣轺嶢描僚杓妖镳辽娆昭苕雕要（要求）飖枭跳憀髫蜩挑鸮撩谯漂歊猫荛鹩夭（夭夭）徭儵刁枵窑骁祧侨陶么（俗幺字）幺哓漻儌魈料膔侥膋佻痟嘌沼趫硝彯晁瀌繇跷岧憔猺缲熇燋恌穮峤熛鳐瞧锹嘹橇嘤剽猋祆鼌荞怊嶣蛸藨缭镖韶鴞劭獢蘍萋鹞燎礁憍飉珧儵趬镣鱎轿（小车）獠逍锚佬蓨鐎鷮鲦翲僄愮褕嗂摽膘橑嫖訞蟟蛲碉嶛钊髟儦蕲叼掣蟏襓簥呺馨佋噍鄵朓膮瞭恸票哨照痨铫吆笤撬嗚麃虭嫽潚憭藨嵺飉嘌骠（骠姚）榣敹鹊欂枖憢蟭蟂蛁膫螐飂藮儌踃媱嫶瘭鋚爂烑莜鴞幧撨暚廫螵瘯髎嶠蟰鍣卲燆綸熮穚竂敫娴詔駋岹莜鮡瞍緢奝襘鷔珧萩寮柖庣窱歊盄莜顤鳮槒翏簟莦覱磦刂玿弴狣咲犥謤蔋宎簝膲蹽杓梟橾撽繑筄鄵灬菬鲷焇欿袑镠獤楆匋鐾獥鮹銚玓屪鐈膔皾鬾隃賧嫶妱璙顟鎐鉊刟穘蒢劁

【三肴】交巢梢郊茅嘲敲抛蛟包坳苞庖匏爻抄胶肴呶淆胞殽

钞铙茆箾教（使也）譊硗捎哮凹稍峭嘐蛸茭泡抓骹旓髾跑炰鞘（鞭鞘）鲛滮炮（炮制）咬烋聱髇弰啁磝怓庨爬咆轇窠脬鸡媌詨剿（剿袭）轈鄛艄寥嗃漅麃挠刨謷枹婋跤筊訬吵牦（长髦牛）颮嵺鸼樔龅硇狍鮹捊（音庖。与掊同）猇誵鞄鴓鸦軪痵涍髐硣嘐謪墽窲枹姣（淫也）佼（与郊同）橈掊（引取也）焇磝（同硗）骲娋鲌摷飇湍鞄挍尥耖窌頝摎筂爮勼玃郩炂蔽胶缫罺鄗（水名）枖罞莦緢泑鞘侾艽蟉摮顤孝嵪偹嚗嗃洨顥

【四豪】高劳豪涛毛袍曹刀骚皋毫桃醪蒿逃遭号（号呼）鳌牢舠陶旄髦韬滔遨褒膏搔操（把持）螯篙槽萄猱饕嘈绦嗷糟熬忉槔麈壕敖翱艘璈濠臊橐嗥叨羔糕洮嫭淘嗥缫嚣獒尻飉咷醄绹艚挠螬謷嚎䜜慆漕（卫邑名）慅鱽蚝裪嶆捞啕廒嗸掏謟溞轑（挠也，轹也）芼鷔蟧翺咎（咎繇）簩謷牦梼蜪幍挑（轻儇跳跃之貌）酕裪绸（韬也）唠皋掐騊呺鳌牦爊涝慒（乱也）槮裪秏（独貌）痨諕蹧憹軞鶆傮洋崂髝鷔摿詨夲鄛簝眺橾瑶岕鳣膫嵺嫪朷蔽抗釖蝚翢臑覞猺鱢禮嵪獓纛毹摮枆鳋皭鄛梂獋餡嶅滶嫍匋蕔隞蓸槄夵鋾

仄声

【十七筱】鸟晓了（未了，了得）小表杳渺杪扰袅沼兆窕缈皎矫赵裹筱眇少（多少）窈窅绕绍旐淼蓼悄（忧也）袅曒醥肇藐瞭皛缥缭秒鷚剿（围剿）殍麨夭（夭折）溔愀挑（挑拨）挢湫（隘也）荸鹭标昭燎掉缴篠娇蹻褾舀娆眺佋剽（末也）佻表鳔蟜朓麃钌眑鱎僚（好貌）吵瞟訬憭嫽騕鲦嫖枖偠摽駣敫闄譑剿婊抗窕槱莇屌嵺萩朻昭煍皫蕌蕍鈔皎絩柖媌芙敵譑鹭袑篻垗藁鐈鄝袑岆仯璙誂蹽鮡隢薦巐狣扚仸槝尞諘篎剿丿顠鴓蒸璥実庳楢杴膘

【十八巧】饱爪鲍卯搅啮挠狡昴泖姣（美也，媚也）齩（啮也）绞炒煼找佼铰茆媌（同卯）巧拗吵筊孢骲瑶鞄虠狕笷怉櫹鴓濷𠃉炆聚頝捁緢㕚槆挍

【十九皓】老草早岛宝藻恼保槁讨好考道浩稿稻昊潦枣抱扫皓蚤倒（跌倒）脑捣杲葆藁媪燥皂堡嫂裸镐皞造（建也，作也，为也）袄缟颢璙祷澡灏懆埽鸨栳夭橑璙薧栲涝纛烤磝裒璪繰辒缫懊暤懊拷犵佬駣齐套蝹嫩媚滈捯薅荮鱙玟堢裯筶菒茗兒鄡墙狨窵淏涛芺偳郜稻勼綃恌荮忝謶柪咾中贒聊鷜鮍犸簪丂祮怒檺峼恄憹祛搔懊罏鷑椇剥

【十八啸】笑照啸妙调（音调）诏庙钓眺召耀峭峤料叫窍要（重要）诮徼曜肖烧（野火）疗吊醮俏藿茑少（老少）跳（行貌）邵獠鞘（剑鞘）醮劭祟窔骠噭漂（水中击絮也）谯（责备）掉轿（辎车也）噍铫照燎宎剽（砭刺也）鹞爝哨莜窱脁喵溺绕票嘹悄（急也）尿褾僄约鹩僬摇（音曜。亦动也）瘭镣俵揪脁嬥朓邵寫誂炤膮潐趭菖獟摽蔜（草盛貌）瘄豵艘佻帩僄嘺論抗銚攤璙寮踃炓鷔晈嫽鷝筊嫽枛筊獥踔敳顤劋篍訋敹顜塈蒚嫽顙莜僄橾顠覙燺窱嫖（轻也）翟镶

【十九效】貌孝豹闹教（教训）效校罩淖窖稍炮（枪炮）棹趠炮觉（瘄也）钞泡珓较疱乐（好也）桡胶敲炮坳酵巧佼儌哮（唤也，呼也）獶笅袧踔絜爆（火裂也）窌勒娟刨敩拗艄挍佼婶晎潲撒岰嗃鬃炆骲麭缷爆詏恅奅伆磝洨潊軪

【二十号】到报帽操（操行）灶傲噪奥盗诰号导蹈耗悼耄劳（慰也）告陶躁暴（暴虐）道好（爱好）纛冒靠嫪粍漕耗造（就也）犒膏芼抱扫翿鷔倒（颠倒）帱（覆盖）瀑瑁墺眊纛糙祷傲曝凿耗瘙郜懊燠搞謷慥驁謟旄套缟埽涝癆澳媚鏊勞獒纇鲉傟韽傝毷鱐椧璹瓅菣猷炆皓莉耢褤蓸郙祮覙祳鐭蕨腼鲉曝芺冃墺臬靽抚槌圠鲉翢鼇

第九部

平声

【五歌】多何歌波过（经过）河罗和萝磨跎柯戈阿坡科蓑娑峨荷摩娥梭哦珂魔嶓窝讹窠鹅陀螺沱蛾禾驼酡莎呵他鼍挲婆诃

么颇疴涡那瘸它苛莪轲哥佗拖𫚉磋骡驮鞾陁锅瘥傞蔼俄蛇蹉搓锣啰迤（逶迤，行貌）傩（傩神）煃蝌嶓艖紽箩娿舸瑳婀蠡（瓠瓢）醝挪羸挼囮吪艖倭屙鮀趖䯁鄱砣沲（同沱）眠牺（酒尊名）劘罗迦唆瘸猧啝番嵯（嵯峨）緺鈋逻茄（茄子）痤嗦䅳哪詑伽髿难（同傩）玻蘑堶羸桫挼嵳鸵她岮莎菏献柁鉈牱陁枷踒猡啵驒菠埚攞骣蓫䯁髁稞浽哦啊椤縏（姓）砢滒紴迗駉菏莴虘吔䅳鲹鮀袉誐锕鍋氇唆攎唡髍橐簻戨尛攠滗侳擘庹犹䁤或魤過钶樣槶覣躦䎀觀脞娑烁鲄嗟跢痑涐酇（酇城）鉫蝌钷蘆楇蚵㦬杯梔腡摞呙硪（同峨）踻吔椰唾刯抲珴嗳涶

仄声

【二十哿】我火可堕果锁堕祸朵颗裹琐舸娜妥坐么䄻左裸柁砢跛荷（负荷）颇（稍也）舵伙躲羸（蜾羸）惰笴垛柂（同柁）髻簸叵轲瑳蔴峨坷輠椭沱脞那骣播堁佐傩（行有度也）沲陊娿哆揣蜾駊拖埵硪㾃猓隓惈哿伙瘰媠閜娑（馺娑，汉殿名）卵阿（与猗同）㦬婀（婀娜）蚁爹墯棵跺嫷箇鄹爸髁婑岢倮鵎捰唢他誐粿鍋鲄涴敤扦炧抲樣娿攞唾袳惢縒樯灬尛毻陏袪锞褍锗脞衺挜她椤囉涐葰驰刯挅砢碕緺岩撱陊缍痑頋稞瑳炣誃钶淉攍

【二十一个】过（歌韵同。又过失，独用）卧破座和（唱和）个贺课饿唾个（枚也）些（语辞）涴磨（磨盘）货大做挫坐个逻奈（那也）佐惰作懦（怯也）剉糯簸那播左锉莝驮蹉堁坷轲磋惰他剁媠㾃譒骒逤盉荾哆哪啊髁蚵摞毻摩糖袔蔢誃椤腂岩娄楇娑（逻娑）袪襎吤侳跢攠侉尯沘敤攍鍋㑩𦅗涶痑棵挅

第十部

平声

【九佳】（半）佳涯厓蛙娃鲑哇娲蜗騧䯄緺徍雅哯支

【六麻】花家华斜霞沙涯赊鸦茶嗟车槎纱麻夸芽加遮嘉牙瓜哗砂笳葩蛇衙邪遐差（差错）瑕琶夸奢耶叉蛙葭挝虾拏巴裟些洼丫蟆呀他查娃爬哑谺爷楂罝芭枒洼蜗铘騧畬（火种）哇窊髽笆桠伽珈娲杷髿檛岈麚琊跏艖茄（荷茎）韡痂姱杈迦豭枷喳骅箣垞鲨䶕柤挐（同拏）緺雅（同鸦）渣揶羓污划（划船）椰阇痕搽畬（火种）吧爹疤奓猳枷苴妈莎涂（沮洳）溠碬涂荼煆咤茬（斫木）鰖嘛莕铊鍜騢嗏畬蕸龃啦咱叭呿耙粑铧踏飏靡戯袈駕㺉蚆鈀秅䩉鶜舥吾（县名）玡碴痧桦痳旯蚜唓痖嗻搽钯瓟瘸貑謯閕荸葷踻铔笜釾蝊胍挓柒譇潳掷砦砗浾担犽梌粆泇哆褨侉找哪咤抲乢苩謶秅婼祖鋘訍跒差螯膇觰妑痄焟愘篴椵皅鈣侹晇煱搋嫭朒嵯蘆誽鈽瞍椵笌捈奤吪歇腵涻哔諣潳蕏呙鎈騆吹犌桒摦祖（县名）鉫鍦

仄声

【二十一马】者马野社写也雅瓦寡冶下洒舍（废也）舍赭把假（假借）泻灺惹罼槚且鲊打哑夏（华夏）踝苴碬若厦耍姐贾撦錡剐庌髁傻玛喏奼哆輠码瘕閜叚厊疋蚂乜檿䖶䶕痄邸厏苲蔿藸摦椵蕥吔担凴稞蘚掗檛锞雩跒聆鮭怹謯騇溠乪婽羞她鰢偖飷鰢鮭䫔踷腂粿詉

【十卦】（半）话挂画卦絓褂铩杀衩尬繣瘥罫榨睚嗄诖杷蟸鮭瀒諣

【二十二祃】夜化驾暇谢亚榭稼架罅嫁骂讶下华（华山。又姓）诧怕麝罢借跨射舍（庐舍）诈卸蔗赦迓柘藉乍价夏霸咤泻䅊炙坝帕汊娅砑靶姹咤吓胯假（休假）罼吓灞鹧差（短缺）岔贳祃籍把（与弝通）蜡厦嗄弝榨吗髂暇贾（姓）桦杷耙衩犸鵪奼謼蓌槬酮渣唬哆咻掗偌杩鮭爸跁侘搋褯鬟厍偒枇騇閕搭吔膪嗻諣坬衙（与迓同）侂任疟鳠犽愘苄懗謑摦渃諑笡搾娄狛蘼烢侹砟椵踷痄觰閟浛襾訍砒叭嫴

第十一部

平声

【八庚】生声情明清城名成行（行走）鸣平轻晴惊兵倾荣程横（纵横）京英营耕迎更卿盟缨争精盈兄旌莺嵘征（征伐）瀛诚楹羹荆衡并（相从也，合也，兼也）笙评茎烹鲸萦觥酲筝琼氓萌婴檠庚呈贞撑晶枰坑擎亨羸泓茔罂狞赪甍撄明赓睛粳宏篁正（正月）嘤铛（酒铛、茶铛）甥轰樱蘅钲铿饧嬴茕琤铮菁盛（盛受）纮牲盲彭怦坪橙霙祯桢枪（欃枪）闳伧瑛珩丁瞠黥鐺鲭虻棚勍苹訇硁蘵绷令（使令）鹡鹦莹峥鼪骍黉璎鸻莹柽璃枨祊抨砰脝鎗猩蛏抢（抢攘，乱貌）翃潆怔儜谹鬡麖榜（所以辅弓弩者）絣呟弸睁喤伻裄搒泙甇罂瞪哼薨（众也，疾也）蜻趟澎輣栟裎甇搴嬛箐锽姘輷顷瀯宬振蕒洺珵侦拼锳膨縈鐄盯蟛渹咣濴狰蝾嶒浤閛訇鈜浜鉎桱撜諻狌腥橙淨喊猄涥请鶄揁圊拧硼挣磞洴恲聙軯娙牚謍柠鉱鄳娱誙嫈汯骍虹鼱揘晟硡騯眐箵鯖蠳腈彋朾瀠賏晗枨瀴啨炡媖藑憉奟鲆竑佂閍惇鸧攍鑅絾茕媜艴葂硼敻擟嬫揘帡帲（幄也）埩鸎莖軿殅恕佊雃撐橨痭嚝滄琁荿鼜弦饓鑏胻儝呯碤鼆娍庼炕峃燊鎣郕敼鳖礯殸嬣聇倞罂晴蓱筬捧紅阷鵎鎢窺硏竫邟洐俓柍珹賓鵖霐罂殌趟鋥湞沟瓗膜埥箬荿撖娖玶梈湦楟瑝羟浧菡胼靗精蚲檣罥鋕袋趽橩鏰蟥箳諻葝浭樈硫劥珵埂（坑）鸁垶烘炘嘭嗙渶

【九青】青星亭灵经冥形醒（醉醒）庭听屏扃停萍馨零腥龄铭溟汀瓶宁刑泠萤坰霆翎棂铃苓荧婷丁舲廷型厅硎瓴泾俜蓂伶惺鸰軿陉蜓玲醽聆仃咛娗钉渟蛉螟邢暝令（脊令）囹鲭铏莛駉瞑鞓箵町軨筳篁娉玎荥蓱鯹鄙猩叮鼮崂蘦钘骈羚頩綎径（行过也）詅呤跉聍箳軿娗（娗娗，容也）爧濙笭娙（汉女官名）楟葶桯昤玲姈拎霝耕跉鲶鉼珵订圊疔狌娱帡骱榠甹蓤鋞狑絅鹲蛵砱蜳肣聤荓奵蛢帄柃軒睲鉎紷薹侀鴘濴颋坙溟獜呬湾梃邜桯坙閝庁芊煋柃頴猽冂朾閮嫇葵鶄袋嵤鈃朾諪帡（帡覆也）鏻邢鄗衕伶霙龗龄

耵郹

【十蒸】灯冰僧陵登层能升腾藤凭朋兴（兴起）曾蒸增凭澄棱乘（驾乘）憎凝绳胜（胜任）鹰蝇膺称（称赞）仍承鹏肱嶒丞崩征应（应当）矜（矜夸）渑罾兢镫（锭也）升塍绫鬙缯惩菱譍（答言也）恒弘縢凌矰烝凌簦缅滕棚誊楞瞢（目不明）礽冯（陵也，冯河）崚鼟疼磳艿鄫淜塍鲮薨輘橧豋扔儚掤堋殑譝姮掕漰噌艿薨僜碐憕症蔆冫噔鬅睖砯邆倗騬憴蹬螣陾睦鞃胥浤儯竑焺奟抍痭璔篜婈竲譄顭弦龄耾璒祾傰溗辺踜祾滕厷蕿倰穪隥熷螣夌錂焩驓鞥伃覴嬁鼆憡庱棱䗙堋虅崂丞倰陼拖

仄声

【二十三梗】影冷静景境岭井永省幸领顷警梗整颖耿饼骋屏猛杏靖绠颈颍炳瘿秉逞郢荇矿艋鲠眚哽黾请炯丙囧冏皿蜢靓幷璟犷箵悻憬箐阱怲打郉幸懭衿痉埂竫梬泂冥哭茓渻裎幸睁檠狰（飞狐也）睈勐蛃庰穬浧蟼悜甂澋艋苘侱陃奣浜栐鋲炅憼睤剄鼆崾睲茰晸箳彸郠庼廮鉼眳偗䱍揨窉鮩湮龃擤眪柃璥朾侱暻脝烡艵掟鄳絣挭撽幜撔柠誁丞昊痭睛（眳睛，不悦目貌）

【二十四迥】顶迥鼎艇茗等酊炯肯挺涬拯梃町醒铤謦褧溟（与瀴同）刭絅酩泂芋嵮珽莛幷惺脡颎颎侹胫滢颋矃冼佲奵冂诇订夐泞烴婞竺炅瀞圢榠涏洴眳瓔娗嫇坙靪烶頴檾踜耵哭莹庱誙鑏鼜庼妖鋞苘姳朾侱綡闀侱瀴誔莖

【二十四敬】病命镜性咏淨盛圣政映令劲竞正姓柄庆敬竟孟迸聘郑泳横（蛮横）硬更诤儆獍清行（德行）迎（往迓之也）评（平言也）另夐幷靓榜（进船也）帧侦轻（疾也）倩（请）证詹阱证请挣禜摒晟娉盟（盟津）碰婧濪撔檠请诇郉锃趼怲啈詻脝璥鼜瞰绗詇鉼掅壒姘枈潁誩褜郥靘窉愭倞眐娅跰涅鋲赻狌绗瞹瀴痭牚儭竫炩朾葝竀徬鞕

【二十五径】定兴（兴趣）径胜（胜败）赠暝（夜也）应（答应）罄磴称（相称）乘（车乘）听甑罄剩佞蹬莹凝（止水也）凭饤亘孕瞑邓塍镫（鞍镫）秤凳醒碇滢亘艴綮证锭经（经纬。又织也）瞪凌（冰也）庭订泞嶝钉（以钉钉物也）廷隥莹胫宁譍（以言对也）穪懵蹭懜墱鹲鑋倰踜靪掟賸掫碃蓥冥鋥嶷丞芿掕堋諚濎橙（几属）瀜驓侄鱦殸蝱覴塴烝（热也）碠倗譬桱掅甏滕僜璒痭睈蕂撜靇竹

第十二部

平声

【十一尤】秋游流头愁楼游舟州留休忧浮洲求幽侯收丘悠谋牛裘酬钩羞鸥由周俦修投筹柔稠眸优不（夫不。又未定之辞也）讴沟畴猷瓯尤旒囚虬缪（绸缪）邱搜雠仇飕刘沤（浮沤）遒修鸠邮犹油侔犹骝楸啾陬球矛瘳雠抽喉偷湫猴驺球飗蝣锼篌貅篘榴篝櫌酋疣髅鍪邹牟否（未定之辞也）樛呦璆斿緱菰裯鞲咻鹠欧庥彪蜉娄鞲抔鳅麰勾兜儵诹帱繇媮紬攸糇蝤逑搜遛裒嘎售鳅秋罘廋輶鹙搂齁啁艘飉泅镠桴浏檩詶馐赒阄褠涪揉螋蛑刍瘤鬏掔窭愀绸溲赇鞧漱崤叟斛揄偻蹂掊（把也）区揪骰琉蝥彄摟蝼抠鲰滮吺俏罦掫烰湫菆勠醜丢萎蝤惆句馊嵝俅鳙尣鍭调（朝也）酯瞀篓谄懮踌祷螯摎緅鸺艘麀鍮殴腰廔漉妯瑈馗（音求）救萩赳觩妞泵慺犨鸁醧龟（龟兹，国名）镏鞻莤裗鉅鄹椒（木薪）睺莱嵧艀呕廇锫糯卣琈銶鏉枹觫濅騪凋喽雺彪篼耧瓻蚰硫蝚蓝沟蚯掤芤腧怮厶鯸瘊鸺髟鞣眍芣艄秞蝨蛷怞恈鲦髷輖鎏怄逌楢鏂壑艽厶塸梂蟱滮枸葔鮰麰溇莍耇鍒鈄揪頄獀剾艚瞜薵緰滫鄹吥撨疇沈鲉鹫媃蓟犰遱蒥鶔鷜燽菑熡騆焒磂嬦鰸騥鎀牞寠緅瞀挎緅鴟腬妥櫾婺帿豮揂鄘盩垺朹馱扏惨熮玌湪脜脙麀鰡聚箁怺椆鉶茵嗺浗熘抗瞴殏邱徟鏅蒯浗鍬翏馗呼扰穋鉦佢粰朻鑐熰瞍犸汼湭袧裗輈峋紑僧妋烌瞜䦆剅玽釚鄹鰽哞趣縵藳霱爞晭槆投鯀櫾鶹

䐢塗紞蓅媹簌蔓篏訆蕍餷褛筂圳鄸梻鱃捒亠蟭蓚嚋偤糔䳁懵(虑也)碿趙郰篴哂泑敹劉蛔匬昫钆櫹娴肒

仄声

【二十五有】酒手久有柳友口朽叟牖九偶丑否狗丑首走垢薮肘后斗阜守后帚咎厚臼藕亩缶韭负吼玖酉寿剖取舅苟纽母右莠塿纠诱受妇耦某蚪黝耇不(同否)陡擞笱瓿呕绶蔀钮杻扣罶纣牡浏狃授掊(击也)卣叩揉蹂抖糗槱蟉(蚴蟉，行动貌)绺莽滫嵝柏赳紑忸瞍粿扭殴部灸拇嗾篰黈眑枓羑扂醙掫趣(趣马，趣养马者也)篓蚴琇甀棷(同薮)芨欧(吐也)佑籔扣懰萿揂钭内岰娄茆溲溇姓浸醥鈕枸鲰铆蚼殕睭岣艏歸桷塸萯楺邱蚼蜏珣偩糔碅螑踇炰檄励劶皀餢腢炄娽吼槕璹齱泑熮妞(姓)䜣牳疛紑煣莳朻飳巃緬栗斜蔛箬沑慢鲖(鲖阳，县名)茁蘳奴吋畲聚杍鮥犼楢荽喁(声相和)牿聊婣湡庮熘培厶珋吘碿刮呾婚齨喽蓟偺淩焙垺

【二十六宥】旧秀瘦袖候就昼漏奏岫绣透豆茂陋溜宙构斗窦皱寇兽骤谬胄臭逅又究后鬭斗(争也)堠佑逗毵酎幼救嗅彀后狩狖构售覯咒厩耨宥寿凑鹫疚覆囿诟籀遘漱轃右溜绉富脰镂僽侑授宿(星宿)蔻留(宿留，停待也)媾走厚购雊懋贸咮饾胄首(告发。自首)扣受柩锈戊簉仆(顿也)守复够姆副缪瞀馏膄僦嗽叩袤廄绶吼鼬读(句读)鷇

菁收（获多也）蹂楺柚佑灸廖琇繇（卦兆辞）䌷㗛沤（久渍）姤糗槱廇句（句当）鄮伏（禽覆卵也）揉瘤謏噣（喙也）懤愗畜痘螀楙佝蜼扣擩搂塯貅鍑楱譳窌狃睺油（地名。又与䌷同）玨复犹（兽名）輶雺飂鞣偻瘘酘媮螑鏉镏鹨浢笳豞铀婤怞飼鏅怐楢逌彀烋嗖粙櫾駎慺鞲慦弃鮋鮂疛涑斞嬦鞣擎昝鵃狖碯轴琇糔溴鏉辐鞣肴殧邬敊嫞鮈嗕熇慖熰枹豧袧鮥遚嬼鹠郰蛷椆寇蔟（律名）琟福沍

第十三部

平声

【十二侵】心深林阴音吟寻金琴今襟侵沉岑临沈（同沉）禽簪斟森禁（胜也）霖砧任（负荷）浔衾淫钦箴骎针参（参差，人参）衿琳痦涔嵚愔擒歆忱嵾琛喑淋谌壬鬵唫（同吟）霪黔（黔嬴，神名）祲镡（剑鼻）蟫南芩湛荫椮纴檎蓡郴燖鲟灊霃隽妊吽蟳廞椹煁肣芯梣噙綅罧澿渗（淋渗）痳闇嗽穇篸黔簪鍖碪鉦篸綝嫍笒惏愖莀樳崊鄩紟蚙黔埐瞢檵庈烎聆莕橬悇魫杴琩穇鱵痷鈝禣諃炃宩黮鑫諗鬖葴汖灊橝怜鈂撿泠鈙埁荃鸧鮝楉殜婪玪杺謦撍拎鈊谌螒幓鷜

仄声

【二十六寝】锦品寝稔凛廪审枕饮禀甚谂沈饪蕈懔衽噤恁椹葚荏淰踸朕怎锓檩碜墋脸婶瘆澿魫伈趻覾枮朦昑唫梫瞫橝鉦棯苍谌婸谂抌篸瞜闇趛抩栚秹顩菻

【二十七沁】禁荫谶浸任祲沁鸩闯赁谮渗饮（使饮）甚深（度浅深）临枕窨寑纴吟罧喑（喑恶）噤揕紟衽隽瘆沈锓妗妊僸酖（通鸩）㕶郴䨺笒痷趁愖鈊鈂抌揿侺莀伈瞫拎揿鄬

第十四部

平声

【十三覃】南谈酣潭堪三甘庵岚参（参考）蓝惭骖谙蚕龛贪探毵含男簪涵昙柑耽函（包函）髟篮覃聃谭憨担（负也）枏戡眈惔篸甔婪諵镡儋醰蟫蚶䤐湛（与耽同）驔泔盦嵁锬痰郯褴弇坩媅颔邯唅谽䛳坍媕鏨䤒餤鹌傪渰（与淹同）欿喑疳腤啉倓燂坛澹蕈蝒苷䫲酖灆敜惏憛喰臜荨噡萴痷咱佄儖肣嵅淦埮礷浛錔菩晗橝惉姑妗汵鐕曋闇（治丧庐也）撍儑弎嵐婡酦娢燥頞坛霅嘾玵箬笒厶谽谵撖聸喃糁颉瓶喃裺郧莕婒謦歆儖璼腩颔緂桧鸧灆

【十四盐】帘檐帘添檐纤尖嫌盐严兼廉甜髯炎蟾潜瞻淹佥拈占（占卜）厌（同恹）沾恬沾签缣黏阎钳谦铦镰粘歼恹忺钤黔砭襜觇渐（流入也）鹣幨暹詹佥惔餍崦签鲇蒹苫痁燂焊阉腌挦櫩阽噞蚺蕲濂爓枯瀸谵灊磏奄（奄留）鬵绶湉鬑惦菾枏餂裣占针槧掂欃呥稴蠊棎鑯譣孅锓臁詀锨蛅憛笘襳嵰鑯讝薝燂燫战壛搛劆忝薕杴黇拎岭鐱妗（善笑貌）嬐誗玪碱闫鋑袩槏譋酟鳒伶嶦殗檶溓秥肷譫瀸諚頞蛉产閚螹碊鸧蠊撍钐偣馦牯聆嬫津嫌幓銂熸覝慊噡怜黚彡衻㾌

【十五咸】岩衫帆衔凡缄杉咸函（书函）喃芟馋谗咸镵监（监察）嵌巉劖搀掺严諴槭嵒衔欃縿鸽碞崭毚攕黬髟（屋翼也）儳嚵瑊彡獑杴穇沨羬艬站黯詀锨欃嗲幓礷輱崡杉厰尴稴礹覽揞赸瓶譀肷鏩葴鳒杋湝（与涪同。沈也）钐玪鄺蠊舤鹹欕溓

仄声

【二十七感】感览胆惨敢萏坎糁揽颔撼壈荚毯榄窞黮紞髡憯黪匧歜黕嵌淡啖椠禫餤菡椮澹砍闇黭醘耽（虎视）傪噆醰贉轗罯䫲惂鳡韬晻喊埳橄憺赣唵忐欿黵鏨澉揞昝歁腩啿黬竷霮醂晋湳顑荅鏒餮黴溇臽禫倓韬爦肣坅撍掩錎涞颔黕嘾酦揞醃莸罯

参（与穇同）祙蓞幓咱颌篢膪蛤㸂喃澰擒逮惏滮瓰抌鰔

【二十八俭】险点染簟冉俭检脸焰玷苒琰闪剡贬飐陕崄渐（渐次）芡崦谄俨慊掩敛睒嗛歉魇忝捡广黡檿隒埯磹覝湆罨舔晱扊颇弇厣奄椠潋睑黵嬐譣猃驔肷镰黰裺蜥莶晻稴曮棪店硷锘彡醃忝孅媣譋琠嬐澰呫锘硷碒溓嫌嫊痃葴呥㥏鼸橝獫龑菼

【二十九豏】减槛范黯范犯舰斩掺湛黤轞軓嵰湆豏鋑甐巉歉碱闇溓跉黴憸嵁鹻钒喊（怒声）凵撖凩醦阚（虎声）鰔偡槏瀺黬扻滥（水名）瘎壏灚

【二十八勘】憾缆暂瞰探担（所负也）勘暗绀敛淡滥甔赕磡澹（水摇动貌）憨堪唅啖（狂也）阚闇憺赣錾憛霮壏爁僋汵嚂荅肷倸琀淦儑淦烿甜諳駀揞闇銽倓篸憸参（参鼓）黚甏癚凵忱撍蛤顑餡坩瞫三（三思）婻溇顲

【二十九艳】念艳焰店验滟堑占（占据）酽赡垫坫僭窆厌殓餍剑掞砭觇韂欠敛苫占傔潜潋黏醶瞻沾（水名。县名）磹淹歉忝碱襜燗痁俺烱嬐猃驔畲裧嬱舕厭鳒幨埝譣椠兼盐（以盐腌物也）贬爁菾敥嫛裺殗獫澰趝嶦頕胁（妨也）稴贬棯

【三十陷】鉴泛梵监陷泛忏蘸赚镵站帆（张帆行驶）欠馅沨撕钐訉儳剑湴譀谗阚（犬声。兽怒声）甐钒埳（同陷）艬覧揞溓顑肷銽臽涚淹韽湛（姓）

第十五部

入声

【一屋】竹屋谷目木熟菊腹哭服肉独福速逐禄鹿麓肃轴牧宿（住宿）卜陆六族筑縠祝沐斛馥谷椟掬缩筑牍叔读（读书）粥簇蹙育秃覆碌复伏穆渎戮淑蓄縠矗扑幅镞菽漉竺燠蓿蔌扑瀑曲（酒曲）簌椟睦鹏鞠鹜觫蹴簏蝠黩郁霂塾澳谡夙辘餗曲恧仆（群飞貌）畜彀衄洑濮卜槭楝鲼辐朴复孰匊倏浊舳醭譾朴辐鬻僇煜角蝮

稑暴（日干也）箙昱彧榭曝啄鞠朒盩鞠匐睩琭鯢蓼踏滀皂忸鶒瀲
俶踧袄鸛柷澓髑輆柚搐摭瘯憶殰鏣磗副（剖也，判也，裂也）囿蒩莜
奠劇螺苜踀羿曶蔟慮趫駢跙鰡楅犣鴰篍閦嗷缪（与穆同）稢髗穆
縠礽告蓸腥勠鍊毇縬濲掭遬焅菽熇遨汋（激水声也）蹼唷峪櫹趫償
蛸荤妷垀蔪涑橤鶛踽倲豖翱蓼銷尣鴆趑楝棚鯸桼蛛褥脂纋覆
枚獛熪孈輪鵝麓苀劅諔跰嘟韃薓沺鯉蟒楝幟桐戠菇道篁堇驉
宓馬驪瀟畐斂稑莒茜玉唷鉊琭瘦鉄祿莘怮尗坴幞巿泆糒噎蓺
鱗瓆琂軶鰒跙剢犕鐟菽楜縠耴琡鏊鍬藕黿疔鞠湴紁郎甗璠淯
璹㩴婣雈鼽棷鋑趰㲋偪阿（阿谁）膠鮀篸婳里殊尗稶噪碱楅朧栭
磽沐鄐鸼樸嬔塠螫聞娿楯鞏諨摵榎砳榴鎐諫圸苗妋汦祿鑁攴
坥嗖鰱觷鰺

【二沃】绿玉俗烛足续粟束促辱局鹄躅欲录蜀触毒浴狱旭瞩
箓属酷渌醋笃沃曲赎褥斸勖督嘱溽梏縟鸼蔍箂騄蠋薚瘯峪趣
悎项仆廓幞裻告捐瑀营襥歜蕐腷鋦鋈逯蕒婙腷虙慄匡熇臃夅
（同旭）蚰欘趝襮呃灟莑妷偗彳鸐駶嬳笛蟳蠇趄鬛鏌蜀鋊腜砡樺
瑅輑頡佶捪粎敊琄鑼娮溧雀縶悎觷螫偢褐钰淢噪鋒嚼鋈諫
嗕鼽幞蓼桐揀菽鸼

第十六部

入声

【三觉】学岳朔幄渥角濯邀握璞剥觉（知觉）琢确卓殻雹擢鷟槊
斮荦捉驳浊喔啄榷桷数（频数）朴驳灂诼乐（音乐）龊朴埆搉啅镯较
倬玨戳鸑涿罩鷟跑桌踔娖鹤硞垱柫擉药渥槒愙搦碻（同确）镯縠
懪稻敠爆瞀呴偓敠韄曝催箌穛嘀眊縠搠斠斮齷搭捔趵礐荊㭞
㗖淢嘲鹑璞蠗宭鞄籗瓁悎晶鞏兒汋雀鏴劰燺豿媘礭彴欘劅粎
麃猎鮑幄敠荤璞墧鰒碌觷腥燉棹（树枝直上貌）扑鑑簎荊鼻敠攴顡
鼤篐搖雕琸琂爆籱拿壆鸼娿甗殊

【十药】落薄鹤阁壑寞郭托酌漠泊略脚雀却廓昨托跃洛弱缚恶鹊作萼乐（哀乐）约诺索爵削钥橐络着博错箔铄著（同着）藿謔箨虐柝幕灼铎嚼礴霍怍鹗药愕瘼烁凿屩若酢钥锷托（同托）搏酪勺崿粕噱攫杓斫度（谋也）鳄蠖臒彴各掠莫貉涸镬谔绰疟鄂获瀹垩恪珞拓笮魄摸骆膊椁爚膜（肉膜）箬簔扩噩萚雒玃烙缴搁塄镈蘁泺妁遌鞹焯（明亮）腭龠彍泽（星名）爝格（树枝也）获蒻亳镢臛饦礿礴矍醵咢襮躩蹻跞臛镆郝硌皭霩朦篗皵癯鑮熇（与謞同）踱芍岝矐郄皭铄柞嗃煿蕁篗虋惡跖汋擢靃謞欂漷戄瞙飵郝汑鄚蝁猎踖（超也）昔蝁燋暯婥厝咯逴喏胳迮彀貜颚爆雈鍩濯碏袼嚯鮥獏嚄頀迮婼碏祏焫澤矆楉馲鄗峈縸沰剒胉噂礴馎貘嗼杔崞戱劇笿曠犳曜靳踖焥横藘傆娋莡稓慔謶蛒彴蔌萕欂鏉岞秨逽魠敫覨剫蔪擆狛鎿鶸貜竘嚛鉔擴硸櫡滘扚葃鑩棤樓噋穫鑠籊溹臬（长貌）擽庴唶縒矺瘧妰詻嫭顲跅仛纅铬踖趞蠼鶮犦茖繑祥铂塘癯墣蠌牔鬒婼砟檡挀鰝芉佫侘籗渃蘥鵅溺

第十七部

入声

【四质】日笔室一失密实术疾逸律毕匹膝出帙漆栗溢诘七橘必述秩吉蜜恤瑟乙质栉秫虱蟀荜悉栗黜弼叱潏葎嫉汩朮谧戌昵窒篥镒率侄怵锧鹫壹卒（终也）筚绌节佚苾鹬轶跸驲茁抶桎喞侄崒獝繂沭疋韠遹繘泆罼鳦祕铚袓蟋溧飔聿飶霱咥蒺袟蜜沏泌馸蛭佾訹珌姝挃鞸碛厔耴尼（近也，止也）筆肸熚觱垦㺄紩桼傈瀄踤窋姞駜溧晊帅捽矞佶拮鷅鉞谧瑟饆佖茂膝鳴眣瓆鷘搾圪咭沕疙宓蛣滭枇（枇杷）鉥郅鹎鍺楖态螲怭铋潌趌騃鷸疷窸出滵柣庢咦箻鷝秷峚狤珬歂袟胵蛛遻蠠秖抳塛槛跮恎絉鮅歖炢咰趉衵挒泆擳銉肷柫只眰比（比次也）鞸腟傈焌搮佶箤燏鴥笜恷麜胾鲒黪犵铚秪（与秖通，适也）蝍詄瑮郶繂妼琗孚衹（适也，仅仅也）嬄宩鷊炪鹠邲衹（与衹通，适也）胇欥浧柒暨彃浗榓膣魓楧鞊樻驈蹫欯釰茾

【十一陌】客白石迹碧夕宅尺席隔策惜役屐陌璧益伯赤癖柏窄百驿剧脉辟戟翮隙迫掷液僻责麦昔释舄积额厄泽册帛坼易（变易）逆赫革籍脊择拍谪帻碛掖拆魄瘠格斥腋奕擘怿绎画（卦画也）获索磔译适珀射舶藉汐弈檗跖膈硕绤鹡踖啧轭貊只帼炙扼赜馘螫箦骼蜴斁穸阨唶帟摘疫划（划破）埸踯裓虢蝈峄哑（笑声）摭核刺（穿也，伤也）奭吓襞腊袥核（同核）擿咋薜摵迮栅躄亦涺擗虢霢借踖鹢搦蓦荻醳鲫嗌槅骕嚄剨婳客筴鬲陒媳掴鹡喀塉耤鎰莫（静也）醋嗝砉蚱舄觡圛栅齕翟愬鷊嘓齚搣貘睗洦呃（鸡声）霸（古与魄同）謮晹繹諮樴攼滆郄霹睪啧啪哧柞（除木）硅嘀虴徦蛨佰礉檡塥绛礋濄乇覤鹦墌篖皟蔐蚅茖腘郄舴踖暺襗鏴銆槅帞銆霡箣鷊虉樍垎嗼鲌嵴掦擿譂厝猛砨趞膉漝栀鳠拼鴡杔瞔炈疒覛賾鈠厏頙鉫狄烸檘澅燚苩帕茦蚸捒嚯祏狢樍讗籓諎矶臽鲼焟格嫬踥玨鉱铬蹃蚇睭馲坄秅狛厝慖哫脨癖焲煬熠絔呰墿蘗殤棤

溁猎蠷烡澤襦珥砑鏾棭譏㺹貜涑菲洋窆荏劋搣懄薴厃礊韃嬻燡醫雐虇振殺胉商蛒瞑焊撡癍搭蒿鷓乴焯積磭覰豼闉

【十二锡】壁寂笛敌滴历觅激戚檄绩击锡的霹沥砾涤觌鹢枥镝析惕狄淅获礫霹溺栎甓晰幂籴劈阒逖剔吃迪靮嫡晳芍觋呖趯瓵瓅霓鸝艕幂踢篴怒适轹阅汨（汨罗）焱郫躯踖籥殈秋氂摘蜥疠楠澼轠褐鳖枏倜礤緆秼翟鼏觊簸纟吊昊坜虾繄敔灐砳烁霹墑耆擺趿墼愁鸡幦虇曆帳曜璃觳炀鐴莃激莇塓溟鹬商玓駒煴鉣溆愬鳞缫抙槓撒傴苗爄邌扚欽椌墑滉趄宀仢償錄顿鼟燉覷
萐礜靋鱳碱镉肕繛糍态敨蒿楑獥婥蒋莜瞑歔廦驚虰郹瞡鄭菽
摡監楸

【十三职】色得息国力极翼侧直黑忆墨域识（知识）测棘职臆贼刻食逼北恻默德饰勒惑稷特则即拭织蚀仄匿陟穑亿塞（闭塞）式植抑殖敕亟克弋熄肋昃忒懝蝛轼饬啬踣阈洳殛嘿洫翊薏艴湜纆爽屴杙愊寋崶祴墄蜀罭愎嶷偪滕（螣滕）克埴克械裓尽劾唧轒减湢遫扐蟊绒淂蟘幅或恧蓟杙鷁鰂垼奰副仂馌醷衂鈒卿膈繶笏膱芅瘜瀷薏湏梭铖螺稙檅圣蚰菔犆趚埑捒蒜蚋忑嫿忒癔楅冒薂帜胭赹嘖稫賦煏功皺渘稄饰遉楉蔷炗鷾睂蝠禃渼捗畐曩噫陌嫼皂嬐讘珹揆骴揶蚍爃熜踣淯蟹蟻劻鈏澹坺鄗汋潶芳凧朸踵㧾諽檍炽憾窫苟焴嘊鈇忒殕憜憝搰熯鰳防凝繥

【十四缉】急立入湿集泣及邑十涩拾蛰习笠粒汲给吸袭揖什级执隰挹絷汁戢葺岌浥缉辑悒龛熠笈伋楫噏渫歙裒濈喸蕺榻廿潗霅苙霫钑褶唶爇苙鳢湆礏飁霵圾煜阖硸涩熻鸥浛俋辈邯褻鷄鏶俋裘釽浚赻騽噎鸿蕲謷戢溍皀嫱湒矗翬鈒眷卌諿

第十八部

入声

【五物】物佛屈拂绂乞黻綍勿绋袚诎郁讫屹茀韨倔䭾咈弗欻佛髴芴欻仡蔚㓝沕崛不（与弗同）吃（言蹇难也）掘熨弟汔迄坲𧾷乭鉈厥（突厥）魆肸艴（色怒也）尉岉泼菀昒忔鷗粅灪帗炥詘髴气柭爩紼屭蚾咈汥茵烼袦虳柫弗翇趉伆鉟乀砩阢第由芾窸

【六月】月发骨阙没发窟忽兀伐谒袜樾钺笏粤蕨突袜渤惚歇勃殁罚筏越窣曰阀蹶柮讷卒（士卒）屼劂橛猝獗羯杌矹矶竭㔭滑（乱也）鹘軏腯搰咄淈垡硉蝎崒纥揭碣汨䛒撅崫㕨核掘唠刖愲狘扢凸暍孛浡嗢堀鷢揬悖讦捽曶榾泏扤鳜蚏扣阏龁抐蔽朏数玥崪匫钀菝不厥崛脖唿昒饽鹁棁囫镢犵钠膃滵怢馉艴猲胥桲葧椊葵稡阢朏瘚侓馧（馧馞）饳蚎荸鈯嶡絧緭龣鶟杚枂颭汥榲趃亅崒坺䫻焉怴朏粐㧊侼欮堨迌趉䆗搵䐤囝懕宊殨笜舭郣逮瓙抈殟橃泼藆硐蕍錞壢滨岄垏鍎殁珖錫崛瘟（心闷貌）糏哮狒貀瓻榲捽

【七曷】阔末活脱渴豁钵夺闼葛割沫聒抹遏拨泼达括秣刺跋辣魃怛萨蝎斡轕栝撮筈挞芨蘕撒捋喝頞臈鹖敓褐鞨掇拶鱍粝囋喇獭钹适（疾也）韃靺澾髺裰妺拔阏噶㓹跶曷軷毼掇袯越咄蘖哒獦呾溛巀酦友胺炟胈烷迗緆鸹揩暍鏺丐挖铩碣捺咱叭侻饐鬣妲嶭笪鶡猲瘌鶮蛞蝲敠靼嵑濊帓枺粖姡頢攥巘揦蝰苿颰癹礤菩毲秳癶苋妭頨瀚趏蛶睕柭嬒餲炥鲂秡狚夳灒銛峚硝剁浂眛橃堨坺龕鬝匃驋擦汰疺爄螛咹幭湏颰伂鲅蔎眓褟樍歇馛葀佸咈噶挈鲵唪蹳捝炦攋抈骱昧鹳枂碄瓎脟憎眛

【八黠】札刹八察辖黠轧戛杀煞刮猾哳扎恝揠瞎秸滑圠榤拔蛰肭擦嘎茁唶竂刷鬣铡妠豽扴鬝扒（刨，挖）鋉秸檵蛶搳颉劼娺圿秳疤帓汃鹘帕獭捺咶刖扎鸹錣磍鹋搹砎捌朳咧鹳偺礣九窫

詖鮚聒硩柭菝詛鼉猰刮積揎檘价砝揳玑骱眣擦鱊咭閉挽幓睹鈞嘻繣祛檫趐仈歇蟠裀鷄叺釟貀

【九屑】雪別絕滅血結拙熱穴洁鉄裂列烈缺轍訣杰舌悦节彻说设屑决哲冽劣咽（鸣咽）阅切澈折缬阒辍挈鳖玦瞥窃啜鸠爇埒绁喆垤截撷挈趹鲎泄挈嵲沊谪歇撒映蘖孑涅迭餮撤褻薛蔑冽鱲竭抉蕕飚桀愒噎拽浙卨楔臬契歡阑闭絜缀蠛僭觬袺頁觖褉霓篾碣绖揭捏蹩蔑凸蘖巀昳咠蹀呐蟻蒯陘轶绁喆颉哗㮰揭蜦离苴趐刷掇茶薛炳苅捩锲撲蚩摯咥讦蜺渫瘰碟拮醊桅搣疖蟹蠽丿铧蛭桔鷩橇迣趹蛄爇偈薜悲飈幰捌婪椶篔秘絬准（颣权也）核伏批褐谦佅踅憋乞悦剟咧紒中唰渿诔趔砦潵螫臮踒蠤呧儑蠮蚨燀刉襒暍菽哆嵳糫蔎懷芺鋻曘蚨傺醛捝頓逻鱥樸嗽藕孒趐趏祍呶蚾鮚胅鈌鴶肸敠駃鼉齫罦炙碬枛別篲矢呭澝戴櫛鱊猰揳蟑䁖劈跌椾澄燭撇猎造耴鳖笳溪絜眣攦夵坲芌鱁机苘恠叕靼溹㭝裂趉蚼剑痤祅郭觎炊泅捌窠瞰尐椴稧枚妷蛞擸枛諁粠蝥歼奝（同谣）詎眿搓靼怏眣蜗痽敠呪柚怢或鰱烮鑀眛芺嵼巇晎搰灿呼坎橝瘛鸂釐徴疢敆砎毻燧橝葱瞥妤削髫

【十六叶】叶接蝶迭捷涉帖箧惬颊堞妾铗侠婕鬣喋屧浹屧蹀荚协摄贴惬燮挟楫馌烨折镊躞谍晔猎蹀捻辄跕喍甗躐屧牒屧谍缍僁渿犏聑鎰镵鈪徢悇稴㛀蝶庵鳢腱迠蓳敠埶綊瞥鯠鲮埝抲踁瞱浹暵獦鑭聏褻鏁吸揞鼪煠辻跲劦諜建陜薿枼殜雩（雪雪，震电貌）聿菨渫

第十九部

入声

【十五合】合榻塔答杂阖衲匣纳飒楬合踏迊蛤鸽盍迊荅塌蹋盒搭鞳拉腊蜡帀蓋靸漯嗑跋嗒嘈鎝哑阊遏刽卡溘諎匌嗢揭馺

鼋 钀 搕 唈 鞈 靸 靼 褐 渣 秙 軜 盖 卅 磕（石声）哈 瘩 磣 褡 喊 鰈 瞌 钑 欱 狧
奤 鍸 鮯 鞳 鰨 匌 溻 颌 歃 砵 荅 鮥 硋 匎 傝 嵖 龘 囃 諮 溚 籉 魶 嵞 鉔 峆 鑓
矗 淹 鰤 罯 磼 富 鮭 圾 鞈 砈 扨 颅 毻 礚 佮 砝 皱 熆 筲 鍚 抾 饡 儑 姶 硌 拹
筶 嫩 粒 拾 硈 厊 楉 枼 蔀 逤

【十七洽】业 法 甲 劫 峡 怯 洽 匣 压 狎 乏 鸭 插 狭 锸 裳 夹 闸 押 袷 柙
帕 唊 歃 掐 札 呷 恰 夹 翜 胛 硖 邺 霎 陕 雪 箑 噆 祫 眨 跲 嗟 郏 惬 鹋 扱 凹
胁 鞈 掐 熠 珥 喋 憛 筴 岬 胁 萐 焓 渫 搨 妶 庘 哈 铷 蓳 噘 鮂 圙 唵 蛐 佮 譗
姶 湁 鮫 鉣 骒 呿 燚 鞈 齰 箚 垎 厊 筥 爍 渰 撂 淹 拾 唊 欱（与歃同。尝也）聉
吸 礁 甲 玲 鶆 鮚 躡 歃 澩 砝 疢 奎 拔 幉 炠 篋 拹 殜 馣 肸 狭 垎 峆